KB062371

로크미디어가
유혹하는
재미있는 세상

ROK
MEDIA
로크미디어

예지몽으로 히든랭커 13

2021년 12월 10일 초판 1쇄 인쇄
2021년 12월 15일 초판 1쇄 발행

지은이 이현비
발행인 김정수 강준규

기획 이기헌 왕소현 박경무 강민구
책임편집 백승미
마케팅지원 배진경 임혜솔 송지유 이영선

발행처 (주)로크미디어
출판등록 2003년 3월 24일
주소 서울시 마포구 성암로 330 DMC첨단산업센터 318호
Tel (02)3273-5135 **편집** 070-7863-8595 Fax (02)3273-5134
홈페이지 rokmedia.com E-mail rokmedia@empas.com

© 이현비, 2021

값 8,000원

ISBN 979-11-354-6413-3 (13권)
ISBN 979-11-354-9382-9 04810 (세트)

예지몽으로
히든랭커

이현비 게임 판타지 장편소설 ◇13◇

CONTENTS

정령들의 성장

"헙!"

가온은 앙헬과 정령들이 가지고 온 비타젠 열매의 양에 깜짝 놀랐다. 각자의 앞에 작은 산을 이룬 비타젠 열매들이 쌓여 있었다.

-내가 1등이야!

-헹! 내가 더 많을걸.

-한눈에 봐도 내 것이 가장 많잖아!

정령계의 정령들은 시키면 시키는 대로만 하는데, 자연정령이라서 그런지 아니면 자신의 영향을 진하게 받아서 그런지 승부욕이 엄청나다.

어쨌거나 다들 1등을 자신할 정도로 어마어마한 양이다.

그중에는 막 익은 것들도 있었지만 대부분은 아직 익지 않은 상태였다.

　'숫자를 세는 게 더 어렵겠네.'

　－엘프들을 불러서 시키면 돼!

　카오스가 좋은 의견을 냈지만 가온은 고개를 흔들었다. 굳이 그럴 필요가 없었다.

　'공동 1등이야!'

　－엥? 공동 1등도 있는 거야?

　카오스가 고개를 갸웃했지만 가온은 고개를 끄덕이며 비타젠 열매를 아공간에 집어넣었다.

　'1등 상품은 이거야!'

　가온이 꺼낸 것은 이제 반 정도 남은 엘프목의 눈물이었다.

　그것을 본 정령들의 눈이 휘둥그레졌다. 엘프목의 눈물이 얼마나 자신들에게 큰 도움이 되는지 잘 알고 있었기 때문이다.

　가온은 더 이상 얘기하지 않고 모둔과 세 정령에게 각각 한 방울씩 주었다.

　－주인님, 저는요?

　앙헬이 남았다. 그녀에게는 엘프목의 눈물이 필요하지 않으니 다른 것을 줄 생각이다.

　'네 건 이거.'

가온이 꺼낸 것은 반질거리는 검은 구슬이었다.

─이건 흑마법진의 에너지가 담긴 구슬!

명색이 마족이니 당연히 흑마력이라면 큰 도움이 될 것이다. 마족이 사는 마계의 마나는 흑마력이나 죽음의 기운처럼 음차원의 에너지에 속하니 말이다.

'어때? 마음에 들어?'

─정말, 정말 마음에 들어요!

이제까지 거의 본 적이 없는 환한 얼굴로 날아온 앙헬이 가온의 얼굴에 뽀뽀를 하기 시작했다.

졸지에 가온의 얼굴 전체가 앙헬의 입술 자국으로 뒤덮였다.

─나도 선물이 너무 마음에 드니까 뽀뽀해 줄래.

녹스가 그렇게 말하곤 가온에게 달려들자 다른 정령들도 그 뒤를 따랐기 때문에 가온은 아예 눈을 감아 버렸다. 눈을 뜨고 있는데도 뽀뽀를 감행했기 때문이다.

나중에 뽀뽀 세례가 끝난 후 눈을 떠 보니 모둔이 발그레한 얼굴로 바로 눈앞에 떠 있었다. 그녀도 다른 정령들처럼 그에게 뽀뽀를 한 것이다.

'자, 이젠 돌아가서 엘프목의 눈물을 먹도록 해.'

이번에도 진화를 할 수 있으면 좋겠지만 아마 그건 불가능할 것이다. 단순한 성장이 아니라 진화를 하려면 그에 필요한 에너지도 있어야 하지만 다양한 경험을 통해서 일종의 깨달음이 필요하다고 했었다.

그렇게 짧은 외출을 마무리한 가온은 비트로 돌아와 비로소 잠을 청했다.

다음 날 새벽.

눈을 뜬 가온은 아직 자고 있는 동료들이 깰까 두려워 조심스럽게 지상으로 올라왔다.

'아주 살풍경 하네.'

생명력을 뿜어내는 비타젠 나무에도 불구하고 대기 중에 퍼져 있는 칙칙하고 차가우며 무거운 속성을 가진 죽음의 기운이 몸의 감각을 일깨웠다.

하지만 비타젠 나무가 아니더라도 죽음의 기운은 가온에게 부정적인 영향을 주지 못했다.

파르도 있지만 소드마스터의 경지에 발을 내디디며 자신도 감지하지 못하는 얇은 에너지 막이 형성되었기 때문이다. 일종의 생체 보호막이었다.

가온이 막 수련을 시작하려고 몸을 풀 때였다.

―온!

카오스의 의념은 평소와 달리 파장이 아주 강했다. 그러고는 곧 그녀가 육체를 구현하여 그의 눈앞에 나타났다.

'카오스?'

엘프목의 눈물을 더 복용했음에도 진화는 하지 못했는지

예지몽으로
히든랭커

세 쌍의 날개를 가진 것은 동일했지만 왠지 모습이나 풍기는 분위기가 달랐다.

"응. 나야!"

"뭔가 변한 것 같은데……."

"호호호. 엘프목의 눈물 덕분에 더 성장했어. 이젠 속성을 다루는 힘이 더 강해졌을 뿐 아니라 그 전에는 다루지 못했던 빛 속성과 어둠 속성까지 사용할 수 있게 되었어."

그래서인지 오색의 휘황한 빛을 뿌리던 드레스가 이전보다 훨씬 더 다양한 빛을 방출해서 무척 신비롭게 보였다.

"축하해!"

아무리 엘프목의 눈물을 복용했다고 해도 본인이 노력하지 않으면 성장의 폭은 제한적일 수밖에 없었다.

가온은 그동안 정령들이 생명의 아공간에서 지내면서 나름 자신들의 능력을 높이기 위해서 다양한 수련을 해 왔다는 사실을 알고 있었다.

"고마워! 이건 선물!"

선물이라고 하면서 왜 자신의 목에 팔을 감고 입술에 입술을 붙이는지는 모르겠는데 잠시 후 가온의 눈이 커졌다.

'뭔가 들어오고 있어!'

익숙한 기운도 있었지만 생경한 기운도 있었다.

그런데 그보다 더 가온을 놀라게 한 것이 있었다.

'설마 인간의 몸으로 현현할 수 있는 건가? 이건 완벽한

사람의 육체야!'

자신의 목에 팔을 감은 채 눈을 감고 뽀뽀에 푹 빠진 카오스의 몸은 자신에게 밀착될 수밖에 없었는데 놀랍게도 인간 여인의 그것과 완벽하게 일치했다. 체온은 물론 피부의 감각까지 말이다.

물론 인간 같지 않은 미모와 천상의 향기라고 할 수 있는 체향은 예외지만.

얼마 후 입술을 떼는 카오스의 얼굴은 발그레해져서 무척이나 사랑스럽게 보여서 아쉬움이 남았다.

"내가 감당할 수 없는 기운을 가온에게 넘겨준 거야."

"그렇구나. 고마워."

완벽한 자연체라고 할 수 있는 정령이 흡수했다가 넘겨주는 기운이라면 금방 순화시킬 수 있을 것이다.

"능력도 높아진 거지?"

"응. 이제 원소 계열의 마법으로 치면 5서클에서 6서클 정도의 위력을 발휘할 수 있어. 내 경우에는 심상으로 구현하는 것이라서 주문을 영창 할 필요도 없으니까 효율이 더 좋지. 게다가 큰 힘만 쓰지 않으면 이런 모습으로 며칠 정도는 유지할 정도로 힘이 강해졌어. 물론 그래도 작은 편이 에너지 소모가 적긴 하지만."

지난번에 진화를 했을 때는 5서클 마법에 해당하는 정령 마법을 사용할 수 있다고 했는데, 이젠 6서클에 가까운 마법의 위력을 발휘할 수 있으니 확실히 성장한 것이다.

게다가 가장 좋은 건 굳이 자신의 정령력을 지원해 주지 않아도 어지간한 힘은 발휘할 수 있다는 얘기였다.

그렇게 카오스와 얘기를 하는 사이에 녹스와 마누가 인간의 육체를 구현한 모습으로 차례로 나타나서 그의 품에 안겼는데, 그녀들도 큰 폭의 성장을 했다.

카오스가 그랬듯 그녀들 역시 키스를 하면서 자신이 흡수하지 못한 기운을 넘겨주었다.

그런데 그녀들의 육체가 인간 여자와 동일해서 가온으로서는 무척 견디기 힘들었다. 현실감이나 자극이 너무 강했다.

어쨌거나 녹스는 독과 치료 능력이 두 단계 가까이 높아졌다고 했으며, 마누는 전격 능력은 물론 공간 이동 능력도 높아져서 이제는 가온을 포함해서 다섯 명까지 가능하다고 했다.

무엇보다 큰 변화는 이전에는 인간의 외형은 하고 있지만 인간 같지 않다는 느낌이 강했는데, 지금은 누가 봐도 인간 여자라고 볼 정도로 자연스러운 모습이라는 점이다.

그래도 그녀들이 인간이 아니라는 사실은 완벽에 가까운 미모와 그 어느 향수보다 더 향기로운 체향 때문에 인지할 수 있었다.

그렇게 기쁜 마음으로 정령들의 성장을 축하하고 기쁨을 나누던 가온은 문득 모둔이 생각났다.

"모둔은 어떻게 됐어?"

"모둔은 아무래도 진화를 할 것 같아."

"정말?"

"응. 몸 전체가 짙은 녹색 빛에 휩싸여 있어서 알 수 없지만 시간이 많이 걸리는 것으로 봐서는 그래."

가온은 카오스의 말에 기대가 컸다. 가장 오래된 정령이기도 했지만 모든 종류의 에너지를 다루는 그녀가 진화를 한다면 자신에게 큰 도움이 될 테니 말이다.

"그럼 앙헬은?"

"앙헬도 뭔가 변화가 생긴 것 같은데 집에 들어가서 나오질 않아서 모르겠어."

자신에게 종속되었다는 사실이 마족인 앙헬에게 좋은 일인지 나쁜 일인지 알 수는 없지만 그래도 자신의 동반자가 되었으니 그녀도 큰 폭의 성장이나 진화를 하기를 간절하게 바랐다.

정령들은 가온과 더 있고 싶어 했지만 곧 대원들도 깰 테고, 그녀들도 급작스러운 성장에 따른 능력의 내용을 면밀하게 살피고 제 것으로 만들어야 했다.

세 정령이 아쉬운 얼굴로 생명의 아공간으로 돌아간 후 가온은 바로 청뇌 명상법과 오행신공 그리고 청류심법까지 차례로 운공했다.

운공이 끝난 후 자신의 상태를 확인한 그는 입을 떡 벌렸

예지몽으로
히든랭커

다.

'대체 이게 다 뭐야?'

에너지들이 대폭 증가했다. 마나와 마력은 거의 5천 가량, 정령력은 1만 가량, 뇌전력은 3천 가량 증가했으니 경악할 수밖에 없었다.

세 정령이 흡수하지 못하고 그에게 전해 준 에너지의 양이 그만큼 대단했다.

이제 마나와 마력 그리고 정령력은 2만을 훌쩍 넘겼고 뇌전력도 1만 4천을 바라보고 있으니, 놀라우면서도 너무나 뿌듯했다.

더 이상 마나 걱정을 할 필요가 없게 된 것이다.

그뿐이 아니다. 처음부터 워낙 높았던 수 속성력과 뇌 속성력을 제외하면 대부분 50대 초반이었던 속성력이 60대 후반에서 70대 초반까지 올라갔으며 내성들도 소폭 증가했다.

'정령들뿐 아니라 나 또한 성장하고 있는 것이 눈에 보이네.'

그래서 더 뿌듯했다. 자신이 그만큼 노력하고 있다는 것을 수치가 보여 주는 것이다.

가온은 이런 기연을 얻게 해 준 엘프들에게 잘해 주어야겠다고 다시 마음을 먹었다.

처음에는 보기 딱해서 남아도는 것으로 도와준 것에 불과하지만, 지나고 보니 얻은 것이 너무 많다고 생각된 것이다.

유일하게 마음에 걸리는 건 별로 늘어나지 않은 명예 포인트였지만, 그건 열심히 사냥을 하면 얼마든지 쌓을 수 있었다.

　'그러고 보니 언데드는 갓상점의 구입 목록에 없던데 경매에 올려 볼까?'

　허접스러운 언데드 말고 본 나이트 정도라면 어느 정도 받을 것도 같으니 나중에 시간이 나면 한번 시험을 해 봐야겠다.

　가온이 대원들이 일어날 시간이 된 것 같아서 지하 은신처로 내려가려던 순간 모둔의 의념, 아니 음성이 들려왔다.

　"온 님!"

　가온의 눈앞에 홀연히 나타난 모둔은 진녹색 드레스에 옅은 황토색 피부를 가지고 있었는데, 카오스나 녹스 그리고 마누가 그렇듯 날개를 제외하고는 거의 완벽한 인간 여성의 모습을 하고 있었다.

　"모둔, 진화했구나!"

　당장 날개가 한 쌍이 늘어난 모둔은 안정감과 풍요로움이 느껴지는 다소 풍만한 몸매에 눈이 특히 예쁜 여성체가 되어 있었다.

　"이게 모두 온 님 덕분이에요."

　"잘됐다! 능력도 많이 올라간 거야?"

"이 세상을 구성하는 마나들의 속성에 대한 이해가 크게 늘었어요. 버리가 이론적으로 많이 알고 있는 것 같아서 좀 도움을 받으려고요."

하지만 물어본 가온은 그녀의 대답에는 막상 신경을 쓰지 못했다.

그녀의 인간체가 너무 매력적이었기 때문이다.

진화를 한 모둔의 외모는 가온이 무의식중에 꿈꾸고 있던 이성의 모습을 하고 있었던 세 정령과 많이 달랐다.

그녀는 힘들 때 언제라도 기댈 수 있고 의지할 수 있는 연상의 여인으로 느껴졌다. 풍요의 여신이 있다면 이런 모습이 아닐까 싶었다.

"그래. 앞으로도 많이 도와줘."

"돕기는요. 그, 그런데……."

모둔이 벌겋게 달아오른 얼굴로 양 손가락들을 꼬물거리며 주저했다.

"왜?"

"저도 남는 힘이 있어서……."

"후후후. 이리 와."

자연정령이라서 그런 건지는 알 수 없지만 세 정령 덕분에 어떻게 행동해야 하는지는 알고 있었다.

가온은 세 정령 때와 달리 이번에는 자신이 먼저 모둔의 입에 가볍게 입술을 대었다.

그러자 모둔이 자연스럽게 가온의 목에 팔을 감으며 그의 품으로 파고들었다.

쑤우우욱!

뭔가 아주 굉장한 것이 몸속으로 들어왔다. 마나나 마력 혹은 정령력과는 다른 처음 느껴 보는 힘이었다.

하지만 가온은 그 힘에 주의를 집중할 수가 없었다. 자신에게 안기는 모둔의 행동에 자연스럽게 그녀의 허리에 팔을 감은 그는 강한 자극을 받아 정신이 없었기 때문이다.

카오스나 녹스 그리고 마누의 몸매도 그의 무의식에 존재하는 이상형을 반영하듯 굴곡이 뚜렷했지만, 모둔의 몸은 풍만 그 자체였다. 거기에 감촉이 너무 부드러워서 안고 있음에도 자신이 그녀의 품에 푹 안긴 것 같았다.

감촉만 이상한 것이 아니다. 그녀의 머리카락에서는 꽃향기가 났으며 몸에서는 동틀 무렵 숲 한가운데 들어와 있는 것처럼 싱그럽고 생동감 넘치는 체향이 흘러나오고 있었다.

얼마 후 모둔이 겨우 품을 빠져나가더니 이전보다 더 달아오른 얼굴로 사라졌는데 마지막에 그를 향하던 그 애틋하고 복잡한 감정이 실린 눈빛이 꽤 오래 남았다.

한참 후에야 정신을 차리고 상태를 확인해 봤는데 이상한 것이 변화가 전혀 없었다.

분명히 세 정령이 넘겨주었던 힘보다 훨씬 더 강력했던 것 같은데 말이다.

그때 지하 은신처에서 사람들이 움직이는 기척이 느껴졌다.

'나중에 모둔에게 물어봐야겠다.'

이제 하루를 다시 시작할 시간이다.

흑마법진 공략법

아침 수련에 이어 식사를 마친 온 클랜은 전날 처리한 흑
마법진과 중첩이 되는 흑마법진이 있는 곳으로 이동했다.

세르나와 헤븐힐 그리고 나디아는 전날 자신들이 술에 취
해서 한 행동 때문에 가온의 얼굴을 제대로 쳐다보지 못했지
만 일부러 모른 척했다.

매디가 어제처럼 흑마법진을 감싸는 대형 홀리필드 마법
진을 설치하고 정령사들이 세 겹의 흙벽을 올려 세우자 기다
렸다는 듯 사방에서 스켈레톤들이 몰려오기 시작했다.

이후 과정은 어제와 동일했다.

스켈레톤들에 이어서 본 나이트까지 출현했고 가온과 온
클랜원들은 어제의 경험을 토대로 놈들을 효과적으로 처리

할 수 있었다.

모둔은 진화를 해서 그런지 어제보다 훨씬 더 빠른 속도로 흑마법진의 흑마력과 죽음의 기운을 모아 에너지구로 만들기 시작했다.

그렇게 언데드들을 모두 해치운 후 대원들은 매디를 도와서 홀리필드 마법진을 해체하기 시작했다.

그때 벼리가 의념을 보내왔다.

—오빠, 흑마법진이 있던 자리에 비타젠을 심으면 어떨까요?

'비타젠을 심으라고?'

—네. 흑마법진의 에너지를 모둔이 모두 흡수했다고 해도 리치라면 얼마든지 그 위치에 다시 흑마법진을 설치할 수 있어요.

'비타젠을 심으면 달라지는 것이 있어?'

—흑마력이나 죽음의 기운을 품고 있는 존재는 비타젠이 가진 생기 때문에 쉽게 접근할 수 없는 것 같아요. 비타젠 나무의 경우, 오랜 시간 동안 뿌리를 마기나 죽음의 기운으로 오염시켜야 죽일 수 있어요. 게다가 흑마법진이 설치되었던 자리는 대지의 기운이 아주 강한 곳이라서 생기를 몇 배로 증폭시킬 수 있어요.

그게 사실이라면 시간은 좀 걸리겠지만 비타젠 나무를 심는 것만으로 죽음의 대지로 변한 달리아 고원을 정화시킬 수도 있었다.

'그건 또 어떻게 안 거야?'

─어제 오빠가 비타젠 수림 지대에 갔을 때 마나 파동을 방출해서 대충 알아냈어요.

가온은 잠시 고민을 했다. 1왕자가 한 의뢰는 흑마법진을 소멸시키는 것이 전부였기에 비타젠 나무를 심어서 죽음의 기운을 중화시키는 것은 가외의 일이었다.

하지만 가온은 이 고원 전체를 죽음의 기운이 잠식했다는 사실이 마음에 들지 않았다.

전쟁터가 되기 이전에는 수많은 동식물들이 번성했던 생명의 땅이었을 텐데 이렇게 변하다니 말이다.

물론 던전이 클리어되면 달리아 고원이 어떻게 다시 변할지는 알 수 없으니 헛수고가 될 가능성이 아주 높았다.

그래도 가온은 일단 벼리의 말대로 해 보기로 했다.

'그럼 얼마나 심어야 할까?'

─ 대지의 기운이 가장 강한 오망성의 꼭대기에 해당하는 지점에 심으면 될 것 같아요.

그럼 다섯 그루면 된다.

'알려 줘서 고마워.'

설령 벼리의 예상이 틀리더라도 오랜 시간이 걸리는 것도 아니니 부담 없이 심으면 된다.

─대신 나무가 어느 정도 클 때까지는 지켜 줘야 해요. 어

린 묘목은 마기나 죽음의 기운에 오염된 존재들에게 취약하니까요.

'얼마나 지켜야 하는 거야?'

-대략 30분 정도면 될 거예요.

그 정도면 감당할 수 있을 것 같았다.

가온은 매디를 도와서 홀리필드 마법진을 해체한 후 흩어져 언데드들이 남긴 마정석을 수집하고 있는 대원들을 불러서 사냥을 더 하자고 일단 운을 띄워 보았다.

"저는 찬성입니다. 숫자가 워낙 많아서 어제는 좀 힘들었는데, 오늘은 손발이 잘 맞아서 그런지 비교적 쉽다는 생각이 들었습니다."

"가제타 님께서 뒤를 받쳐 주는데 뭐가 두렵겠습니까!"

다행히 다들 찬성했다. 특히 사냥을 하면 할수록 레벨이 오르는 헤븐힐과 매디 그리고 바로는 입이 귀에 걸렸다.

가온은 흑마법진에서 텅 빈 코어와 서브 코어를 챙긴 후 오망성의 꼭짓점에 해당하는 자리에 비타젠을 심었다. 그리고 엘프 비전의 액체 비료를 준 직후 사방에서 강력한 기운이 몰려왔다.

"온다!"

일행은 불길한 기운이 빠르게 다가오는 감각에 무기를 빼들었다.

나타난 언데드는 주로 울프 종류가 주축이었지만 그 밖에
도 다양한 종류의 마수의 사체였는데, 살이나 피부가 없는
부위가 듬성듬성 있음에도 활발하게 움직이고 있었다.

"마수 구울이다!"

흑마법사나 네크로맨서가 죽은 지 그리 오래되지 않은 사
체에 흑마법을 걸어서 생성한 구울은, 뼈만 있어 민첩성이
떨어지는 스켈레톤이나 썩어 가는 육체로 인해서 행동에 장
애를 가진 좀비보다 훨씬 빠르고 강한 언데드였다.

그중에서도 사족 보행을 하는 마수 구울은 종류에 따라서
공격 패턴이 아주 다양하기 때문에 어떤 면에서는 인간형 구
울보다 상대하기가 더욱 힘들었다.

특히 인간형 언데드와 달리 도약력이 높기 때문에 대지의
정령이 땅을 솟구치게 만들어서 세운 방벽을 가볍게 뛰어넘
을 수 있어서 더욱 위험했다.

거기에 지금도 끊임없이 몰려들고 있어서 가제타까지 얼
굴이 굳을 정도였다.

"다들 조심해야 해!"

전투를 준비하는 대원들의 얼굴에도 긴장감이 가득했다.

선공은 매디가 펼친 '홀리레인'이었다.

치지지지.

신성력이 담긴 빗방울이 구울이 된 마수들의 몸에 닿자 남
은 살과 뼈를 녹였다.

마수 구울들은 기괴한 비명을 지르며 발광했고, 그 틈을 노려 성수에 촉을 담가 두었던 투사체들이 날아갔다.

그런데 안타깝게도 마수 구울의 유일한 급소라고 할 수 있는 머리를 뚫는 투사체는 그리 많지 않았다.

발광을 하고 있었기 때문에 움직임이 불규칙하고 빨랐기 때문이다.

마론과 바로 그리고 나디아가 날린 파이어 볼들은 당연히 큰 위력을 발휘했지만 숫자가 턱없이 부족했다.

마수 구울 중 강한 개체들은 홀리레인의 대미지를 어느새 극복하고 이전보다 더한 살기를 뿌리며 첫 번째 흙벽을 향해 달렸다.

'위험하다!'

가제타와 나크 훈이 있지만 두 사람이 모든 방위를 커버할 수는 없었다.

그렇다고 정령들을 불러낼 수도 없었다. 큰 폭의 성장을 한 직후였기 때문에 당분간은 자신만의 시간이 필요했다.

가온은 빠르게 첫 번째 흙벽을 따라 빠르게 비행을 하면서 마나 탄을 쉴 새 없이 발출했다.

퍽! 퍽! 퍽!

강한 화기를 담은 마나 탄에 머리가 뚫린 마수 구울들이 순식간에 불에 휩싸여 소멸되기 시작했지만 파도처럼 밀려오는 놈들은 금세 그놈들을 덮어 버렸다.

그 모습을 본 가온은 빨리 결정을 내렸다.

'모두 최대한 빨리 물러나서 건너왔을 때처럼 차례대로 텔레포트 해요! 타람과 로에니 그리고 가제타 님과 스승님이 도와줘요!'

대원들에게 심어로 지시를 내린 가온은 이전보다 더 빠르게 선회 비행을 하면서 마나를 아끼지 않고 사용해서 마나탄을 발출했다.

거기에 가제타와 나크 훈 그리고 타람 남매가 검기로 대원들이 흑마법진이 있던 자리까지 달려갈 때까지 마수 구울을 그야말로 썰어 버리자 전열이 완전히 무너졌다.

그런 가온과 네 사람의 노력으로 대원들은 무사히 텔레포트 마도구가 있는 곳까지 물러났고 차례대로 은신처로 텔레포트 했다.

가온을 포함한 다섯 명이 검기를 뿌리며 분투를 했지만 생자의 살과 피를 탐하는 본능에 지배당하는 마수 구울들은 동료들이 죽어 가고 있는 상황에서도 전혀 두려워하지 않았다.

가제타가 오러 블레이드를 사용하면 큰 도움이 될 것 같았지만 그는 입문자 경지라서 그런지 검기만 사용하고 있었다.

'아무래도 안 되겠다!'

가온은 저공으로 비행하면서 익힌 지 얼마 안 되지만 다수를 상대로 큰 위력을 발휘하는 월광비를 연속해서 펼쳤다.

흑검이 생성한 초승달 형태의 검기는 가온의 강력한 의지에 따라서 오러가 다 흩어져 사라질 때까지 날아가면서 궤적에 있는 마수 구울의 몸을 잘라 버렸다.

비록 머리가 급소이기는 하지만 몸이 절단되자 마수 구울들은 소멸된 것은 아니지만 제대로 움직이지 못했다.

마나가 빠르게 소진되고 있었지만 치환 반지로 이용해서 마력과 정령력을 마나로 변환시켰기에 연속해서 펼치는 것이 가능했다.

그렇게 가온이 광역 공격기로 마수 구울들을 그야말로 썰어 버리자 대원들은 비로소 안정을 찾을 수 있었다.

다른 대원들이 무사히 텔레포트를 하자 남은 가제타와 나크 훈이 빨리 내려오라고 소리쳤다.

"먼저 가세요!"

텔레포트 마도구도 챙겨야만 했다. 무엇보다 갈 때 가더라도 경험치를 최대한 챙겨야 했다.

다행히 마수 구울들은 해체를 했지만 신성력이 남아 있는 홀리필드 마법진의 범위 안으로는 쉽게 들어가지 못했다.

그렇게 마지막 대원들이 떠나고 혼자 남은 가온은 마도구부터 챙긴 후 세 정령에게 전투가 가능한지 물어봤다.

다행히 정령들은 높아진 능력을 확인하고 싶어 했다. 그래서 가온은 세 정령에게 마음껏 날뛰라고 지시를 내린 후 앙헬로 하여금 마정석을 챙기도록 했다.

성장한 결과를 확인하기 위해서 기다렸다는 듯 정령들이

날뛰기 시작했다.

마누는 전격으로 마수 구울을 지져 버렸고, 녹스는 독으로 놈들을 녹여 버렸으며, 카오스는 화기로 놈들의 머리통을 태워 버렸다.

진화까지는 아니지만 큰 폭으로 성장한 세 정령의 능력은 대단했다.

몰려드는 마수 구울들이 애처로울 정도로 빠르게 쉽게 소멸시키고 있었다.

그사이에 가온은 허니비 로열젤리와 꿀로 소진한 마나를 어느 정도 챙긴 후 다시 마수 구울을 상대로 철월검류의 비전들을 마음껏 펼치기 시작했다.

월광비를 연속해서 펼치던 가온은 이번에는 아직 완전하게 펼칠 정도는 아니지만 전심전력을 다해서 월사검을 생성하려고 시도했다.

지이이잉.

그 어느 때보다 집중력이 높아서 그런지 수련할 때는 열 번 시도에 두세 번 정도 구현하는 데 성공했던 월사검이 단번에 생성되었다.

월사검은 검사를 다루는 검술로 가온이 생성한 검사의 길이는 거의 6미터에 달했다.

이전에도 전력을 다하면 검사를 생성할 수 있었지만, 월사검은 채찍처럼 길고 유연한 검사를 효과적으로 다루는 검술이다.

날고 있는 가온의 손에서 월사검이 펼쳐지자 그 궤적에 걸린 마수 구울들의 몸이 종잇장처럼 잘려 나가기 시작했다.

검사는 강도는 오러 블레이드에 손색이 크지만 절삭력에 있어서는 근접하는 위력을 가지고 있었다.

마나가 빠르게 소진되고 있었지만 월사검을 펼치는 가온은 거의 무아지경에 빠져 있었다.

흑검의 작은 움직임에 따라 6미터 길이의 가늘고 검은 검사가 춤을 추며 마수 구울들을 난도질했다.

마수 구울들은 어떻게든 가온을 공격하려고 했지만 그가 날아다니고 있었기 때문에 아무리 도약을 해도 그에게 의미 있는 공격을 할 수가 없었다.

'아! 신성력!'

몰아지경에 빠져 있었던 가온은 어느 순간 떠오른 생각에 마나에 신성력을 섞었다.

차르르르.

서걱!

흑검의 검첨에서 빠져나온 검은색의 신성한 빛을 방출되는 실이 움직일 때마다 지상의 마수 구울들이 비명도 지르지 못하고 난자되었다.

월사검의 현란한 궤적에 걸린 마수 구울들은 마치 썩은 고기처럼 몸이 잘렸다.

거기에 비행 속도까지 더해지니 그렇게 많던 마수 구울들이 너무나 무력하게 소멸되고 있었다.

생자에 대한 탐식 본능과 사령술사의 의지에만 영향을 받는 마수 구울들이 어느 순간부터 뒤로 물러나고 있었다. 아무리 본능밖에 안 남았다고 해도 신성력까지 사용해서 위력적인 공세를 가하는 가온에게 공포를 느낀 것이다.

정령들도 그렇지만 놈들과 상극인 신성력이 담긴 검은 실이 춤출 때마다 주위가 초토화되고 있었다.

그렇게 3분여 동안 마음껏 날뛴 가온은 벼리의 경고에 겨우 정신을 차렸다.

—오빠, 정신 차려요!

정신을 차려 보니 온몸은 땀투성이였고 몸이 텅 빈 것 같은 탈력감이 찾아왔다.

그나마 벼리가 경고를 해 준 덕분에 겨우 비행할 정도의 기력은 남아 있었다.

먼저 비타젠 나무들을 확인했는데 빠르게 성장은 하고 있지만 이제 겨우 무릎 높이까지 자란 상태였다.

'오늘은 포기!'

굳이 비타젠에 연연할 필요는 없었다.

이제는 정말 돌아가야 할 때였다. 가온은 서둘러 허니비의 로열젤리와 꿀을 꺼내 먹으며 힘차게 날개를 움직였다.

겨우 은신처로 복귀한 가온은 걱정이 가득한 얼굴로 자신이 돌아오기만을 기다렸던 대원들의 열렬한 환영을 받았다.

　　"무사히 돌아오셔서 정말 다행이에요!"

　　다들 걱정을 많이 했던 모양이다.

　　대원들은 그제야 마음을 놓고 휴식을 취할 수 있었다.

　　그때 가제타가 굳은 얼굴로 입을 열었다.

　　"언데드가 이처럼 물량공세를 퍼부으면 토벌군도 힘들겠네."

　　자신이 소드마스터라고는 하지만 거의 무제한으로 몰려드는 언데드를 모조리 쓸어버릴 수는 없었다.

　　완벽한 형태의 오러 블레이드를 겨우 만들어 낼 수 있는 입문 단계에 불과했기 때문에 오러 블레이드를 마음껏 사용할 수도 없었기 때문이다.

　　가온도 동감이다. 이번에는 벼리가 아니었다면 마나를 모두 소진할 뻔했던 것이다.

　　"그렇습니다. 토벌군이 밀린 것도 언데드의 물량 공세 때문이었습니다. 그때는 그나마 저급 언데드들이었고 사제들이 혼절하기 직전까지 신성 마법을 퍼부은 덕분에 피해가 그 정도였습니다."

　　나크 훈은 가제타에게 자신이 내상을 입을 정도로 격렬했던 언데드들과의 전투에 대해서 상세하게 설명했고, 대원들도 조용히 그 설명을 들었다.

"토벌군이 아무리 언데드들에 비해 실력이 높다고 해도 이 래서는 차원석 근처에 자리를 잡고 있을 리치를 사냥할 수 없을 것 같군."

"그래서 추가로 바깥에서 지원군을 더 불러와야 한다는 의견이 많이 나왔습니다."

"우리 왕국에는 네크로맨서가 없나?"

"350년 전에 스스로를 마왕으로 칭한 흑마법사 우르시온의 난 때문에 그에게 동조했던 흑마법사와 네크로맨서 들이 당시 대륙 연합군의 특무대에 의해서 죽임을 당하고 일부만 살아남아서 스파인 산맥 쪽으로 숨어들지 않았습니까. 아마 후예가 있어 암중에 활동을 한다고 해도 쉽게 도와줄지도 의문이고 제대로 된 후예를 양성했는지 여부도 알 수 없습니다."

탄 차원에서는 네크로맨서와 흑마법사 그리고 사령술사가 거의 동일한 의미로 혼용되고 있었다.

"으음. 참으로 곤란한 상황이군."

가온은 어나더 문두스의 설정집에서 봤던 내용을 떠올렸다.

'당시 7서클이었던 흑탑의 탑주 우르시온이 마계와 관련이 있는 금단의 마법에 손을 대는 바람에 미쳐서 스스로를 마왕으로 칭하고 흑마법사들을 동원해서 수많은 언데드 군단을 양성했다고 했어. 그리고 대륙 통일이라는 거창한 목표로 대륙의 전 국가를 상대로 선전포고를 했는데, 개전 초기에는 네 개의 왕국과 두 개의 공국 그리고 수많은 독립도시들이 무너질 정도로 위세를 떨쳤지.'

하지만 대륙의 모든 국가가 연합을 하고 마탑들은 물론 신전들까지 나서서 전폭적으로 지원해 주자 언데드 군단은 빠르게 무너졌고, 마침내 우르시온도 연합군의 특무부대에 의해서 죽었다.

그 후 흑탑과 연루되거나 우르시온을 지지했던 수많은 흑마법사들과 네크로맨서들이 대륙 연합군의 특무대에 의해서 죽임을 당했다.

그리고 흑탑은 지부들은 물론 본부까지 완전히 무너졌으며 수많은 흑마법서들이 불태워졌고, 겨우 살아남은 흑마법사들과 네크로맨서들은 연합군의 특무부대를 피해서 스파인 산맥으로 숨어들었다.

다만 50년 전에 마탑과 신전이 우르시온의 난을 재평가함으로써 우르시온과 각을 세웠던 흑마법사와 네크로맨서에 대한 세간의 오해를 풀고 흑탑 역시 재건되었다.

하지만 한번 뿌리박힌 인식은 쉽게 사라지지 않았다.

흑마법사와 네크로맨서는 명맥을 이어 오기는 했지만 일반인들은 물론이고 마법사들이나 사제들로부터 부정적인 존재로 각인되어 지금의 세상에서 그 두 존재를 찾기는 무척 힘들었다.

"지금과 같은 상황이라면 네크로맨서나 흑마법사가 큰 도움이 될 텐데 참으로 아쉽군."

"이곳 사정을 보고받은 국왕 폐하께서 영주들과 마탑 그리고 신전에 은밀하게 명령을 내려서 실력 있는 흑마법사나 네크로맨서를 찾고 있다고 들었습니다."

"한시라도 빨리 그런 이가 오기를 바라야겠네."

두 사람의 대화를 듣던 가온은 예지몽에서 들었던 한 가지 소문을 떠올릴 수 있었다.

'이 무렵 홀연히 나타나서 자신만의 흑탑을 세운 코벨리아 대마법사가 흑마법사라는 소문이 파다했었어!'

예지몽 속에서는 간신히 30레벨이 되어 그나마 여유가 생겼던 때에 들었던 소문이었다.

그 소문이 사실이라면 그는 곧 이 점보 던전에 들어와서 던전을 클리어하는 데 중요한 역할을 할 것이다.

아무튼 코벨리아 대마법사와 그의 제자들은 던전은 물론 던전을 벗어난 후에도 언데드를 활용해서 창궐한 마수와 몬스터를 사냥하는 데 큰 공을 세우고 흑마법사나 네크로맨서에 대한 인식을 바꾸는 데 큰 공을 세운다.

그 때문에 이전까지 히든 직업처럼 여겨졌던 네크로맨서와 소환술사 등의 직업이 꽤 인기를 끌었었다.

'그 소문을 들은 후에 수도 인근에 초대형 던전이 있으며 수많은 플레이어들이 출입할 수 있다는 소문을 들은 것을 보면 코벨리아라는 흑마법사가 곧 던전에 들어올 거야!'

다른 마법사들이라면 몰라도 7서클에 이른 흑마법사에게 죽음의 기운으로 뒤덮인 사스 산맥은 그야말로 독무대나 다름이 없었다.

같은 죽음의 군단을 만들 능력이 있지만 이쪽은 소드마스터들이 포함된 뛰어난 전력까지 더해지는 것이다.

'던전 클리어가 머지않았어!'

마음이 급해졌다. 자칫 입장 인원이 무제한인 초대형 던전의 클리어 업적을 뺏기게 생긴 것이다.

'아무래도 무슨 수를 내야겠어!'

하지만 당장은 뾰족한 수가 생각나지 않았다.

대원들은 잠시 쉰 후 묵묵히 수련을 시작했다.

조금이라도 능력을 높여야 이곳에서 살아날 수 있고 가온을 도와 의뢰를 제대로 수행할 수 있다는 생각이 들었기 때문이다.

그날 저녁, 주위 정찰을 핑계로 어제처럼 혼자 밖으로 나간 가온은 반가운 얼굴을 볼 수 있었다.

기다렸다는 듯 앙헬이 조용히 모습을 드러냈는데 그녀 역시 인간의 육체를 완벽하게 구현했다.

"너, 앙헬이야?"

남자라면 누구나 보기만 해도 매혹당할 정도로 엄청난 미모와 매력을 가진 여성 악마로, 머리에 작은 뿔이 돋은 것과 땅에 닿을 정도로 긴 꼬리가 아주 인상적이었다.

"호호호. 역시 주인님은 알아보시네요. 저는 너무 변해서 이상한데."

서큐버스 특유의 꼬리와 끝부분이 하트 모양이 아니었다면 몰라봤을 정도로 앙헬은 달라졌다.

미모는 가히 카오스에 견줄 만했고 모든 정령이 가진 매력을 한 몸에 가지고 있었으며, 무엇보다 보기만 해도 피가 끓어오르게 만드는 색정적인 모습이 압권이었다.

가온 역시 보는 것만으로 몸이 뜨거워져서 바로 청뇌 명상법을 운공해야 할 정도로 앙헬이 내뿜는 색기는 굉장히 유혹적이었다.

그렇지만 진화를 한 것은 아니었다. 진화는 얼마 전에 했으니 아직 쌓인 경험치가 적었다.

"앙헬은 새로 얻은 능력이 없어?"

"당연히 있지요. 기존의 정신 교란, 상태 이상, 환시, 환청을 유발하는 범위가 확장되었고, 정신 지배, 수면 유도 그리고 세뇌도 가능하게 되었어요. 물론 정혈을 흡수하는 능력도 많이 올라갔고요."

"잘됐네. 앞으로도 많이 도와줘."

"네, 주인님. 앞으로도 죽음의 구슬을 만들게 되면 부탁드릴게요."

앙헬이 요염한 눈으로 새빨간 혀를 내밀어 입술을 핥으면서 말했다.

"그러지."

물론 다 줄 생각은 없었다. 자신도 쓸 생각이기 때문이다.

그렇게 귀속된 모든 존재가 크게 성장했거나 진화를 하자 오늘 아침에 겪은 낭패한 일 때문에 가라앉았던 기분도 많이 풀렸다.

가온은 어제처럼 비타젠 수림 지대로 향했고 3시간에 걸쳐서 마핀을 사냥하는 한편 앙헬과 정령들로 하여금 비타젠 열매를 따도록 했다.

밤이 깊을 때까지 사냥을 하고 비타젠 열매를 수집하며 시간을 보냈다.

하지만 마핀의 사체는 갓상점에 넘기지 않았다. 생기를 품고 있는 마정석 때문이었다.

다음 날 아침, 온 클랜은 텔레포트 마도구를 통해 다음 목표인 흑마법진 근처에 도착했고 지난 이틀처럼 손발을 맞추어 흑마법진을 소멸시키는 작업에 들어갔다.

당연히 언데드들이 몰려왔다. 다크 스켈레톤과 본 나이트는 물론이고 이제는 마수 구울까지 가세했다.

그래서 이번에는 대응을 달리했다. 전방위에서 몰려드는 언데드를 상대하는 것이 불리하다고 판단했기 때문에, 전날 논의한 대로 세르나를 비롯한 정령사들로 하여금 흑마법진 주위의 반원에 해당하는 땅 전체를 고루 높이도록 했다.

단순히 땅만 높인 것은 아니다. 카오스에게 부탁해서 높인 땅의 경계면을 직각이 아니라 둔각으로 만들어서 그쪽으로 쉽게 올라올 수 없도록 해 버렸다.

그래도 안심이 되지 않아서 아예 카오스와 마누로 하여금 그쪽 방면으로 몰려드는 언데드를 상대하도록 했다.

그렇게 땅을 높인 덕분에 대원들은 반원, 즉 180도에 해당하는 공간에서 몰려오는 언데드만 상대하면 되었다.

그렇게 준비가 되었을 때 스켈레톤과 본 나이트 그리고 마수 구울이 몰려들기 시작했다.

과연 모든 방위에서 몰려드는 언데드들을 상대할 때에 비해서 언데드를 상대하기가 수월했다.

매디가 펼치는 홀리레인의 위력도 커졌으며 근거리 딜러와 원거리 딜러의 조화가 더욱 강력해진 것이다.

헤븐힐과 매디의 버프와 축복을 받아서 몸 상태가 최상인 대원들은 서로 소리를 질러서 목표를 정하고 도움을 요청하는 등 소통을 적극적으로 하면서 어제보다 훨씬 더 쉽고 편하게 언데드를 소멸시키고 있었다.

누구보다 가온의 활약이 두드러졌다.

저공비행을 하면서 비스듬하게 날리는 월광비는 한번 날아갈 때마다 그 궤도에 놓인 언데드들을 모조리 썰어 버려서 다른 대원들이 숨을 돌릴 여유를 주었다.

가온의 그런 모습에 나크 훈은 누구보다 좋아했다. 자신은 아직 펼칠 수 없는 비기를 마음껏 펼쳐 언데드를 학살하는 가온이 너무나 자랑스러웠던 것이다.

─온 님, 다 됐어요!

모둔으로부터 의념이 전해졌다.

'벌써?'

진화를 해서 그런지 어제보다 더 빠른 시간에 흑마법진의 흑마력과 모여드는 죽음의 기운을 흡수해서 에너지구들로 만들었다.

─이제 이 정도는 어렵지 않아요. 제가 코어 자리에 박힌 빈 마정석들을 빼고 비타젠을 심어서 키울까요?

'그래 주면 좋겠어.'

의뢰와는 관계가 없지만 비타젠 나무들이 제대로 성장하면 인간은 물론 거의 멸종한 동물들에게 좋은 일이다.

그렇게 모두가 힘을 합쳐서 언데드를 상대하는 사이에 흑마법진이 있던 자리에는 비타젠 다섯 그루가 시간을 가속시킨 것처럼 눈에 보이게 쑥쑥 자랐다.

체감상으로는 얼마 지나지 않았는데 모둔의 반가운 의념이 들려왔다.

-다 됐어요. 온 님이 말씀하신 것처럼 1년 정도 자란 상태까지 키웠어요.

식물에 있어 모둔의 능력은 엘프의 비약보다 훨씬 더 강력했다.

어쨌거나 비타젠 나무까지 충분히 자란 상태가 되자 가온은 대원들로 차례대로 철수시켰다.

흑마법진이 있던 자리에 언제 자랐는지 모를 비타젠 나무들이 있는 것을 보고 깜짝 놀란 대원들은 이내 관심을 끊고 전날에도 위험한 상황에서 가온이 무사히 돌아왔기에 걱정하지 않고 차례대로 텔레포트를 했다.

그러자 가온은 세 정령과 앙헬을 자신이 있는 곳으로 불렀다.

'모둔, 텔레포트 마도구를 챙겨 줘. 앙헬은 언데드들의 감각을 혼란하게 만들고 카오스와 마누는 자유롭게 언데드를 사냥해. 그리고 녹스는 사체에서 시독을 흡수하는 동시에 마정석을 챙기도록 해!'

가온이 명령을 내리자 그새 숫자가 크게 불어난 언데드들에게 시퍼런 전격이 퍼졌고 화염이 빠르게 확장되면서 언데드들이 시커멓게 타 버렸다.

그것만이 아니다. 하늘에서 아래를 향해 드리워진 6미터에 달하는 신성한 빛을 발산하는 검사가 눈에 보이지 않을 정도로 빠르게 움직이면서 궤적에 있는 언데드들의 죽은 육체를 절단해 버렸다.

언데드들은 앙헬의 권능이자 일정 범위의 생물을 대상으로 감각을 혼란스럽게 만들었기 때문에 어제보다 훨씬 무력하게 소멸되고 있었다.

그렇게 가온은 월사검을 펼쳐 자신이 가진 에너지의 절반 징도를 소진했을 때 미리 이런 상황에 대비해서 부탁을 해 두었던 벼리가 의념을 보냈다.

'오빠, 그만하세요!'

잠깐 무아지경에 빠졌다가 벼리의 의념에 정신을 차린 가온은 원래 있던 흑마법진의 위치에서 무려 500미터나 떨어진 곳까지 움직인 자신을 발견할 수 있었다.

이제 비타젠이 10미터 가까운 높이로 자란 곳에서 가온이 정신을 차린 곳 사이에는 가루가 되거나 시커멓게 타거나 머리나 사지가 절단된 언데드들이 가득했다.

카오스와 마누 그리고 녹스는 주먹 크기의 정령체로 자신의 곁으로 날아와서 어깨나 머리 위에 앉아서 쉬었지만, 앙헬은 채 소멸되지 않은 언데드가 방출하는 죽음의 기운을 흡수하느라고 정신이 없었다.

주위를 둘러보니 여전히 언데드들이 몰려오고는 있지만 숫자는 크게 줄었다.

'이 정도면 끝장을 낼 수 있을 것 같은데. 아니야! 굳이 무리할 필요는 없지.'

사체를 대상으로 파워 드레인 스킬을 펼칠 것도 아닌데 무리할 필요가 없었다.

　욕심을 버린 가온은 비로소 사냥을 마치고 은신처로 귀환했다.

　'아무래도 내일부터는 오후에 한 번 더 뛰는 것이 낫겠어.'

　흑마법진 하나를 소멸시키는 데 채 1시간도 지나지 않았다. 대원들도 그렇게 힘들어하지 않는 것 같으니 의뢰를 빨리 완수하는 편이 나을 것 같았다.

수상한 의뢰

열흘이 지났다.

온 클랜은 매일 오전과 오후에 하나씩 흑마법진을 소멸시키고 그 자리에 비타젠 나무를 심었다.

달리아 고원의 중심부에 가까워지면서 새롭게 유령으로 분류하는 언데드인 스펙터와 레이스까지 등장했지만 놈들은 비행이 가능하고 신성력이 담긴 검기를 사용하는 가온에 의해 학살되어 대원들이 있는 곳까지 가지도 못했다.

온 클랜원들은 이제 본 나이트나 마수 구울 정도는 어렵지 않게 처리할 수 있었다.

정령사와 마법사 그리고 전사의 연환 공격과 합격술이 마치 톱니바퀴처럼 정교하게 이루어지기 시작한 것이다.

거기에 소드마스터인 가제타와 아직은 벽을 넘지 못했지만 간신히 월광비를 시전하기 시작한 나크 훈이 뒤를 받쳐 주었기에 동료들을 믿고 마음껏 자신의 기량을 펼칠 수 있었다.

그렇게 온 클랜이 소멸시킨 흑마법진이 있던 자리를 연결하면 토벌군이 리치가 있는 곳으로 향하는 통로가 되었다.

이제 토벌군은 온 클랜이 개척한 길의 양쪽 부분에 있는 흑마법진을 공략하거나 확보한 영역을 방어하는 데 주력했다.

토벌군은 위급할 때는 퇴각해서 바타젠 나무 사이로 피신하곤 했는데, 신기하게도 언데드들은 그곳까지는 들어오지 못했다. 그러니 당연히 피해가 확 줄었다.

양쪽에서 언데드들을 사냥하다 보니 거의 무제한이었던 것 같은 놈들의 숫자가 눈에 띄게 줄어들었다. 특히 본 계열, 즉 스켈레톤과 본 나이트의 숫자가 많이 줄어들었다.

이제 출몰하는 언데드는 마수 구울이 대부분이었고 가끔 스펙터나 레이스와 같은 유령 타입이 나왔지만, 성물과 성수를 이용해서 넓은 범위를 빠르게 홀리필드로 만드는 사제들 덕분에 비교적 쉽게 사냥할 수 있었다.

온 클랜이 미친 것 같은 활약을 한 덕분에 1왕자군은 죽음의 대지로 변해 버린 고원의 중간까지 진출해서 고원의 중심이라고 할 수 있는 거대한 운석공을 앞두고 있었다.

운석공 건너편에는 리치의 본진이 있었다.

리치의 본진을 앞두고 있지만 1왕자군의 사기는 굉장히 높았다.

어쨌거나 소드마스터인 로가트 대공과 그의 기사단이 합류했고 뛰어난 실력을 지닌 마법사와 사제 들도 추가로 합류해서 지난 열흘 동안은 거의 피해를 입지 않았기 때문이다.

숫자가 급증한 사제들로 인해서 비타젠 나무를 심지 않아도 숙영지 전체를 홀리필드로 만들 수 있어서 토벌군은 숙면을 취할 수 있었기 때문에 전력을 제대로 유지할 수 있었다.

'이제 소멸시켜야 할 흑마법진도 3개밖에 안 남았네.'

그동안 온 클랜이 처리한 흑마법진의 숫자는 17개여서 약속한 의뢰를 생각하면 운석공과 가까운 3개만이 남았다.

'1왕자군의 재정을 누가 담당하는지는 모르겠지만 속이 좀 아프겠네.'

상대가 1왕자였기 때문에 계약금도 받지 않고 시작한 의뢰는 벌써 끝이 보이고 있었다. 3개만 더 처리하면 100만 골드가 손에 들어오는 것이다.

대원들도 각자 1만 골드씩의 보너스를 약속했기에 다들 들떠 있는 상태였다.

가온은 1왕자군에서 추가로 의뢰를 하더라도 더 이상은 하지 않을 생각이다.

'정령들의 정찰에 따르면 운석공의 건너편 지역은 죽음의

기운이 농도 자체가 다르다고 했어.'

이제까지는 레이스 정도가 고작이었지만 운석공을 지나면 키메라나 데스나이트가 출현할 수도 있었다.

매일 흑마법진들이 하나에서 둘씩 소멸되고 있는 상황이니 말이다.

가온은 사실 지금까지는 운이 좋았다고 인정했다. 온 클랜의 전력으로 충분히 감당할 수 있는 언데드만 나왔기 때문이다.

1왕자군에서 급한 통신이 들어오기 전까지 가온은 자신의 방에서 그동안 거둔 성과를 확인하고 있었다.

일단 레벨은 353까지 올라서 레벨만 보더라도 기사로 치면 1급이 되었다.

정령들이 흡수하고 남은 것들을 넘겨주었고 꾸준히 천연 영약들을 복용하고 수련을 해서 그런지 마나와 마력 그리고 정령력은 모두 2만 5천을 넘겼고, 매번 언데드를 대량으로 사냥한 덕분에 가장 낮았던 신성력도 600을 넘겼다.

근력과 체력 등 다른 스탯들도 꾸준히 상승했지만 가장 고무적이었던 것은 언데드를 학살하다시피 사냥한 덕분에 명예 포인트가 다시 60만을 넘겼다는 사실이다.

물론 그렇다고 당장 찜해 놓았던 물건을 구입해서 네크로맨서의 능력을 갖출 생각은 하지 않았다. 의뢰를 마무리한 후에 시도해 볼 생각이다.

이번에는 스킬창도 열어 보았다.

'오! 드디어 올랐네!'

꾸준한 수련 덕분인지 던전에 들어오기 전에 진화시킨 오행신공과 청류심법이 나란히 2레벨이 되었다.

다른 스킬 중에는 쾌보가 등급 업을 했고 심어는 레벨이 하나 오르는 데 그쳤다.

언데드가 상대였고 주로 투명날개를 사용해서 공중에서 공격을 했기 때문이었다.

'아! 검술!'

철월검술은 1레벨이 올랐지만 상세한 내용을 살펴보니 초승달 형태의 검기를 날리는 신월비와 검사를 사용하는 월사검의 레벨이 각각 3레벨이 되어 있었다. 가끔 사용하는 월구폭도 2레벨이 되었다.

그렇게 흐뭇한 마음으로 자신의 성장을 살펴보고 있을 때 1왕자군을 실질적으로 이끄는 세 인물 중 한 명인 훔멜 백작으로부터 통신을 들어왔다.

-아주 잘하고 있네.

훔멜의 목소리에 흡족한 감정이 실려 있었다.

"일을 맡았으니 최선을 다할 뿐입니다."

-모든 용병이 다 자네 같았으면 좋을 텐데…….

"그런데 어쩐 일이십니까?"

가온은 훔멜 백작이 용병에 대한 부정적인 감정을 가지고 있으며 자신이 나크 훈의 제자임에도 불구하고 다른 이들처럼 기사에 준해서 보는 것이 아니라 용병으로 대한다는 느낌을 받았다. 그래서 말을 끊고 용건을 확인했다.

-일정을 좀 바꾸었으면 하네.

"이제 3개가 남았을 뿐입니다."

-나도 알고 있네. 그런데 현재 토벌군의 진로를 막고 있는 운석공 안에 고원 전체를 영향권으로 하는 거대한 흑마법진이 설치되어 있다는 정보를 입수했네. 3개 남은 흑마법진은 우리가 처리를 할 테니 온 클랜은 거대한 흑마법진을 소멸하는 데 참여해 주게.

"어느 정도 크기입니까?"

바로 거절을 하고 싶었지만 온 클랜이 혼자 소멸시키라는 것도 아니고 참여를 해 달라고 하니 일단 어느 정도는 들어 봐야 했다.

-일반 흑마법진의 열 배는 될 거라고 했네.

"그건 불가능합니다. 하고 싶어도 역량이 되지 않습니다."

다행히 가온은 흑마법진을 소멸시키는 과정에서 본인의 실력을 최소한으로 보여 주고 있었다.

대원들의 실전 경험과 던전을 클리어했을 때 얻는 업적을 고려한 결정이지만, 만약 지켜보는 눈이 있다면 그가 희귀한 아이템들을 사용할 뿐 실력은 최대 검기 완숙자라고 여길 것이다.

거기에 흑마법진을 가장 먼저 무력화시키는 데 꼭 필요한 것이 홀리필드 마법진인데, 매디의 역량과 그녀가 소지한 성물의 숫자로는 일반진에 비해서 10배나 큰 흑마법진을 감쌀 수 있는 홀리필드 마법진을 설치할 수 없었다.

　-그래서 이쪽에서 검기 완숙자 열 명, 검기 실력자 서른 명, 6서클 마법사 넷 그리고 대사제 네 명을 더 지원할 생각이네. 포션과 성물 그리고 무기도 지원하도록 하지. 그리고 이번 의뢰는 총 40만 골드가 보수이며 계약금으로 20만 골드를 지급하겠네.

　"돈이 문제가 아닙니다. 그렇게 되면 명령 체계가 흔들립니다."

　비록 나크 훈이 자신의 배경이 되어 주기에 기사들이 함부로 무시하지는 않지만 지원을 나온다는 기사들의 수준을 생각하면 지휘권을 제대로 행사할 수 있을 것 같지가 않았다.

　-그건 걱정하지 말게. 온 클랜의 고문인 가제타 백작의 직속 후배라고 할 수 있는 대공 기사단의 부단장을 지원대장으로 하고, 지원대는 자네의 지휘를 따르겠다고 왕자님 앞에서 맹세하도록 할 걸세.

　"생각을 좀 해 보겠습니다."

　아무리 생각해 봐도 불안했다.

　갑자기 온 클랜의 역량을 한참 뛰어넘는 의뢰를 하는 것도 그렇고 온 클랜원의 전력이나 숫자를 압도하는 전력을 지원하는 것도 이상했던 것이다.

　-자네 스승이 명예롭게 은퇴를 할 수 있도록 자네가 좀 도와주게나. 이 건이 성공하면 나크 훈 남작은 백작이 되어 영지까지 받게 될 걸세.

가온이 쉽게 제안을 받아들이지 않자 혹하게 만드는 당근까지 제시하는 것을 보자 더욱 불길한 생각이 들었다.

　하지만 훔멜 백작이 나크 훈의 거취를 언급하자 마음이 흔들렸다.

　나크 훈은 지금은 작위만 받았지 영지가 없었다. 허울뿐인 명에 단승귀족이라는 얘기다.

　하지만 영지를 가진 백작이 된다는 것은 계승 귀족이 된다는 것이니, 평생 기사로 국가와 왕을 위해 봉사를 해 온 나크 훈으로서는 굉장히 명예로운 일이 아닐 수 없었다.

　결국 가온은 상대의 제의를 수락할 수밖에 없었다.

　"대신 지금까지 저희가 수행한 의뢰에 따른 보상금과 새로운 의뢰에 대한 계약금 절반을 정산해 주십시오."

　ㅡ그건, 아니, 그렇게 하도록 하지.

　가온은 훔멜이 잠시 멈칫했을 때 또다시 불안함을 느꼈지만, 상대가 지급하겠다고 대답하는 순간 대수롭지 않게 넘겼다.

　"철수는 어떻게 합니까?"

　이동식 텔레포트 마도구는 한 번에 최대 일곱 명까지만 이용할 수 있었다. 숫자가 많아질 테니 철수하는 것도 일이다. 자칫 잘못하면 남은 사람들이 몰살당할 수도 있었다.

　ㅡ그 점은 우리가 알아서 하도록 하지.

　텔레포트 스크롤이라도 쓰려는 걸까? 뭐 그것까지 가온이 신경 쓸 필요는 없었다.

바로 대원들을 소집해서 그 사실을 알리고 이번에는 정말 위험하니 만반의 준비를 갖추도록 했다.

다음 날 아침, 약속한 시간보다 일찍 도착한 온 클랜원들은 불길한 기운이 물씬 풍기는 운석공을 살펴보았다.

"작은 운석이 떨어진 모양이야."

운석공의 크기는 직경이 대략 1킬로미터 정도이고 깊이는 20미터 정도였는데, 오랜 시간이 지났는지 가장자리가 완만한 언덕이 되어 있었다.

"이 운석공에 설치된 흑마법진이 정말 고원 전체에 영향을 미치는 건가? 다른 흑마법진보다 더 불길한 기운이 느껴지기는 하지만 잘 모르겠네."

대원들도 이제 죽음의 기운에 적응해서 그런지 몸이 움츠러들거나 하는 반응은 없었다.

그런데 이상하게 대원들 사이에 가온이 보이지 않았다.

"대장님은 어딜 가신 거지?"

"잠깐 볼일을 보고 오신다고 했는데……."

"알아서 오시겠지."

대원들은 각자의 무기와 방어구를 다시 한번 정비하면서 곧 시작될 언데드와 전투를 준비했다.

가온이 다시 돌아온 건 토벌군 측에서 지원하기로 한 전력

이 도착하기 직전이었다. 그래서 어딜 다녀왔는지 물어보려
고 했던 대원들은 입을 닫았다.

마침내 지원대가 도착했다.

총 48명을 대표해서 길게 찢어진 눈과 하관이 뾰족해서 굉
장히 차갑고 날카로운 분위기를 가진 중년의 기사가 앞으로
나왔다.

"누가 온 클랜장인가?"

"납니다. 누구십니까?"

인사도 생략하고 자신을 찾는 상대의 오만한 태도와 권위
의식이 가득한 상대의 눈빛에 기분이 상한 가온이 앞으로 나
서며 물었다.

"나는 지원대를 이끌고 온 대공 전하 휘하의 레너드 아클
란이다. 먼저 이것부터 받아라. 그대가 요청한 의뢰에 대한
보상금과 보급품이다."

레너드는 차가운 얼굴로 아공간 주머니 두 개를 내밀었다.

그때 나디아가 전음을 보내왔다.

—레너드는 대공의 수족으로 대공 기사단 부단장이에요. 경
지는 검기 완숙자이며 오만한 성격에 재물욕이 강하며 손 속이
무척 잔인한 자로 알려져 있어요.

한마디로 욕심 많고 특권 의식이 쩌는 인간이라는 설명이
었다.

그래도 일단 안심이 되었다. 전임 기사단장이었던 가제타

가 온 클랜의 고문이니 자신이나 대원들은 몰라도 가제타의 말은 어느 정도 들을 테니 말이다.

"일단 보급품부터 확인해 보겠습니다."

가온이 먼저 한 아공간 주머니에 손을 집어넣었는데 거기에는 홈멜과 얘기를 한 각종 포션들이 가득 들어 있었다.

그런데 다른 아공간주머니를 살펴보려고 할 때 문제가 생겼다.

"1왕자 전하께서 챙긴 보상금을 확인을 하겠다고? 용병 따위가 감히!"

레너드는 마치 1왕자의 권위가 손상되었다는 듯 얼굴을 붉히며 버럭 소리를 질렀다.

"금전 관계는 투명해야 하는 법입니다. 그래야만 신뢰가 유지될 수 있기 때문이지요."

상대가 화를 낸다고 해서 눈 하나 꿈쩍할 가온이 아니다. 그렇게 말을 하면서 바로 아공간 주머니의 내용을 확인했다.

계약금이 따로 없었으니 받을 보상금은 총 85만 골드다 거기에 이번 의뢰에 대한 계약금까지 합하면 무려 105만 골드다.

'어마어마하네.'

어나더 문두스를 플레이하면서 꽤 많이 벌어들이기는 했지만 이런 거금은 처음이다.

아공간 주머니 안에 들어있는 돈 주머니들을 꺼내 확인하는 가온의 속내는 기쁠 수밖에 없었다.

그런데 이상했다.

약속한 돈은 105만 골드인데 아공간 주머니 안에는 95만 골드밖에 없었던 것이다. 한 주머니에 1만 골드씩 들어 있고 골드도 아니고 100골드 가치를 가진 골덴으로 채워져 있으니 확인하는 데 오랜 시간이 걸리지도 않았다.

액수를 확인한 가온의 얼굴이 딱딱하게 굳었다.

"10만 골드가 부족하군요."

"그럴 리가 없다! 재정 담당인 데크란 백작께서 직접 주신 후 누구도 손을 댄 이가 없다!"

레너드가 마치 모욕이라도 받은 얼굴로 소리쳤다.

하지만 그런 상대의 태도를 물끄러미 쳐다보던 가온이 통신기를 꺼냈다.

"과정에 하자가 없다면 직접 확인하면 될 일입니다."

가온이 막 통신기를 작동시키려고 하자 레너드가 마른침을 삼키며 손을 들었다.

"잠깐! 시간이 없다. 의뢰를 수행한 후 확인해도 되지 않은가? 그리고 설사 아공간 주머니 안에 들어 있던 돈이 부족하다고 하더라도 하찮은 용병 따위가 그것을 확인하는 것은 1왕자 전하의 권위를 모욕하는 것임을 모르는가?"

듣다 보니 열이 받는다. 용병 취급이야 어쩔 수 없지만 '하찮은'이라는 단어를 사용하는 것을 보니 상대가 용병들을 얼마나 우습게 보는지 알 수 있었던 것이다.

무엇보다 온 클랜은 대가를 받기는 했지만 지지부진하던 전황을 바꾸고 있지 않은가.

"용병은 의뢰에 대한 계약금이나 보상액이 약속한 것과 달라도 확인하면 안 되는 겁니까?"

"이익!"

가온의 차가운 말에 레너드는 당장 할 말이 없는지 식식거리기만 했다.

'이 하찮은 용병 놈이 감히!'

화는 나지만 상대의 태도는 그가 아는 용병들과 달리 완강했고 무엇보다 그의 뒤에는 유명한 나크 훈과 소드마스터이자 전임 기사단장이었던 가제타가 있었다.

"우리 클랜이 오늘 수행하기로 한 의뢰는 이제까지 우리가 완수한 의뢰에 대한 보상금과 새로운 의뢰에 대한 계약금을 수령하는 것이 전제 조건이었습니다. 훔멜 백작님께서도 지급을 약속하셨고요. 전제 조건이 만족하기 전에는 새로운 의뢰를 수행할 수 없습니다."

가온의 태도는 강경했다. 오죽하면 나크 훈이 넌지시 와서 그에게 적당히 하라는 듯 툭툭 쳤지만 그는 꿈쩍도 하지 않았다.

'상대가 용병 취급을 하면 그대로 할 뿐!'

용병에게 돈은 목숨이다. 아주 오래전 탄 대륙에서는 용병과 강도가 동의어로 쓸 정도로 질 나쁜 용병들이 넘쳐 날 때도 있었지만, 용병 총본부가 생기고 오랫동안 옥석을 가른 후에는 빠르게 인식이 좋아졌다.

다만 목숨을 바쳐 돈을 버는 용병들이기에 상인 이상으로 돈 계산이 정확해서 세간에는 용병들이 돈을 굉장히 밝힌다는 인식이 널리 퍼져 있었다.

"에잇! 누가 용병 아니랄까 봐 그렇게 돈을 밝혀!"

"스승의 명예 따위는 생각하지 않는 건가?"

지원을 나온 기사 일부가 쑥덕거리는 소리가 들렸다.

덕분에 분위기가 싸늘해졌지만 가온은 신경 쓰지 않았다.

"정말 돈을 다 받아야 움직일 생각이냐?"

레너드가 금방이라도 검을 빼 들 것 같은 태도로 물었다.

"내가 믿는 것은 계약의 당사자인 홈멜 백작 각하나 재정 담당인 데크란 백작 각하 그리고 영명하신 1왕자 전하께서 용병과 약조한 것을 지키지 않을 리가 없다는 사실입니다. 약속이 이행되어야 다음 스텝을 밟겠다는 것이 대체 뭐가 잘못되었다는 겁니까? 왜 확인하는 것이 1왕자 전하의 명예를 더럽히는 겁니까?"

가온의 대답에 쑥덕거리던 이들이 입을 닫았다.

상식적으로 그의 말이 옳았기 때문이다. 그들이 아는 1왕자는 외가는 물론 처가인 오베른 공작가도 대형 상단과 광산 등을 소유한 고위 귀족가여서 돈을 아끼지 않았다.

1왕자군의 재정을 맡고 있는 것으로 확인된 데크란 백작도 마찬가지다.

　백작 정도면 돈에 연연할 신분이 아닌 데다가 재정 책임자가 돈 문제를 어설프게 처리할 리가 없다.

　일반인들에게는 천문학적인 거금이지만 1왕자와 재정 책임자의 입장에서는 고작 10만 골드밖에 안 되는 돈을 아끼자고 덜 준비했다는 것은 누가 보더라도 이해가 가지 않았다.

　온 클랜 쪽에 서 있는 가제타와 나크 훈의 눈빛이 차가워졌다.

　그들 역시 레너드가 수작을 부리고 있다는 사실을 눈치챈 것이다.

　레너드는 지원을 나온 동료들은 물론 자신에게는 스승이나 다름없는 가제타 백작의 눈치를 볼 수밖에 없었는데, 시간을 끌었다가는 일 자체가 어그러질 것 같자 내심 크게 당황했다.

　'빌어먹을!'

　진짜 확인이라도 하는 날이면 자신의 위신은 바닥에 떨어질 테고 대공가에서의 입지도 크게 흔들릴 것이다.

　그는 분명히 105만 골드를 수령했고 수령증에 인장까지 찍었으니 말이다.

　그렇게 분위기가 바뀌자 가온은 다시 통신기를 작동시키려고 했다.

"잠깐! 좋다! 사유가 무엇이 되었든 돈이 부족한 것은 사실이니 내 사비로 10만 골드를 채워 주겠다! 나야 나중에 받으면 되니."

궁색한 변명을 한 레너드가 이를 갈며 품에서 아공간 주머니를 꺼내 열 개의 작은 돈주머니를 건네주었다.

그는 마치 중대한 의뢰를 위해서 자신의 사비를 쓰는 것처럼 행동했지만 그것을 보는 사람들의 눈빛은 차가웠다.

동일한 크기와 색상의 돈주머니만 보더라도 다들 그가 미리 10만 골드를 챙겼다는 사실을 짐작한 것이다.

그가 비록 대공이 신임하는 기사단의 부단장이라고 해도 영지를 가진 귀족도 아닌데 이렇게 위험한 던전에 들어오면서 10만 골드라는 거금을 소지하고 왔다는 것은 말도 안 된다.

10만 골드라면 어지간한 남작가의 1년 예산의 두세 배에 해당하는 거금이다.

아무리 그가 대공에게 신임을 받는 기사라고 해도 그런 거금을 겁도 없이 빼돌리려고 하다니 참으로 간도 컸다.

"하아!"

돌아가는 상황을 지켜보던 가제타 백작이 한숨을 내쉬며 레너드를 싸늘하게 노려봤다.

보는 눈이 많아서 나서는 것이 늦었더니 레너드의 더러운 탐욕이 노골적으로 드러나 버린 것이다.

'감히 대공 기사단의 명예를 떨어뜨리다니!'

오늘의 작전이 중요하지 않았다면 자신이 직접 나서서 작살을 내 버렸을 것이다.

가온은 돈을 받았지만 바로 움직이지 않았다.

"홈멜 백작께서는 여러분의 지휘권을 제가 가진다고 말씀하셨습니다. 혹시 그 내용을 모르시거나 이의가 있는 분은 당장 돌아가 주십시오. 특히 기사분들은 전장에서 지휘권을 가진다는 의미를 잘 아시리라고 생각합니다."

지휘권을 가진다는 것은 명령에 불복종할 경우 즉결 처형을 포함한 다양한 처분이 가능하다는 의미다.

가온의 말에 레너드가 부들부들 떨었지만 아무 소리도 하지 않았다.

지원대에 참가한 기사들은 그런 레너드를 차갑게 노려봤다.

그들 역시 용병 주제에 이렇게 깐깐하게 구는 가온이 마음에 안 들었지만 첫 만남부터 지원대장이라는 자가 엄청난 실수를 해 버리는 바람에 아예 기선을 제압당해 버린 것이다.

이젠 용병의 지휘를 순순히 받아들여야만 하는 상황이 되어 버린 것이다.

결국 그렇게 한바탕 난리를 치른 끝에 사람들은 간단한 소개만 하고 바로 가온을 따라 운석공 아래로 내려갔다.

흑마법진은 운석공의 중앙에 설치되어 있었는데 미리 알려 준 대로 크기가 기존에 소멸시켰던 것의 열 배 정도나 되었다.

"사제들께서는 바로 흑마법진을 감쌀 크기의 홀리필드 마법진을 설치해 주십시오. 매디는 사제님들을 도와드려."

가온의 명령이 떨어지자 사제들은 성물 등 준비해 온 물건들을 꺼내 대형 홀리필드 마법진을 설치하기 시작했다.

"정령사들은 흑마법진을 중심으로 열 보 간격으로 세 개의 흙벽을 만들어요."

대지의 정령들이 땅을 솟아오르게 만들어서 높이가 5미터에 이르는 세 겹의 흙벽들을 동심원처럼 차례로 만들어 내기 시작했다.

"흙벽이 완성되면 온 클랜은 서쪽을 맡으시고 기사님들은 동, 남, 북쪽을 맡으십시오. 세 번째 흙벽에 적당한 간격을 두고 대기하다가 언데드를 상대하면 됩니다. 가제타 고문님은 동쪽, 나크 훈 고문님은 서쪽, 레너드 님은 북쪽, 알피온 님은 서쪽에 대기하고 있다가 밀리거나 위험한 분을 지원하시면 됩니다. 마법사님들도 한 분씩 한 방위를 맡아서 후방에서 언데드에게 가장 위력적인 마법을 자유로이 펼치시면 됩니다."

가제타는 소드마스터였고 나머지 세 명은 소드마스터에 겨우 한 발자국 부족한 경지였다.

그리고 네 마법사는 모두 6서클이고 이전에도 언데드를 상대했을 테니 따로 지시를 내릴 필요가 없었다.

"정령사들은 성수를 항아리에 담아 주고 랄프와 스톤은 그 것들을 사람들의 옆에 놔줘요. 퍼슨과 패터는 항아리마다 창 10자루씩을 꽂아 주고!"

가온의 추가 명령에 대원들이 바쁘게 움직였는데 네 사람 이 쾌보를 사용해서 날듯이 빠르게 이동하는 것을 본 기사들 의 눈빛이 강해졌다.

겨우 검광 실력자 정도로 보였는데 자신들이 마나를 사용 해서 전력을 다해 달리는 것과 비견해서 뒤지지 않았기 때문 이다.

시간이 더 있다면 이제까지 해 왔듯 대지의 정령들을 활용 해서 놈들의 공격 범위를 180도 방위로 제한했으면 좋겠는 데 벌써 언데드가 몰려들고 있었다.

"옵니다! 다들 준비하십시오!"

레너드는 뭔가 마음에 들지 않는지 뭐라고 불만을 제기하 려고 했지만 운석공의 가장자리에는 벌써 다양한 본 언데드 와 마수 구울 무리가 보였다.

놈들이 운석공의 중앙까지 오려면 시간이 좀 걸리겠지만 그렇다고 여유가 있는 것도 아니다.

이미 언데드를 상대해 본 경험이 있는 이들이었기에 은도 금을 한 무기를 꺼내 들고 가온의 말을 따라 각자의 위치를 정하고 놈들을 맞이할 준비를 했다.

"아! 그리고 혹시 부상을 입거나 지치게 되면 뒤쪽으로 물러나서 우리 온 클랜의 정령사들을 찾으십시오. 필요하신 포션을 지급해 드릴 겁니다."

가온은 그렇게 말하면서 네 방향으로 흩어져서 자리를 잡은 정령사들에게 적절한 숫자의 포션을 나눠 주었다.

그런데 그의 이동속도를 지켜본 기사들과 마법사들의 눈이 커졌다.

분명히 이동 마법을 사용하는 것은 아닌데 동체 시력을 능가할 정도로 이동속도가 빨랐다.

'소문보다 더한 자로군.'

마법을 시전할 때 당연히 따르는 마나의 유동도 없으니 육체 능력만으로 저렇게 빨리 움직이는 것이란 결론밖에 없었다.

지난 열흘 동안 17개의 흑마법진을 소멸시키는 미친 활약을 한 것도 그렇고, 1왕자군에서 수뇌부로 인정받은 레너드를 상대로 한 치도 밀리지 않는 기세 싸움을 한 것을 본 사람들은 자연스럽게 가온의 실력과 카리스마를 받아들였다.

물론 그럼에도 불구하고 가온을 향해 적대적인 시선을 던지는 자들이 있기는 했지만, 막상 그 당사자는 아무런 신경도 쓰지 않았다.

두 번 다시 볼 사이가 아니고 지원대에게 무리한 요구를 할 생각이 없기 때문이다.

언데드의 선두가 세 번째 흙벽의 지척에 도착했다. 해골마를 타고 있는 300기 정도의 본 나이트들이었다.

그사이에 허니비 비약을 복용하고 정령력을 보충한 온 클랜의 정령사들과 마법사들이 가장 먼저 공격을 시작했다.

"파이어!"

화염이 생성되자 바람의 정령이 강하게 바람을 불었고 곧 화염이 전방으로 넓게 퍼지며 언데드를 향해 날아갔다.

화르르.

시뻘건 화염은 순식간에 해골마와 본 나이트 들을 덮쳤고 귀에는 들리지 않지만 소름 끼치는 저주파 비명이 사방에서 터져 나왔다.

그 광경을 본 마법사들은 깜짝 놀랐다.

'1서클의 파이어 마법과 바람의 정령을 이용해서 파이어 필드나 파이어 스톰에 해당하는 위력적인 마법을 구현하다니!'

파이어 필드가 4서클, 파이어 스톰이 5서클 마법인데 지속형 마법인 파이어와, 바람의 정령이 방향 전환이 가능한 바람을 불게 할 수 있는 정령 마법을 구현해 낸 것이다.

그렇게 첫 번째 공격은 성공이었다. 화염은 순식간에 세 번째 흙벽 주위를 가득 채웠고 해골마와 본 나이트 들은 하나둘 화염에 휩싸여 검게 타서 가루가 되어 가고 있었다.

'2진은 마수 구울입니다. 옆에 놓인 항아리에 꽂혀 있는

창을 던지십시오!'

사람들은 머릿속으로 직접 전해지는 심어에 크게 당황했지만, 다들 베테랑들답게 곧 정신을 차리고 이미 투창을 시작한 온 클랜원들을 따라 항아리에 거꾸로 꽂혀 있는 창을 뽑아 마수 구울의 머리를 향해 던지기 시작했다.

배신

 울프 종류가 베이스가 된 마수 구울의 숫자가 다른 때보다 훨씬 많았지만 이쪽 역시 사람이 많이 늘어났고 대부분 검기를 사용하는 실력자들이라서 놈들을 상대하는 것은 어렵지 않았다.

 고위급 사제들은 매디의 조력을 받아서 거대한 홀리필드 마법진을 설치하고 있었는데, 자를 사용해서 바닥에 금을 긋고 마나 전도율이 높은 용액을 붓는 과정 없이 미리 만들어진 마법진 전용 선을 사용하고 있었다.

 '저런 것이 있으면 홀리필드 마법진을 설치할 때 시간을 많이 단축할 수 있을 것 같네.'

 평소에는 동그랗게 말려 있었지만 힘을 주면 구부러짐 없이 똑바로 뻗는 전용 선은 신전이나 마탑에서 본 적이 없었지만, 판매는 할 것 같았다.

물론 그게 아니더라도 조금만 연구하면 매디와 온 클랜의 마법사들도 충분히 만들 수 있을 것 같았다.

아무튼 마법진 전용 선 덕분에 설치 시간이 많이 절약되고 있었다.

'이 정도라면 대형 흑마법진을 무난하게 소멸시킬 수 있을 것 같은데.'

전황을 지켜보며 그렇게 판단하는 가온은 싸움이 시작된 직후 투명날개를 사용해서 하늘로 날아오른 상태였다.

아직 지원조의 네 강자는 물론이고 마법사들은 참전조차 하지 않았다. 그 정도로 위험한 상황이 아니기 때문이다.

그런데 얼마 후 운석공 가장자리 쪽을 매의 눈으로 바라본 가온의 얼굴이 딱딱해졌다.

멀리에서부터 달려오고 있는 검은 뼈로 이루어진 스켈레톤들과 거대한 체구의 구울들이 눈에 들어왔기 때문이다.

서둘러 주위로 시선을 돌리니 다른 방향도 마찬가지였다.

'젠장!'

뼈의 색깔이 검은 데다가 스켈레톤들의 골격 구조로 볼 때 인간이 베이스가 아니라 오크인 것 같은데 그쪽은 아예 신경을 쓸 수 없었다.

'오크가 베이스인 다크 스켈레톤들이야 별거 아니지만 구

울이 문제네. 마수 구울이 있다면 몬스터 구울도 예상했어야 했는데.'

키가 대략 5미터 이상인 것을 보면 분명 트롤이나 오우거가 베이스가 된 구울일 것이다.

트롤 구울이나 오우거 구울은 일단 체구가 크고 생전의 능력을 어느 정도 발휘할 수 있기 때문에 검기 실력자 정도가 아니라면 상대하기가 힘들다.

'아무래도 다른 무기가 있어야 할 것 같은데. 벼리야, 뭐 좋은 거 없을까?'

ㅡ뇌전을 사용해서 움직임을 둔화시키는 것이 가장 효과적일 것 같아요.

맞는 말이다. 트롤이나 오우거는 거대한 몸집과 달리 굉장히 민첩하다.

말이나 늑대의 전력 질주를 간단하게 따라잡을 수 있을 정도이고 공격 속도 역시 검기 실력자가 아니라면 피하기 힘들 정도로 빨랐다.

구울의 경우 사체의 상태나 주입한 흑마력 그리고 제작을 주도한 흑마법사의 경지에 따라서 전투력이 달라지지만 보통의 경우 살아 있을 때보다 더 강한 경우가 많았다.

하지만 가온은 철수나 도망을 아예 생각하지 않았다. 살아 있는 트롤이나 오우거도 사냥을 해 봤다.

구울이 되면서 육체 능력은 좀 더 높아졌겠지만 사냥을 못

할 정도는 아닐 것이다.

일단 구울화가 되면서 올라간 육체 능력부터 떨어뜨리려면 어떻게 해야 할까?

'아무래도 성수를 많이 써야 할 것 같네.'

성수는 언데드의 능력을 다운시킬 수 있는 최고의 수단이다.

다행한 건 오늘 지원을 나온 대사제들이 가지고 온 성수가 10리터짜리 물주머니 100개에 달한다는 사실이다.

대사제 정도면 성수를 만들 수 있었기에 훔멜과 통신을 할 때 최대한 많이 가지고 와 달라고 부탁을 했었다.

'은도금 무기도 충분하고.'

던전 밖에서 구입해 온 것들도 아직 남았지만 급하면 블랙펄 상단에서 턴 물건들을 사용해도 된다.

그렇게 가온이 새로운 종류의 구울을 상대할 방안을 구상하고 있을 때 사람들은 어느새 본 계열의 언데드와 마수 구울을 거의 처리하는 기염을 토했다.

모두 1왕자군에서는 정예로 분류되는 이들다웠다.

가온은 날개를 크게 흔들어 운석공의 중앙으로 되돌아갔다.

"베린트 대사제님, 얼마나 더 걸리겠습니까?"

네 명의 대사제를 지휘하는 베린트는 공중에서 느닷없이 들려온 목소리에 깜짝 놀랐지만 이내 가온임을 확인하고 입을 열었다.

"이미 설치는 끝났네. 그런데 이상하게 신성력이 흑마법진의 기운을 압도하지 못하고 있네. 아무래도 흑마법진이 하나가 아니라 중첩된 것 같네. 우리가 기도를 해서라도 신성력을 더 높여야 할 것 같아."

"만약 기도를 드려도 압도하지 못한다면 어떻게 되는 겁니까?"

시간이 없기 때문에 이유를 파악하는 대신 대안을 마련해야만 했다.

"진은 부서지고 그 반발로 흑마법진의 흑마력과 죽음의 기운이 증폭할 가능성이 높네. 그렇게 되면 언데드들은 훨씬 더 강해진 힘으로 날뛸 것이고 우리 쪽은 흑마력과 죽음의 기운에 노출이 되어 대부분 내상을 입겠지."

그렇게 되면 최악이다. 만약 그런 상황이 되면 의뢰를 포기하는 것이 최선이었다.

'빌어먹을!'

뭔가 불길한 마음 때문에 이제까지는 지하 은신처에 두었던 텔레포트 마도구 한쪽을 챙겨 왔다. 즉 텔레포트를 할 수 없는 상황이라는 말이다.

가온은 불안한 마음속에서도 몇 가지 대비를 했다.

'먼저 캠부터!'

게임튜브에 플레이하는 모습을 방송하는 플레이어들이 그

랬듯 일단 캠부터 작동시켰다.

눈에 보이지는 않지만 본인의 시야는 물론이고 전후좌우 그리고 공중까지 총 다섯 개의 캠이 작동했다.

'지원을 나온 이들이 다른 소리를 하면 안 되지.'

다른 때라면 굳이 이럴 생각까지 하지 않았을 텐데 의뢰를 수행하기도 전에 레너드라는 자가 하는 짓을 보면 철저히 준비해야만 했다.

"잠깐 모이십시오!"

심각한 감정이 담겨 있는 가온의 외침에 한숨 돌리고 있던 사람들이 순식간에 모여들었는데, 큰 힘을 들이지 않고도 1차 공격을 막아 내서인지 다들 얼굴이 밝았다.

"사제들께서 힘들게 설치한 홀리필드진이 흑마법진을 제압하지 못하고 있습니다. 이런 상황에 오크가 베이스인 스켈레톤들은 물론 트롤 구울과 오우거 구울까지 몰려오고 있습니다."

"헙!"

이제까지 상대한 울프 기반의 구울이 아니라 트롤과 오우거 구울이라니 사람들의 얼굴이 딱딱하게 굳었다.

"숫자는? 트롤과 오우거 구울의 숫자가 얼마나 되나?"

아직은 후방에서 대기하고 있었던 가제타가 긴장한 얼굴로 물었다.

"트롤 구울은 대략 100여 마리이고 오우거 구울은 30마리 정도였습니다."

뒤쪽에서도 검은 먼지가 일어나는 것으로 보아 더 많아 보였지만 매의 눈으로 살펴본 숫자만 얘기를 했다.

다크 스켈레톤과 마수 구울을 처리하면서 올라갔던 분위기는 순식간에 차갑게 식었다.

"젠장! 이럴 줄 알았어!"

누군가 거칠게 욕설을 내뱉었다.

"그래서 어떻게 할 거냐?"

이번에는 레너드가 나섰다.

"의뢰를 받았으면 완수를 하건 실패를 하건 끝까지 해 봐야지요. 홀리필드진은 이미 완성되었고 대사제님들이 기도까지 해 가면서 고군분투를 하고 있는 상황인데 포기할 수는 없지요."

"크흠!"

포기를 한다는 말을 예상했었는지 레너드는 바로 대응하지 못하고 헛기침을 했다.

"오크가 베이스인 스켈레톤들은 검광 실력자들이 맡고 나머지 분들은 트롤과 오우거 구울을 상대해 주셔야겠습니다. 하니 진형을 좀 바꾸겠……."

"잠깐!"

갑자기 가제타가 끼어들었다.

"말씀하십시오."

"지원 나온 이들과 따로 할 말이 있네. 최대의 효율을 이끌어 낼 수 있는 진형을 구상해 볼 테니 온 클랜이 잠시만 놈들의 공격을 감당해 주게."

그거야 어렵지는 않다. 트롤과 오우거 구울들이 있기는 하지만 놈들은 뒤쪽에 있고 앞쪽은 오크가 베이스인 스켈레톤들이 대부분이니까.

온 클랜원들이 세 번째 흙벽에 듬성듬성 자리를 잡았을 때 오크 스켈레톤들이 공격 범위 안으로 들어왔다.

"투창!"

지금 머리를 맞대고 있는 지원군이 합류할 때까지만 버티면 되기에 대원들은 익숙한 솜씨로 창을 던지기 시작했다.

물론 궁사인 스톤과 로테는 마나를 주입한 화살을 날렸다.

퍽! 퍽! 퍽! 퍽! 퍽!

그동안 지속해서 투창 훈련도 해 왔고 지난 열흘 동안에도 초반에는 투창으로 톡톡히 재미를 봤기 때문에 대원들이 던진 창들은 여지없이 스켈레톤들의 단단한 두개골을 부수고 있었다.

유일하게 두개골이 아니라 다른 부위를 부수는 창은 한동안 투창을 하지 않았던 나크 훈 정도였다.

하지만 스켈레톤들의 숫자가 너무 많아서 별로 표가 나지는 않았다.

그럼에도 대원들은 빠르게 창을 연속해서 던졌다. 직접 교전할 수 있는 거리 안으로 들어올 때까지 최대한 많은 피해를 입혀야 한다는 사실을 잘 알고 있었던 것이다.

이때 가장 많은 활약을 하는 대원은 바로 스톤과 라테다. 아예 화살통들을 옆에 꺼내 놓고 성수를 부어 버린 두 사람은 성수에 젖은 화살을 빠르게 날리고 있었는데, 연사임에도 불구하고 열 중 일고여덟 발은 스켈레톤들의 머리통을 뚫고 있었다.

"온 대장, 잠깐만 이리로 오게!"

가온은 가제타의 외침에 빠르게 지원군이 모여 있는 곳으로 날아갔다.

"무슨 일이십니까?"

짜증이 났다. 스켈레톤들이 이미 코앞까지 온 상황인데 대체 무슨 말을 하려고 부른 것일까?

"신성 마법진이 흑마법진을 전혀 제어하지 못하고 있네. 아무래도 철수를 해야 할 것 같아. 레너드 경은 어떻게 생각하나?"

가온은 가제타의 말에 내심 기뻐하면서 레너드를 쳐다봤다. 의뢰에 대한 건은 자신과 레너드가 결정을 해야 했기 때문이다.

만약 그 혼자 결정을 내려 철수를 한다면 의뢰 실패로 인한 책임을 져야 하지만 의뢰인 측 대표인 레너드가 철수를 결정했다면 온 클랜은 책임을 지지 않아도 되는 것이다.

가온은 고문인 가제타가 온 클랜을 생각해서 내린 결정이라고 생각해서 내심 그를 불편하게 여겼던 자신을 책망했다.

가온과 가제타가 은연 중 방출하는 압박에 레너드가 고개를 끄덕였다.

"철수를 하지요."

"그럼 지원대는 먼저 출발해!"

대표는 가온과 레너드인데 가제타가 명령을 했다. 그러자 불안한 얼굴로 대화를 경청학고 있었던 기사와 마법사 그리고 대사제 들이 기다렸다는 듯 손에 들고 있는 매직 스크롤을 찢었다.

화아악!

하얀 빛무리에 휩싸였던 사람들이 순식간에 사라졌다.

지원대에서 남은 사람은 레너드밖에 없었다.

"온 클랜도 철수를 해야지?"

"그래야지요."

"그런데 텔레포트 마도구가 안 보이는데 어디에 있나?"

"혹시 몰라서 안전할 때 쓰려고 챙겨 두었습니다."

가제타가 왜 마도구를 찾는지 모르겠지만 기분이 나빠서 대답이 퉁명스러울 수밖에 없었다.

"좀 꺼내 보게."

"지금 그럴 때가 아닙니다! 당장 움직여야 합니다!"

가제타의 어깨 너머로 이제 막 운석공 아래로 달려 내려오고 있는 트롤과 오우거 구울들이 보이기 시작했다. 아마 그 역시 가온의 어깨 너머로 그 모습을 보고 있을 것이다.

"일단 좀 꺼내지. 그 비행 아이템도 함께. 내가 좀 확인할 게 있네."

마치 마도구를 손으로 받겠다는 듯 팔을 내미는 그의 목소리가 왠지 차갑다.

"왜 그러는지 모르겠지만 나중에 확인하십시오. 지금은 그럴……."

뭔가 달라진 가제타의 태도에 갑자기 머리카락이 곤두서고 온몸에 소름이 짝 끼치는 것을 느낀 가온이 쾌보를 사용해서 뒤쪽으로 날아가려는 순간 가제타의 주먹이 세 배로 커지는가 싶더니 그의 가슴을 가격했다.

퍽!

푸욱!

"크윽!"

거의 무방비 상태에서 가슴을 주먹으로 가격당한 가온이 피분수를 토하며 뒤로 날아갔다.

레너드가 언제 움직인 것인지 모르겠지만 가온의 뒤쪽, 그리 멀지 않은 곳에 서서 마치 그를 받으려는 것처럼 손을 벌렸지만 가온의 몸은 높이 떠서 거의 10미터나 날아가더니 첫 번째 흙벽에 거세게 부딪히더니 벽 너머로 떨어졌다.

"서, 선배, 이게 대체 무슨?"

우연히 가온 쪽으로 시선을 주었던 나크 훈이 경악한 얼굴로 가온을 향해 달려오며 외쳤다.

"대장님!"

나크 훈의 외침에 이제야 변고를 알아 챈 대원들이 가온을 향해 달려오기 시작했다.

"선배, 대체 이게 무슨 짓이오?"

"제기랄! 용병 따위가 과분한 보물을 가진 것과 능력 이상의 공을 세운 것이 죄다!"

나크 훈을 향해 차가운 얼굴로 대답을 하듯 외친 가제타는 벌써 세 번째 흙벽을 넘고 있는 언데드의 파도를 확인하고는 품에서 텔레포트로 짐작되는 스크롤을 꺼냈다.

"돈, 돈을 챙겨야 합니다!"

레너드가 그 와중에서도 가온 쪽을 쳐다보며 소리쳤다.

"이 미친 새끼야! 그러니까 내가 신호를 했잖아! 칠 때 제대로 받았어야지! 돈과 아이템들은 아깝지만 지금 안 벗어나면 아예 기회가 없어!"

쾌보를 사용한 온 클랜원들은 이미 입과 코로 선홍색 피를 게워 내며 미동도 하지 않는 가온의 지근거리까지 도착했고 그새 언데드들은 세 번째 흙벽의 지척까지 도달했다.

"가제타!"

분노가 머리끝까지 치밀어 오른 나크 훈이 가제타를 볼

렸지만 그는 그쪽은 쳐다보지도 않고 텔레포트 스크롤을 찢었다.

"이익! 빌어먹을!"

아쉬운 눈빛으로 가온을 쳐다보고 있던 레너드가 벌써 세 번째 흙벽을 넘고 있는 언데드들을 확인하고는 품에서 급하게 매직 스크롤을 꺼내더니 허둥거리며 찢었다.

화아악!

가제타와 레너드가 하얀 빛과 함께 차례로 사라졌다.

사방에서 몰려오는 트롤 구울과 오우거 구울들이 향하는 중심부에 남은 것은 온 클랜원들밖에 없었다.

"이런 고블린 똥 같은 새끼들!"

가온 곁에 도착한 나크 훈이 상황을 파악하고 기사답지 않게 상스러운 욕설을 내뱉었다.

그는 다급하게 입 주위와 앞섶이 피범벅이 된 가온을 안아 들고 호흡부터 확인하고는 안도의 숨을 내쉬었다. 죽은 줄 알고 놀랐는데 다행하게도 가늘지만 호흡은 이어지고 있었다.

"온아!"

나크 훈이 다급하게 온을 불렀지만 그는 정신을 차리지 못하고 연신 기침을 했다.

"쿨럭!"

심각한 내상을 입은 가온이 발작적으로 기침을 할 때마다 입에서 시뻘건 피가 흘러나왔다.

"온아, 괜찮니?"

"대장님!"

경악과 분노로 얼굴이 일그러진 대원들이 가온을 둘러쌌다.

"설마 우리가 버림받은 건가?"

그때 겨우 다른 대원들과 합류한 매디가 금방이라도 눈물을 흘릴 것 같은 얼굴로 혼잣말을 했다.

"빌어먹을! 이런 식으로 배신을 당하다니!"

대원들은 가온이 믿고 있었던 가제타에게 치명상을 입은 변고에 정신이 없는 와중에서도 사방에서 물밀듯 달려오고 있는 언데드의 파도가 세 번째 흙벽을 넘고 있는 것을 지켜보며 절망감에 휩싸였다.

숫자도 숫자지만 거대한 몸집을 가지고 있는 트롤과 오우거 구울들이 보였던 것이다.

"쿨럭!"

나크 훈의 품에 안겨 있는 가온이 거세게 기침을 하며 다시 한번 핏덩이를 뱉어 냈다.

"온아!"

"대장님!"

대원들은 가온이 금방이라도 죽을 것 같아서 비통한 얼굴이 되었지만 그는 힘겹게 눈을 떴다.

"저, 정령사들은 당장 우리의 앞쪽에 구덩이를 만들어. 트롤이나 오우거가 빠져도 쉽게 나올 수 없을 정도로 최대한 깊이!"

처음에는 듣기도 힘들 정도로 힘겨운 목소리였지만 나중에는 강한 힘과 의지가 느껴지는 명령이었다.

"빨리!"

세르나가 가장 먼저 정신을 차리고 대지의 정령을 소환했다. 그러자 나머지 정령사들도 대지의 정령을 소환해서 첫번째와 두 번째 흙벽 사이에 구덩이를 파기 시작했다.

'카오스, 너는 내 쪽을 제외한 나머지 방향의 흙을 최대로 올려 줘!'

자신이 보고 있는 쪽을 제외한 대략 270도에 해당하는 방위에 대지를 높이 솟구치게 만들어서 흙벽을 쌓으면 언데드들의 접근을 일단 막을 수 있다.

가온은 자신이 심각한 내상을 입은 지금 가장 먼저 할 일은 언데드의 예봉을 꺾는 일이며 가장 쉽고 빠르게 할 수 있는 조치를 취한 것이다.

그런데 정령사들만 움직인 것이 아니다. 마론을 시작으로 헤븐힐, 매디, 바로, 나디아까지 디그 마법을 연속으로 펼쳐서 대지의 정령들이 하는 일을 돕기 시작했다.

그러는 사이에 카오스는 가온이 있는 방향을 제외한 세 방향에 거의 10미터에 달하는 흙더미를 일으켜 세웠다.

그것을 본 정령사와 마법사 들은 자신들의 능력으로는 불가능한 일이기에 깜짝 놀랐지만, 상황이 워낙 다급했기 때문에 가온이 명령한 대로 첫 번째와 두 번째 흙벽 사이에 깊고 넓은 구덩이를 만드는 데 집중했다.

그와 동시에 스톤과 로테는 연신 성수로 적신 화살을 날렸고 나머지 대원들도 창을 던져 언데드의 선두에 선 오크 스켈레톤들의 두개골을 박살 내고 있었다.

가온은 자신의 명령이 아니더라도 스스로 움직이고 있는 대원들의 행동에 뿌듯해하는 한편 허니비 비약과 중상급 치료 포션을 연속해서 마셨다.

—생각보다 내상은 심각하지 않아. 내가 금방 치료해 줄게.

가온이 가제타의 주먹에 맞아서 날아간 직후 가온의 내상을 살피고 있는 녹스로부터 긍정적인 의념을 듣자 더욱 기운이 났다.

"온아, 괜찮으냐?"

아직도 가온을 안고 있는 나크 훈이 어쩔 줄 모르는 얼굴로 물었다.

"네. 어쩐지 감이 안 좋아서 조끼 형태의 방어구 하나를 더 입은 것이 절 살렸습니다. 갑자기 지원대의 대장처럼 행동하는 가제타의 태도가 수상해서 본능적으로 몸을 뒤로 날리려던 찰나에 맞았기 때문에 충격이 줄었고요."

파르도 그렇지만 겹쳐 입은 방어구들도 소드마스터의 전력이 담긴 주먹의 충격량을 상당 부분 해소해 주었다.

물론 그럼에도 불구하고 내상을 입었고 맞은 명치 주위의 근육과 뼈는 적지 않은 대미지를 받았지만 말이다.

가온은 가제타의 눈치가 이상했음에도 마나를 방출해서 적극적으로 생체 보호막을 만들지 않은 자신을 자책했다.

그럴 수 있는 능력은 충분했지만 전혀 그럴 생각을 못 했다.

'너무 안일했어! 경험 부족이고!'

스승이 믿는다고 해서 자신까지 신뢰해서는 안 되었던 것이다.

"후유! 다행이다! 그 고블린 새끼가 네게 그럴 줄은 정말 몰랐다! 대체 왜?"

"아무래도 제가 가진 아이템과 이번에 받은 돈이 욕심난 모양입니다. 거기에 하루에 흑마법진을 두 개씩 소멸시켰으니 저희가 한 일이 우습게 보였을 거고요. 어쩌면 대공이 직접 명령을 했을 수도 있고요."

마지막 순간에 뒤통수를 친 두 배신자가 로가트 대공의 휘하이니 대공이 관여했을 가능성이 없지도 않았다.

"……정말이지 내가 할 말이 없구나! 진작 은퇴를 했어야 했는데, 못 볼 꼴을 보여 주고 말았구나."

그렇게 말하는 나크 훈의 얼굴은 10년은 더 늙어 보였다.

믿었던 선배에게 배신을 당하고 하나밖에 없는 제자가 하마터면 죽을 뻔했으니 그럴 수밖에 없었다.

"스승님의 잘못이 아닙니다. 대공도 대공이지만 업적도 나누기 싫고 돈도 아까운 쫄보와 같은 1왕자 때문입니다."

가제타와 레너드의 배후에는 대공이 있을 가능성이 높았지만 대공의 행사를 방치한 1왕자의 책임도 컸다.

"그래, 맞다. 1왕자가 그런 성격인 줄은 미리 알고 있었지만, 나와 맺은 연도 있는 대공이 지금까지 그 어느 토벌군도 세우지 못한 공을 세운 네게 이런 짓을 하다니 참으로 저열하구나. 그나저나 텔레포트 마도구를 쓰긴 쉽지 않겠구나."

지금도 빠르게 깊어지고 넓어지고 있는 구덩이로 빠지는 오크 스켈레톤들이야 크게 신경이 쓰이지 않지만 이제 막 세 번째 흙벽을 가볍게 넘어서고 있는 트롤과 오우거 구울들은 정말 문제였다.

지금도 정령사들과 마법사들이 힘을 합쳐 만들고 있는 구덩이가 트롤과 오우거 들을 상대로 시간을 끌어 준다면 좋겠지만 그럴 가능성은 별로 없었다.

막말로 오크 스켈레톤들을 닥치는 대로 잡아서 이쪽으로 던지기라도 하면 지금의 진형은 단숨에 무너지고 말 것이다.

그렇게 대화를 하는 사이에 몸 상태가 급속하게 좋아졌다.

가온이 스스로 일어났는데 탈력감은 느껴졌지만 특별히 결리거나 불편한 곳은 없었다.

녹스의 치료 능력과 비약 그리고 포션으로 인해서 이미 내
상은 물론 근육과 뼈가 입은 대미지까지 해소해 주기 시작한
것이다.

이제 남은 건 강한 충격을 받아서 전신으로 흩어진 마나를
다시 마나오션에 모으는 일이다.

가온은 아공간에서 중상급 마정석 하나를 꺼내 흡정 장갑
으로 마나를 흡수하며 입을 열었다.

"스승님, 잠깐, 아주 잠깐만 놈들을 막아 주십시오."

"알겠다!"

가온이 멀쩡해진 것으로 확인한 나크 훈이 안도하며 결연
한 얼굴로 대원들 쪽으로 움직였다.

'마누야, 신성 마법진을 통째로 챙길 수 있어?'

—가능해요. 사제들이 홀리필드 마법진이 흑마법진을 제
대로 제어하지 못하자 해체하려고 성물 몇 개를 빼 둔 상황
이에요.

'그럼 바로 부탁해.'

매디를 위해도 그렇지만 상급 성물들과 마법진을 빠르고
정확하게 펼칠 수 있는 줄 형태의 도구들이 욕심났다.

'모둔, 어떻게 됐어?'

모둔은 이곳에 도착한 직후부터 흑마법진의 흑마력과 죽
음의 기운을 흡수하기 시작했다.

—절반 정도 흡수했어요.

'특별한 거라도 있는 거야?'

아무리 이전에 처리했던 것보다 열 배 정도 큰 흑마법진이라도 이 정도 시간이라면 모둔이 충분히 흡수하고도 남았다.

─그냥 대형 흑마법진이 아니라 총 서른 개의 흑마법진이 중첩되어 있어요.

1왕자군 측이 여기 운석공에 설치되어 있는 흑마법진이 달리아 고원 전체에 영향을 주는 중추라고 판단했던 것은 사실인 모양이다. 중첩되어 있다는 건 상상도 못 한 모양이지만.

그나저나 이 위기에서 벗어나야만 했다.

가온은 준비했던 텔레포트 스크롤을 쓸 생각을 했지만 이내 고개를 저었다. 미리 장소를 지정해 두지 않았기 때문에 도착할 장소가 랜덤이라서 오히려 더 위험할 수 있었기 때문이다.

자신과 헤븐힐 일행이야 다시 살아날 수 있지만 나머지 대원들은 아니다. 그냥 죽는 것이다.

입이 마르고 식은땀이 났다. 너무 절망적인 상황이었다.

그때 벼리가 의념을 보내왔다.

─오빠, 생명의 아공간을 사용하세요!

맞다. 이 상황을 벗어날 수 있는 절묘한 방책을 찾은 가온은 펄쩍 뛸 듯이 기뻤다.

그곳이 있었다. 자신의 영혼과 연결된 생명의 아공간이 이렇게 위급한 상황을 타개할 유일한 수단이 될 줄이야.

'모둔, 흑마력을 흡수하는 일을 일단 멈추고 생명의 아공 간으로 돌아가서 우리 대원들이 들어오는 대로 주위와 격리된 장소로 보낼 수 있겠니?'

–엘프들은 보여 주고 싶지 않은 거죠?

'응. 아직은.'

대원들에게 꼭 비밀로 유지할 생각은 없지만 가능하면 끝까지 숨기고 싶었다. 생명의 아공간은 세상에 알려지면 안 될 것 같았다.

–그럼 당장 돌아가서 그런 장소를 마련할게요. 사람들을 아공간에 넣으면 바로 그곳으로 이동시키면 되죠?

'그래.'

이제 대원들의 안전은 확보가 되었다.

그사이에 마나오션에 마나가 빠르게 차기 시작하고 몸 상태 역시 믿기지 않을 정도로 좋아지고 있었다. 마나 연공도 하지 않았는데 이런 일이 일어나다니 너무 이상했다.

'뭐지?'

단순히 흡정 장갑으로 마정석의 마나를 흡수하는 것만으로 이런 효과가 있다니 믿을 수가 없었다. 그래서 손에 잡힌 마정석을 살펴보던 가온의 눈이 빛났다.

'이건 마핀의 마정석!'

틀림없다. 같은 등급의 마정석보다 마나 함유율이 높을 뿐 아니라 추가로 담고 있던 생기가 몸 상태를 급속도로 좋게 만들어 준 것이다.

'이게 생기의 효과구나!'

마나 증진은 물론이고 육체 능력도 비약적으로 높일 수 있는 새로운 방법을 찾은 것이다.

그렇게 일단 움직일 수 있는 힘을 되찾은 가온은 안전하게 이곳을 벗어날 준비를 했다.

'그래도 그냥 도망칠 수는 없지.'

가온은 전날 훔멜과 통신을 끝낸 뒤 혹시 몰라서 갓상점에서 구입했던 아이템들을 꺼냈다.

'익스플로전 마법과 동일한 폭발력에 전격까지 방출하는 뇌정구라면 아무리 많이 중첩되어 있다고 해도 흑마법진의 연결을 어느 정도 끊을 수 있을 거야. 녹스, 이 뇌정구들을 흑마법진이 설치되어 있는 지하에 묻어 줘.'

─알았어.

이제 떠날 준비가 끝났다.

"그 상태로 귀만 열고 내 말을 들으세요!"

가온의 음성은 낮았지만 마나가 실려 있어서 대원들의 귀에 쏙쏙 박혔다.

"매디, 전방에 최대한 넓게 홀리레인 마법을 부탁해! 내가 모이라고 소리를 지르면 상대를 놔두고 전력을 다해서 나를 향해 뛰어오세요. 함께 텔레포트해서 이곳을 벗어날 겁니다.

지체하면 위험하니 전력을 다해야 합니다!"

마법사와 정령사 들은 구덩이를 더욱 깊고 넓게 만드는 데 전념했고 전사들은 가온의 소리를 들으면서 창을 던지고 화살을 쏘았으며 은도금한 무기를 휘둘렀다.

크르르르!

트롤 구울 한 마리가 구덩이에 빠지는가 싶더니 다른 트롤 구울과 오우거 구울 들도 구덩이 앞에 도착했다.

구덩이의 폭은 대략 7미터 정도로 살아 있는 트롤이나 오우거라면 충분히 뛰어넘을 수 있었다.

꼭 구덩이가 아니더라도 다른 방향의 흙벽을 기어 올라와도 된다.

쏴아아.

위급한 상황이라서 집중력이 더욱 높아진 매디가 홀리레인 마법을 펼치는 데 성공했다.

신성력을 담고 있는 빗방울들이 온 클랜원들의 전방에 쏟아지기 시작했다.

가온이 있는 곳에서 두 번째와 세 번째 흙벽 사이까지가 범위였다.

오크가 베이스인 스켈레톤은 기괴한 몰골로 괴로워하면서 무너지거나 발광을 했고 트롤과 오우거 구울들도 끔찍한 비명을 지르며 몸서리를 쳤다.

그때 가온이 벼락같이 소리쳤다.

"모엿!"

소리를 들은 대원들은 창이며 화살을 내버려 두고 가온을 향해 달리기 시작했다. 물론 거리가 가까웠던 만큼 순식간이었다.

자신을 향해 달려오는 대원들을 보던 가온의 눈이 시퍼렇게 변했다.

스켈레톤들은 몰라도 트롤과 오우거 구울들은 홀리레인에도 큰 대미지를 받지 않았고, 오히려 더 강렬한 살기를 뿜어내며 대원들을 뒤를 쫓고 있었다.

'마누야!'

-알겠어요!

부탁한 신성 마법진은 이미 통째로 아공간에 챙긴 마누가 전력을 다해서 전격을 방사하기 시작했다.

츠즈즈즈!

신성력이 담긴 비를 매개체로 삼은 시퍼런 전격이 순식간에 언데드들을 삼켜 버렸다.

마누의 전격이 일반 뇌전이나 전격 마법과 다른 점은 방향성을 가지고 있으며 범위가 확실하다는 점이다.

즉, 달려오는 대원들도 홀리레인을 맞았지만 전격은 그들에게는 아무런 영향도 주지 않았다.

강해진 결속력

그렇게 전 대원이 스크롤로 짐작되는 물건을 쥐고 있는 가온 곁에 모였을 때는 트롤과 오우거 구울들이 구덩이를 기어 나오거나 건너뛰고 있었다.

가온은 바로 대원들을 생명의 아공간에 집어넣으려고 했지만 문제가 하나 있었다.

대원들은 텔레포트를 하는 거라고 생각하고 있었고 일반적인 상식으로 보면 이 많은 인원이 한꺼번에 텔레포트할 수는 없었다.

분명히 몇 차례에 걸쳐서 텔레포트를 해야 하고 누군가는 그사이에 일행을 향해 달려오는 트롤과 오우거 구울들을 막아 내야만 했다.

물론 상대가 트롤과 오우거 구울이기에 그러다가 죽을 확률이 굉장히 높았다.

대원들도 금방 그 점을 깨달았다.

"먼저들 가라!"

나크 훈이 결연한 얼굴로 바깥을 향해 돌아섰다.

"스승님!"

"고문님!"

나크 훈은 자신이 끌어들인 가제타가 한 짓 때문에 심한 책임감을 느꼈다.

배후에 대공이 있는 건지는 알 수 없지만 그가 가온을 죽이고 아이템과 돈을 뺏으려고 할 줄은 꿈에도 생각하지 못했던 것이다.

그래서 자신이 끝까지 남아서 혹시 모를 상황을 감당하기로 했다. 물론 그 상황이라는 것은 바로 죽음이다.

"저희가 고문님과 함께 끝까지 남겠습니다!"

루크가 고집스러운 눈빛으로 대원들을 훑어보며 말했다. 그러자 나디아를 포함한 정보 길드 출신 대원들이 그의 주위로 모였다.

"그건 아니지. 언데드의 접근을 가장 오래 막을 수 있는 것은 우리 정령사들입니다!"

달쿤의 말에 정령사들이 고민하지 않고 그의 주위로 모였다.

"우리가 클랜 전력을 제일 많이 깎아 먹고 있습니다. 여기는 저희에게 맡겨 주시고 부디 우리 복수를 부탁합니다!"

패터가 나서자 퍼슨과 스톤, 랄프 그리고 마론 부부가 결연한 얼굴로 앞으로 나섰다.

그 모습을 본 타람과 로에니기 피식 웃더니 무기를 단단히 그러잡고 그들을 향해 걸음을 옮겼다.

"아니에요! 여기는 저희들에게 맡겨 주세요!"

헤븐힐이 매디와 바로를 쳐다보며 나섰다.

"맞아요! 저희는 불사의 존재잖아요. 죽어도 다시 살아날 수 있어요."

"맞습니다! 한 번 죽으면 능력이 조금 깎일 뿐 진짜 죽는 것이 아니니 먼저들 가세요!"

결국 모든 대원이 동료들의 안전한 텔레포트를 담보하겠다고 나선 것이다.

서로를 돌아보는 시선은 이런 상황에서도 따듯하기만 했는데, 그런 대원들의 시선은 결국 플레이어 대원들에 멈추었다.

대원들은 그제야 세 사람이 죽어도 다시 살아날 수 있는 이계인이라는 사실을 떠올렸다.

별 사고 없이 오래 함께 지내왔기 때문에 그동안은 세 사람이 자신들과는 아예 차원이 다른 이계인이라는 사실을 잊고 있었던 것이다.

이미 사망 시 리스타트 지점을 특정 장소가 아닌 특정 인물, 즉 가온으로 설정한 세 사람은 죽더라도 가온의 곁으로 부활하는 것이다.

그래도 죽는다는 것은 쉬운 일이 아니다.

아무리 구울이라고 해도 인간을 맛있는 특식을 여기며 희롱을 해 가면서 야금야금 죽일 정도로 잔인한 트롤과 오우거들이다.

거기에 레벨 다운과 일정 시간 동안 집속 제한, 그리고 소지품의 일부를 잃는 등의 페널티까지 있었다.

헤븐힐 일행이 그렇게 나서자 다른 대원들은 더 이상 나서지 못했다.

물론 먼저 나섰던 이들도 작게 고개를 끄덕였다. 어쨌거나 그들의 말이 사실이었고 그들이 끝까지 남는 것이 최선이긴 했기 때문이다.

그렇게 용감하게 나선 세 사람을 바라보는 대원들의 눈빛은 아주 복잡했다.

자신이 나섰어야 하는 건 아닌지 하는 감정과 아무리 실제로 죽는 것이 아니더라도 페널티가 따르는 죽음을 각오한 세 사람에 대한 고마움 등 다양한 감정이 동시에 떠오른 것이다.

대원들에 이어 헤븐힐 일행까지 나서자 가온은 눈가가 시큰해졌다.

이제까지 모은 대원들 모두가 제대로 된 인성을 갖추었으며 동료를 위해서 목숨을 흔쾌히 내놓을 정도로 의리가 깊다는 사실에 감동을 받은 것이다.

그중에서도 헤븐힐 일행이 가장 대견했다.

'그동안 호구 짓을 한 건 아니네.'

사실 세 사람은 가온이 아니었다면 이 정도로 성장하지 못했을 것이다.

아마 다른 플레이어들이 이 사실을 안다면 상실감을 느낄 정도로 세 사람을 전폭적으로 밀어주었다.

"그러지 않아도 됩니다. 내가 가진 이 스크롤은 스승님이 특별하게 제작한 것으로 한 번에 20명까지 한꺼번에 텔레포트 할 수 있습니다."

스크롤로는 그렇게 많은 인원을 텔레포트할 수 없다는 건 상식이지만 이런 상황이라면 어쩔 수 없이 거짓말을 하기로 했다.

"오오!"

가온의 말을 들은 대원들의 얼굴이 환해졌다. 나크 훈과 헤븐힐 일행이 죽음을 각오하고 마지막까지 남겠다고 자원하는 바람에 그들 역시 자신도 그래야 하는 건 아닌지 고민하고 있었다.

"자, 빨리 내 곁으로 모이십시오!"

가온의 채근에 나크 훈과 헤븐힐 일행도 멋쩍은 얼굴로 달려왔다.

'앙헬, 텔레포트와 비슷한 특수 효과를 부탁해!'

─호호호! 주인님은 사기꾼이에요! 얼마든지 해 드리죠!

가온은 가장 가까이 있는 헤븐힐에게 스크롤 한 장을 주면서 그녀와 나크 훈에게 의념으로 짧게 당부를 한 후 손에 들고 있던 스크롤을 찢었다.

스크롤이 찢어지는 순간 사람들은 자신들이 환한 빛무리에 휩싸이는 현상과 함께 몸이 세포 단위로 분해되는 것 같은 텔레포트 특유의 감각을 느꼈다.

그 빛무리는 순식간에 사라졌고 그곳에 막 도착한 트롤과 오우거 구울들이 본 것은 날개가 달린 것처럼 공중으로 높이 날아오르더니 허공으로 사라지는 가온의 잔영밖에 없었다.

가온이 사라진 공중을 쳐다보던 트롤과 오우거 구울들이 할 수 있는 일은 없었다.

찢어진 스크롤의 효과로 인해서 하늘에서 쏟아지는 비를 그저 맞고 있을 뿐이었다.

날개를 투명하게 만들고 은신 스킬까지 펼친 가온은 어느새 언데드로 빼곡하게 채워지고 있는 운석공을 내려 보며 잠깐 고민을 했다.

'이 상태라면 뇌정구로 흑마법진은 물론 꽤 많은 언데드를 날려 보낼 수 있을 것 같은데.'

안전이 확보되자 레벨업 욕심이 났다.

하지만 길게 고민할 수는 없었다. 매의 눈으로 주위를 둘러보던 가온은 언제 나타났는지 운석공의 가장자리에 모습을 드러낸 일단의 사람들을 보고 피하기로 결정했다.

'흑마법사 혹은 사령술사다!'

검은색의 로브를 걸치고 있는 자들은 분명 언데드가 아니었다.

필시 리치의 명령을 따르는 자들일 텐데, 엘프들처럼 우연히 이 던전에 갇힌 것인지 아니면 자신들처럼 던전이 생긴 후 이곳에 들어온 탄 차원 출신인지는 알 수 없었다.

그래도 확실하게 알 수 있는 것도 있었다.

'꽤나 실력이 뛰어난 자들이다!'

거리가 멀어서 심안을 발동시킨 것도 아니지만 그들이 풍기는 불길하고 위험한 기운은 가온의 본능과 감각을 격렬하게 자극하고 있었다.

아직 내상이 완벽하게 치료되지 않은 지금 몸 상태로는 언데드는 몰라도 저들을 제대로 상대할 수 없었다.

'나중에 보자!'

가온은 결국 나중을 기약할 수밖에 없었다.

하지만 그냥 갈 수는 없었다. 가온은 정령들에게 뇌정구를 폭발시키라는 마지막 명령을 내리고 생명의 아공간으로 향했다.

얼마 후 가온과 온 클랜원들이 사라진 운석공의 중앙에는 고막이 터질 것 같은 강력한 폭발음들에 이어 시퍼런 뇌전 다발이 사방으로 퍼져 나갔다.

"여기가 어디지?"

텔레포트를 한 온 클랜원들은 몸의 감각이 돌아오고 후유 증인 속의 울렁거림이 멈추자 자신들이 있는 장소가 사방이 흙밖에 보이지 않는 넓고 깊은 구덩이라는 것을 확인했다.

구덩이의 높이는 대략 5미터 정도로 이곳에 있는 사람들의 능력이라면 가볍게 오를 수 있었지만 그들의 관심은 이곳이 먼저가 아니었다.

"대장님은?"

패터의 말에 눈을 돌려본 대원들이 당황했다. 그러고 보니 가온의 모습이 보이지 않았다.

웅성웅성!

가온의 부재를 확인한 대원들이 당황한 얼굴로 주위 사람에게 뭐라고 말할 때 나크 훈이 나섰다.

"잠깐 주목! 대장이 전음으로 전하길 상황이 급해서 정찰을 할 때 자신이 사용했던 임시 은신처로 텔레포트를 할 테니 당황하지 말라고 했다. 조금만 기다리면 이곳으로 오거나 다시 이것을 사용해서 안전한 곳으로 텔레포트를 할 수 있으니 안심해라!"

나크 훈의 손에는 텔레포트를 하기 직전에 가온이 쥐여 준 스크롤이 들려 있었다.

"맞아요. 제게 이 구슬을 주었어요. 따듯해지면 바로 텔레포트 스크롤을 찢으라고 했어요."

그렇게 말한 헤븐힐이 나디아와 세르나를 쳐다보며 말했다.

"그럼 대장님이 혼자 남았다는 겁니까?"

"그래. 내상도 어느 정도 치료한 상태이고 은신과 비행이 가능한 아이템이 있으니 걱정하지 말라더라."

"그래도 불안한데……."

패터는 대장이 소드마스터인 가제타의 주먹을 맞고 10여 미터나 날아갔고 가슴팍이 움푹 파이고 피를 분수처럼 뿜어낼 정도로 심각한 부상을 입었다는 사실을 떠올리며 불안한 얼굴을 했다.

"온도 뭔가 수상한 것을 직감했는지 방어구 안에 조끼 형태의 방어구를 더 입은 덕분에 충격을 분산시켰고, 볼코트 마법사가 준 비약과 포션을 복용했으니 그렇게 걱정하지 않아도 될 것 같다."

나크 훈의 말에 막 끓어오르려던 대원들의 동요가 순식간에 가라앉았다.

생각해 보면 그들의 대장은 그 정도의 위험은 충분히 극복할 수 있는 사람이었다.

그때 손에 쥔 구슬에서 열감을 느낀 헤븐힐이 환하게 웃었다.

"됐어요! 대장님에게 신호가 왔어요. 안전한 곳을 찾은 것
같아요!"

"그럼 바로 다시 텔레포트를 할 테니 내 주위에 모여!"

텔레포트 직전 가온에게 비밀스러운 의념을 전해 들었던
나크 훈은 재차 텔레포트를 해야 하는 신호에 대해 이미 알
고 있었다.

그렇게 온 클랜원들은 잠깐 이동해 온 장소에 대한 정보는
전혀 알지 못한 채 몸의 감각을 속일 수 있는 능력을 가진 앙
헬의 특수 효과와 찢어진 스크롤의 효과로 인해 자신들이 생
명의 아공간에 들어갔다가 나왔다는 사실은 전혀 짐작도 하
지 못했다.

카오스가 새로 마련한 은신처는 달리아 고원이 아니라 사
스 산맥의 왼편에 있는 비타젠 숲이었다.

대신 가온이 그곳까지 날아가는 시간이 있기 때문에 모둔
은 그의 요청으로 생명의 아공간의 시간 흐름을 잠깐 20분의
1로 늦추었다.

그래서 대원들이 새로운 은신처에 모습을 드러낸 것은 텔
레포트를 했다고 생각했을 때보다 대략 1시간 후였지만 그들
은 5분에서 10분 정도밖에 안 지났다고 생각했다.

"대장, 몸은 정말 괜찮은 거야?"

가온이 지하에 마련한 은신처로 내려오자 패터가 제일 먼저 달려와 그를 안으며 물었다.

"그래, 괜찮아. 며칠만 더 정양을 하면 될 거야."

"정말 다행이다. 그 배신자 새끼한테 암습을 당해서 시뻘건 피를 연신 토해 내는 대장의 모습을 봤을 때는 죽은 건 아닌지 겁이 났단 말이야!"

지금 생각하면 쇄도해 오는 구울 때문에 지원대가 서둘러 떠나지 않았다면 미리 작정을 한 가제타와 레너드 무리에게 온 클랜은 그야말로 학살당했을 것이다.

"그놈들이 어떻게 대장한테 그런 짓을 할 수 있어? 왕자고 귀족 새끼들이고 정말 믿을 수가 없어!"

"대장님의 아이템도 욕심이 났을 테고 그동안 지급한 돈도 아까웠을 겁니다."

"그것만이 아니지. 우리가 해체한 흑마법진 덕분에 전세를 뒤집을 수 있는 상황이 마련되니 공적에 따른 명예 포인트가 우리에게 많이 돌아갈까 봐 아까웠던 거야!"

패터와 퍼슨 그리고 마론이 저마다 소리를 높였는데 다들 일리가 있다고 생각했다.

"대장님, 내상은 정말 괜찮은 거 맞죠?"

"뼈는. 갈비뼈는 괜찮아요?"

"그자의 주먹에 가격당한 부위가 가슴이던데 정말 괜찮은 거예요?"

은신처 안쪽에 있다가 조금 늦게 달려온 세르나와 헤븐 힐 그리고 나디아가 가온을 둘러싸고 걱정하는 마음을 드러냈다.

세 여자는 진심으로 가온을 걱정하고 있었고 그의 안위를 확인하고자 떨어질 생각을 하지 않았다. 그래서 다른 대원들은 가까이 오긴 했지만 제대로 말을 섞기도 힘들 정도였다.

"자, 이걸 봐요!"

가온은 자신의 방어구를 모두에게 드러냈다.

명치와 포함한 가슴 부위의 가죽이 강한 압력을 받아 짓눌린 흔적이 역력하게 보였다. 마치 오우거가 후려친 것 같은 거대한 주먹 자국이었다.

"가제타만의 비기인 거대 주먹의 흔적이야."

가제타는 특이하게도 소드마스터인 동시에 피스트마스터였다.

어릴 때부터 체술을 좋아했던 그는 소드마스터의 벽을 넘기 힘들어지자 한동안 체술 수련에 매진했는데, 그때 주먹 밖으로 마나를 발출해서 유형화된 오러를 사용할 수 있는 비기를 완성했다.

그 비기의 핵심은 검기에 해당하는 권기를 주먹에 발현한 것으로, 갑옷을 입은 상대를 주먹으로 후려쳐서 내장을 크게 진탕시키거나 장기를 파괴해서 사망 혹은 심각한 내상을 입힐 수 있었다.

소드마스터에 입문한 후 그의 주먹은 유형화된 오러로 둘러싸여 더욱 커졌고 트롤이나 오우거의 주먹질과 비교해도 뒤떨어지지 않는 강력한 위력을 발휘했다.

그래서 가제타는 비록 소드마스터 입문자였지만 피스트마스터라는 이름으로 더 유명했다.

마수와 몬스터를 주먹을 때려죽일 수 있는 유일한 검사였으니 말이다.

"그리고 이 안에 체인메일로 만든 조끼 아머를 입었습니다."

지퍼가 없는 통짜 형태의 트롤 방어구 상의를 벗자 가운데가 움푹 들어갔지만 형태는 그대로인 조끼가 그러났는데, 작은 체인을 꼼꼼하게 엮어서 만든 것이었다.

"거기에 가제타가 그렇게 심각한 상황에서 텔레포트 마도구가 어디 있는지 묻더니 대뜸 날개 아이템을 보여 달라고 하는 순간 강한 불안감과 함께 위험을 감지했습니다. 그래서 뒤로 물러나려고 쾌보를 막 펼친 상황에서 주먹을 맞은 것이 충격을 1차로 크게 감소시켜서 죽음으로 이어지지 않고 적당한 내상만 입는 것으로 귀결이 되었습니다."

"아!"

원래는 이렇게 자세하게 설명할 것도 아니지만 대원들이 자신의 예상보다 더 크게 걱정을 하는 것 같아서 어쩔 수 없이 말한 것이다.

그래도 상세하게 설명을 해서 그런지 대원들의 얼굴에는 확실한 안도감이 떠올랐다.

"이제 며칠 정도만 정양을 하면 내상은 완벽하게 치료될 겁니다."

"정말 다행입니다! 정말 걱정했거든요."

이제야 굳었던 얼굴을 풀고 안도하는 대원들을 보자 가슴이 뭉클했다. 대원들의 따듯한 정(情)이 생생하게 느껴졌다.

"자, 이제는 좀 쉽시다! 우리 많이 고생했잖아요."

"후우우."

가온의 다정한 말이 끝나는 순간 사람들이 긴 숨을 내쉬더니 적당한 곳에 자리를 잡고 주저앉았다.

그리 오랜 시간은 아니지만 가온의 말대로 정말 고생했다.

대장이 습격을 당하는 것을 보고 비분강개했으며 그다음에는 정신적인 지주인 대장이 죽는 줄 알고 기겁을 했다.

그것만이 아니다. 나중에는 자신들 중에서도 누군가 죽어야 한다는 사실을 깨닫고 기꺼이 목숨을 내놓겠다는 마음까지 먹었으니 육체는 몰라도 정신적인 피로감이 엄청났다.

그래도 주위의 동료를 쳐다보는 눈에는 이전보다 한결 강해진 정이 흘러나오고 있었다. 이번 의뢰를 통해서 진정한 동료 간의 유대감을 느낄 수 있었다.

1왕자군의 사정

다들 푹 쉰 온 클랜원들은 샐리의 지시에 따라서 플고렌스 구이를 해서 술과 과일을 곁들여 푸짐한 점심 식사를 했다.

식사 후 차를 즐기는 대원들의 얼굴은 그 어느 때보다 편안했다.

비록 배신은 당했지만 상한 사람은 아무도 없고 더 이상 의뢰를 수행할 필요도 없어졌으니 마음이 가벼워진 것이다.

게다가 가온이 예외 없이 모두에게 1만 골드라는 거금을 지급해서 더욱 마음이 푸근했다.

"온아."

점심을 먹기 전부터 뭔가 깊이 생각하는 얼굴이었던 나크훈이 가온을 불렀다.

"네, 스승님."

"앞으로 어떻게 할 생각이냐?"

여러 가지 내용이 함축된 질문이었다.

"아무래도 앞으로는 아그레시아 왕국에서 활동하기는 어렵겠지요?"

"만약 배후에 대공이 있다면 확실히 문제가 될 것이다. 우리의 생존 사실을 안다면 뻔뻔하게 나올 것이 분명해."

"저도 그럴 거라고 생각은 합니다. 그래서 다른 왕국에서 활동하는 것을 고려하고 있습니다."

굳이 아그레시아 왕국에서의 활동을 고집할 이유는 없었다.

"그런데 혹시 우리가 모습을 드러내지 않더라도 추후에 그쪽에서 우리 대원들의 생사에 대해서 조사를 할까요?"

용병 활동이야 다른 왕국에서도 얼마든지 가능하지만 가족이 이곳에 있는 대원들이 걸렸다.

"아마 틀림없이 할 것이다. 직접 할지 정보 길드를 통해 조사를 시킬지는 모르겠지만 우리를 상대로 한 음모가 밝혀지면 도덕적으로 큰 타격을 받을 테니까. 최소한 가제타와 레너드는 그런 놈들이다."

만약 그런 일이 생긴다면 퍼슨과 스톤의 가족이 위험했다. 또한 가온이 투자를 한 드인 상단도 좋은 꼴은 보지 못할 것이다.

완전범죄를 위해서 온 클랜과 연루된 모든 것을 지워 버리려고 할 테니 말이다.

"정말 그들의 행사가 대공의 명령에 의해 이루어졌다면 어떻게 될까요?"

듣고 있던 헤븐힐이 끼어들어 물었다.

"더하겠지. 사실 예전에도 긴가민가했지만 대공이나 가제타는 물론이고 1왕자도 속이 좁은 자들이다. 2왕자나 3왕자는 말할 것도 없고. 그러니 1왕자나 대공이 놈들의 배후에 있다고 해도 놀라지 않는다. 다만!"

"다만요?"

"나머지 지원대는 두 사람의 행동을 전혀 예측하지 못하는 것 같았다. 둘은 서둘러 그들을 먼저 텔레포트시키려고 했었고, 그 점으로 보아 아이템과 돈이 욕심난 둘이 공모를 한 것 같다. 물론 대공의 묵인 정도는 있었겠지."

눈꺼풀에 씌워졌던 막을 걷어 낸 나크 훈의 대답에는 확신이 실려 있었다.

"제 생각에도 그래요. 1왕자도 의심해 볼 수 있지만 그 정도의 신분에 외가와 처가의 재력이 엄청난 왕자가 굳이 아이템들과 돈에 욕심을 낼 이유는 없어요. 대공은 좀 다르겠지요."

"저도 이 건은 두 사람의 모의에 의한 결과일 가능성이 높다고 생각해요."

온 클랜에서 가장 머리가 좋은 나디아와 매디의 판단도 나크 훈과 같았다. 사실 가온도 그럴 거라고 생각하고는 있었다.

"그런데 그것을 왜 묻느냐?"

이번에는 나크 훈이 가온에게 물었다.

"이대로 당한 채 넘어갈 수는 없지 않겠습니까?"

"하면 복수라도 하겠다는 것이냐?"

가온은 대답 대신 고개를 끄덕였다.

'능력이 없다면 모르되 당하고는 못 살지.'

어나더 문두스를 시작하기 전, 아니 예지몽을 꾸기 이전의 자신처럼 초라하게 살기는 싫었다.

"방법이 있다면 나도 도와주마."

"스승님께서요?"

"그래. 비록 이룬 것은 크게 없는 삶이지만 내 평생 정직과 성실 그리고 신뢰라는 세 단어를 가슴 깊이 새기고 살아왔다. 이렇게 배신을 당하고 복수를 하지 않는다면 나크 훈이 아니지."

담담한 대답이지만 좋은 선배라고 믿었던 가제타로부터 배신을 당한 그가 얼마나 분노하고 아파 하는지 여실하게 알 수 있었다.

"저도 복수를 해야겠습니다!"

"저도요!"

대원들이 이구동성으로 복수를 부르짖었다.

하마터면 대장인 가온을 잃고 구울들에게 온몸이 찢겨져 먹힐 뻔했는데 이대로 넘어갈 수는 없었던 것이다.

"일단 방법을 고민해 보고 말씀을 드리겠습니다."

"그래. 나는 더 이상 1왕자나 대공 그리고 아그레시아 왕국에 미련이 없으니 내 신분을 이용해도 상관없다."

기사란 본래 주군처럼 충성의 대상으로부터 인정을 받고 명예를 가장 중요시 여긴다. 그러다 보면 돈과 권력은 자연스럽게 따라온다고 믿는 것이다.

그런데 이번 사건을 통해서 존경하고 따랐던 선배에게 배신을 당해서 자신은 물론이고 제자까지 죽을 뻔했으니 사고방식이 바뀔 수밖에 없었다.

1왕자군 진영.

수뇌부가 모여 있는 대형 막사 안에는 무거운 침묵이 자리하고 있었다.

침묵을 깬 것은 라헨드라 대마법사였다.

"그러니까 온 클랜은 우리가 아까워하던 건당 5만 골드의 가치를 충분히 수행하고 있었다는 말이군. 우리의 요구에 더해서 언데드가 감히 접근을 못하는 비타젠 나무까지 심어서 성장시킬 정도로."

그의 책망 섞인 말에 몇 사람이 고개를 숙였다.

작은 클랜이 하루에도 두 개씩 소멸시키는 흑마법진이니 나머지는 1왕자군의 별동대가 충분히 처리할 수 있다고 소리를 높였던 자들이다.

하지만 결과는 참혹했다. 1급 기사 한 명을 포함해서 300명의 기사와 30명의 마법사 그리고 12명의 사제들이 동원되었지만, 흑마법진을 하나도 소멸시키지 못하고 몰려드는 언데드의 파도에 결국 텔레포트로 귀환한 것이다.

피해도 상당했다. 여섯 명이 사망하고 62명이 중경상을 입은 것이다.

"게다가 그런 능력 있는 클랜을 버려 두고 철수를 하다니."

"버려 둔 것이 아닙니다. 그들에게도 이동식 텔레포트 마도구가 있었습니다."

라헨드라의 책망이 기분 나빴던 가제타가 참지 못하고 입을 열었다.

그가 그렇게 말했지만 이 자리에 있는 1왕자군의 수뇌부는 지원대와 두 사람의 보고를 통해 온 클랜이 전멸했을 거라고 확신하고 있었다.

먼저 귀환한 지원대의 그 어느 누구도 텔레포트를 하는 순간까지 그 마도구를 보지 못했기 때문이다.

"그러니까 그들이 그 마도구를 쓸 시간적인 여유를 주었냐는 말일세. 스크롤만 찢으면 바로 텔레포트를 할 수 있는 우리 측과 달리 그들은 몇 번에 나누어서 텔레포트를 해야 하는 상황임을 한동안 온 클랜의 고문으로 함께 일한 가제타 백작은 잘 알고 있었을 텐데."

"……저는 다만 우리 1왕자군의 정예들이 더 중요했을 뿐입니다."

가제타의 말에 수뇌부 대부분은 고개를 끄덕였다. 어쨌거나 온 클랜보다야 1왕자군이 무사히 귀환하는 것이 중요했던 것이다.

"그것을 탓하는 것이 아닐세. 백작은 소드마스터이고 같이 남은 레너드 경은 검기 완숙자일세. 최소한 그들이 탈출하는 것을 지켜보며 끝까지 남았어야 하지 않은가?"

"……"

가제타는 더 이상 아무 말도 할 수 없었다. 변명의 여지가 없었다. 특히 그는 온 클랜의 고문으로 그동안 함께하지 않았던가.

"게다가 자네의 보고로 인해서 우리는 정예라지만 작은 클랜의 힘만으로 능히 흑마법진을 소멸시킬 수 있다고 판단하는 우를 범했네. 우리는 온 클랜을 버리려고 했던 것이 아니란 말일세."

가제타는 온 클랜의 고문으로 활동하면서 매일 저녁에 1

왕자군 측에 통신을 했다. 어떻게 흑마법진을 소멸시켰는지에 관한 내용이었다.

그런데 그 내용이라는 것이 너무 간단했다. 정령사들이 세겹의 흙벽을 세워 언데드들을 분리하고 가온이 비행이 가능한 아이템으로 하늘을 날면서 적절한 명령을 내리는 것이 좀 두드러질 뿐 특별할 것이 없다고 판단하게 만든 것이다.

"거기에 레너드 경!"

"네, 탑주님."

가제타의 옆에는 딱딱하게 굳은 얼굴의 레너드가 있었다.

"왜 경이 온 클랜장에게 준 아공간 주머니에 10만 골드가 부족했던 거지? 경이 확인했다는 수결까지 있는데 정말 10만 골드가 누락되어 경의 돈으로 채워 준 것인가?"

"······그게,"

레너드는 뭔가 변명을 하고 싶었지만 머릿속이 하얗게 변해서 떠오르는 것이 전혀 없었다.

'이 작자들이 감히!'

할 수 있는 것은 먼저 텔레포트한 지원대의 입이 가벼웠음을 속으로 욕하는 것밖에 없었다. 그들은 귀환 직후 이 자리로 불려 와서 자신들이 보고 들은 것을 빠르게 보고했다.

그때 1왕자의 옆에 앉아서 얼굴을 굳히고 있던 대공이 입을 열었다.

"자, 진정하시오. 안타깝긴 하지만 일은 이미 벌어졌소.

온 클랜의 능력이 비상했다는 사실을 뒤늦게 알게 된 점은 아쉽지만, 한낱 용병들 때문에 사기가 떨어질 수도 있으니 이만 합시다! 정말 그들의 능력이 대단하다면 그런 사지에서도 살아 나올 수 있을 것이오. 그리고 가제타 백작과 레너드는 한동안 별동대에 배속되어 일반 기사들과 함께 언데드를 상대하도록 조치하겠소."

사실 대공은 레너드의 횡령 건은 몰랐지만 기회를 엿보아 1왕자에게 가장 큰 업적을 세울 수 있도록 해 주고 있는 온 클랜을 없애 버리겠다는 보고를 접하고 승인한 바 있었다.

바깥이었다면 귀족 회의가 열리고도 남을 정도의 사안이지만, 그래도 이곳은 던전이고 지금은 죽음의 군단을 상대하는 상황이라 이 정도로 쉽게 넘어갈 수 있어 정말 다행이라고 여겼다.

대공의 말에 라헨드라의 흰 눈썹이 파도를 쳤지만 대공을 상대로 유일하게 대거리를 할 수 있는 1왕자가 침묵을 지키는 것을 확인하자 그는 결국 더 이상 입을 열지 않고 눈을 지그시 감아 버렸다.

그가 아무리 왕실 마탑의 탑주라고 해도 그 어느 때보다 강한 대공의 권위를 저해할 수 없었기 때문이다.

"전국에서 소집한 기사와 마법사 그리고 사제 들이 이미 던전에 들어왔다니 열흘 정도면 도착할 것이오. 내 제의를 받아들인 2왕자와 3왕자도 그때는 이곳으로 합류할 테니 모두 합하면 군세만 무려 5만이 됩니다. 트롤이나 오우거 구울들이 출현한 것은 예상 밖이지만 충분히 죽은 것들을 박살내고 리치를 잡을 수 있소. 지금은 잘잘못을 따지거나 분란을 일으키는 것보다는 힘을 결집할 때요."

대공의 말이 이어지자 라헨드라를 비롯한 몇 사람은 눈에 보이지 않게 탄식을 했지만 이견을 내지는 않았다.

어쨌거나 앞으로 중요한 건 던전을 클리어하는 것이었다.

대공의 의견을 받아들이지만 않았다면 남은 세 개의 흑마법진은 온 클랜에 의해서 오늘과 내일 사이에 소멸이 됐을 것이고, 1왕자군은 운석공을 경계로 리치의 세력과 대치할 수 있었을 것이다.

온 클랜이 세운 공적은 모두 1왕자군에게 귀속된다는 점을 생각하면 온 클랜은 앞으로도 1왕자에게 큰 힘이 되어 줄 수 있었는데 이렇게 허무하게 사라지고 말았으니 1왕자군의 수뇌부는 안타까울 수밖에 없었다.

이번 사건으로 인해서 1왕자군의 수뇌부와 대공 세력에는 눈에 보이지 않는 균열이 발생했다.

1왕자군 입장에서는 굴러온 돌인 대공이 1왕자를 무시하고 주도적으로 행동하는 것이 껄끄럽기만 했다.

'그깟 몇십만 골드를 아끼자고 놀라운 능력을 가진 온 클랜을 버리다니! 에잉!'

'아무리 용병이라도 그들의 능력이라면 전면전이 벌어졌

을 때 발생할 우리의 피해를 크게 줄일 수 있을 텐데.'

'설마 대공도 차원 터널 출입 권한과 명예 포인트를 노리는 거 아닐까? 맞아! 그래서 1왕자군에서 지금까지 가장 큰 업적을 세운 온 클랜을 이런 식으로 처리를 한 거야!'

가제타가 대공 기사단의 전임 단장이었고 감히 1왕자군의 군자금을 횡령하려고 한 레너드가 대공 기사단의 현 부단장이기 때문에 대공이 나선 것인지 아니면 던전 클리어에 따른 명예 포인트와 차원 터널 출입 권한이 욕심이 나선 그런 것인지 모르겠지만, 이 자리에 있는 대부분은 1왕자가 있는 자리에서 그가 설치는 것이 영 못마땅했다.

온 클랜에 대한 가제타의 보고를 접하고 굳이 용병 따위에게 거금을 지불할 필요가 없으니 차라리 막대한 피해가 예상되는 거대 흑마법진을 공략하는 임무를 맡기자는 의견을 개진한 것이 바로 대공이다.

아무리 소심하더라도 던전 클리어에 따른 보상을 생각하면 1왕자는 당연히 나섰어야 하는 상황이었지만, 소드마스터인 대공의 권위에 감히 대항하지 못하고 그의 의견을 받아들이고 만 것이다.

거기에 현 대공 기사단의 부단장인 레너드는 온 클랜에게 지급할 돈의 일부를 착복하려고 했다. 청렴하고 명예로워야 할 기사로서는 너무나 큰 결격 사유였다.

그런데도 대공은 그를 감싸고도는 것이다. 누가 봐도 레너드의 명백한 잘못이었음에도 말이다.

그렇게 토벌군은 속으로 분열되고 있었다.

⋘⋙

새로운 은신처에서 지내게 된 온 클랜원들은 바깥 사정을 알 수 없어서 좀 답답했다. 특히 나디아는 한시도 가만히 있질 못하고 뱅뱅 돌고 있었다.

그 모습을 본 가온은 피식 웃었다. 자신도 궁금한데 평생 정보를 다루며 살아온 그녀라면 어떨지 상상이 되기 때문이다.

"나디아, 1왕자군의 동태를 살펴보러 같이 나갈까?"

"정말요?"

역시 나디아가 뛸 듯이 기뻐했다.

"그런데 어떻게 하시려고요?"

"토벌군의 숙영지 인근에 있는 좌표를 등록시킨 텔레포트 스크롤이 있어."

그런데 문제가 하나 있었다. 그녀의 실력으로는 멀리에서 육안 관측을 하는 것이라면 모르지만 1왕자군 영내까지 잠입하는 건 무리였다.

그런 가온의 생각을 읽은 나디아가 자신만만한 얼굴로 입을 열었다.

"은신 스킬도 익힌 상태고 고문님을 만나러 1왕자군을 방문했을 때 아는 얼굴을 몇 명 봐 두었어요. 기사는 아니지만 동태 정도는 충분히 말해 줄 거예요."

그럼 그냥 아는 얼굴은 아닐 테고 그녀가 구축한 정보 라인에 속한 정예병일 가능성이 높았다.

"나도 같이 가마."

갑자기 나크 훈이 끼어들었다.

"스승님도요?"

나크 훈은 조금 과장하면 1왕자군 전체가 아는 유명인사다. 당연히 동태를 살핀다는 목적을 생각하면 무척 부적합했다.

"동태를 확인하려면 숙영지 안으로 직접 들어가야 하는데 영내에 소드마스터들이 있어서 잠입하는 것이 불가능할 것이다. 비록 가제타에게는 배신을 당했지만 믿을 수 있는 인물이 있다. 사사로이 형님으로 모시는 분인데 1왕자의 중용을 받지 못해서 거의 숙영지 외곽을 지키는 임무를 수행하고 있지."

맞는 말이긴 했다. 만약 소드마스터가 기다리는 상황이라면 가온과 나디아가 동시에 움직이는 것을 금방 알아차릴 것이다.

가온은 정말 믿을 수 있는 인물인지 확인하려다가 포기했다. 지금 누구보다 배신감에 치를 떠는 사람은 바로 스승인 나크 훈이니 말이다.

"알겠습니다."

다른 대원들도 동행하고 싶은 눈치였지만 더 이상은 나서지 않았다.

이런 임무는 은신 스킬을 가진 소수 정예가 제격이라는 사실을 다들 알고 있었다.

"밤이 될 때까지 기다려야 하는 거죠?"

나디아는 당연히 그렇게 생각했다.

"아니. 지금이 오히려 더 나을 거야. 본영은 최소한의 인원을 제외하고는 비어 있을 확률이 높아."

1왕자군의 본영은 옮기지 않았다. 혹시 모를 위험 때문인지 1왕자군 수뇌부는 비타젠 나무로 보호를 받는 그곳을 떠나지 않고 있었다.

온 클랜이 소멸시킨 흑마법진은 1왕자군 본영에서 리치의 본영으로 이어지는 직선 경로에 있던 것들이다.

당연히 주위에는 아직 흑마법진들이 남아 있고 그 경로는 현재 1왕자군이 분산 배치되어 사제들의 도움을 받아서 지키고 있을 것이다.

거리가 긴 만큼 꽤 많은 병력이 나가 있을 테니 본영은 오히려 비어 있을 가능성이 높았다.

가온은 나크 훈과 나디아에게 양팔을 붙들린 상태로 빈 스크롤을 찢었다.

팟!

카오스가 연출한 빛무리와 함께 세 사람은 마누의 공간 이동 능력으로 1왕자군의 숙영지 근처로 이동했다.

세 사람이 도착한 곳은 숙영지를 둘러싸고 자라는 비타젠 나무와 채 10미터도 떨어지지 않았다.

나크 훈과 나디아는 비타젠 나무 사이로 보이는 초병을 보고 움찔했지만, 가온의 반응은 무덤덤했다. 공간 이동을 한 직후 녹스가 세 사람을 은신시켜 주고 있었기 때문이다.

'소드마스터가 아니면 발견하지 못하는 높은 등급의 은신 아이템을 발동한 상태이니 긴장하지 않아도 됩니다.'

가온의 심어를 들은 후에야 두 사람은 긴장을 풀었다.

'스승님, 이 상태로 천천히 걸어도 저쪽에서는 알아차리지 못할 테니 말씀하신 분이 있는지부터 확인해 주십시오.'

ㅡ그러마.

가온의 심어에 두 사람은 고개를 끄덕였다. 나크 훈도 가온으로부터 전음 스킬을 배웠기 때문에 의사소통은 어려울 것이 없었다.

그렇게 녹스의 은신 능력의 도움을 받아서 숙영지를 천천히 이동하던 나크 훈의 발걸음이 한곳에서 멈추었다.

'아는 분이 있습니까?'

ㅡ그래. 저기 형님이 있구나.

'혹시 블랙레오파드 가죽을 선물한 분입니까?'

-맞다. 제어컨 형님이라면 믿을 수 있다. 내겐 가족이나 다름없는 분이다. 이 고원에 올라와서는 항상 숙영지 외곽 경계를 책임지고 있지.

나크 훈에 앞서 먼저 은퇴를 했다는 선배인 제어컨은 고리눈에 뭉툭한 코 그리고 사각형의 얼굴이 무척 인상적이었다.

'스승님, 4시 방향에 있는 저 거대한 바위 뒤쪽으로 불러내십시오.'

잠시 후 나크 훈의 입술이 작게 움직인 지 얼마 지나지 않아서 제어컨이 옆에 있는 기사와 병사 들에게 손으로 수신호를 보내더니 조심스럽게 앞으로 걸어 나왔다.

그와 가온 일행은 잠시 후 숙영지 쪽에서는 보이지 않는 바위 뒤쪽에서 만날 수 있었다.

"나크, 이게 대체 어떻게 된 일이야?"

나크 훈은 제어컨이 막 이름을 부르려고 입을 벌리는 순간 손짓으로 조용히 시켰기에 소리는 크지 않았다.

"형님, 사정이 있었습니다. 여기는 제 제자인 온이고 이쪽은 제 동료입니다."

"온 훈이라고 합니다. 스승님께 말씀 많이 들었습니다."

"사자의 검을 뵙게 되어 영광이에요. 나디아라고 해요."

"오! 그래, 반갑소. 나크, 대체 어떻게 된 일이냐니까?"

가온과 나디아의 인사를 대충 받은 제어컨이 흥분해서 검붉게 변한 얼굴로 물었다.

그는 죽은 것으로 알려진 친한 후배가 멀쩡한 모습으로, 그것도 은밀하게 자신을 만나러 온 것에 의아함을 감추지 못했다.

"배신을 당했습니다."

나크 훈이 나직한 목소리로 짧게 사정을 설명했다.

"가제타와 레너드, 그 고블린 똥 같은 새끼들이 그럴 줄 알았어! 그러니까 내가 대공가의 인물들과 교류하지 말라고 했잖아."

아마 그는 나크 훈이 대공가의 기사들과 친하게 지내는 것을 이전부터 알고 못 마땅해했던 것 같았다.

"형님의 조언을 대수롭지 않게 여긴 제 불찰이 큽니다. 저는 그래도 괜찮은데 하마터면 우리 온이와 온 클랜원들이 놈들 때문에 언데드들에게 죽임을 당할 뻔했습니다. 일이 어떻게 알려졌습니까?"

"두 놈에 앞서 텔레포트 해 온 지원대의 보고가 있었어. 신성 마법진이 흑마법진을 제대로 제어하지 못했고, 그 와중에 트롤과 오우거 구울들이 나타나는 바람에 다급한 상황이 되었다는 것. 가제타의 지시로 자신들은 먼저 텔레포트를 했고 온 클랜은 텔레포트 마도구를 사용하기 어려운 상황이었다는 것, 그리고 레너드가 수령한 보상금에서 10만 골드가 비었었다는 것 등이었지."

그래도 그것만이라도 밝혀져서 다행이다.

"그리고 얼마 후 귀환한 가제타와 레너드가 간신히 운석공을 탈출했으며 온 클랜은 따로 도망을 쳤을 거라고 보고했지. 하지만 그 보고를 들은 대부분은 온 클랜이 전멸했을 거라고 생각했어. 먼저 귀환한 지원대가 말해 준 상황은 급박했으니까."

"그럼 저희가 죽은 것으로 알고 있겠군요?"

"맞아. 자잘한 것들을 제외하고 트롤과 오우거 구울만 해도 수백 마리가 넘었다면서?"

그 정도는 아니었다. 운석공 아래로 내려온 건 트롤 구울이 대략 100마리에 오우거 구울이 30마리 정도였는데 놈들이 과장한 것이다.

"그들에 대한 처분이 따로 있었습니까?"

"라헨드라 탑주가 단단히 벼르고 추궁을 했는데 대공이 나서는 바람에 유야무야되었다. 반성의 의미로 특수한 임무를 수행하는 별동대에서 큰 공을 세울 때까지 언데드와 전투를 하도록 하겠다는 것이 전부야."

뿌드득!

제어컨의 대답을 들은 나크 훈이 이를 갈았다.

"이런 고블린 똥 같은 새끼들!"

"지금 상황은 어떻습니까?"

가온이 흥분한 나크 훈을 대신해서 물었다.

"본래 온 클랜이 소멸시키기로 했던 흑마법진을 토벌군이 맡아서 공략을 했지만, 하나도 처리하지 못하고 피해만 입고 철수했다. 세 팀 모두 1급 기사들이 한 명씩 포함되었지만 사망자만 23명이 나올 정도로 처참하게 당했지. 가제타의 보고 내용도 그랬지만 온 클랜이 채 스물도 안 되는 인원으로 하루에 두 개씩 소멸시켰다니 쉬울 거라고 생각했는데 턱도 없었던 거지."

같은 1왕자군임에도 제어컨은 고소하다는 얼굴로 대답했다.

1급 기사라면 보통 소드마스터로 부르지만 반드시 그렇지만은 않다.

이제 막 소드마스터에 입문했거나 그 정도는 아니더라도 검기를 발출하거나 변형시켜서 사용하는 경지를 포함한다.

제어컨의 대답을 들은 가온은 좀 의아했다. 인원도 충분했을 테고 1급 기사까지 포함되었다면 흑마법진 하나는 충분히 소멸시킬 수 있을 거라고 생각했기 때문이다.

"그렇다고 그쪽에 트롤이나 오우거 구울들이 공격했던 것은 아니었다고 들었다. 신성 마법진이 흑마법진을 제대로 제어하지 못했거나 그럴 수 있을 때까지 언데드의 물량공세를 견디지 못한 거지."

듣고 보니 이해가 갔다. 1왕자군에는 많은 사제들이 있었지만 모둔처럼 흑마력과 죽음의 기운을 흡수할 수 있는 존재

1왕자군의 사정 123

가 없으니, 신성 마법진이 흑마법진을 제압하는 데 오랜 시간이 걸릴 수밖에 없었다.

사실 온 클랜도 정령사들과 가온의 정령들이 아니었다면 모둔의 조력이 있었더라도 언데드를 쉽게 상대할 수 없었을 것이다.

"제어컨 님, 혹시 상황에 변동을 줄 요소가 있을까요?"

나크 훈의 용건이 일단락되는 것 같자 눈치를 보던 나디아가 끼어들었다.

"변동? 있지. 대략 열흘 후면 왕실에서 소집한 4만여 명의 추가 전력이 도착할 예정이다."

"추가 전력이 던전에 들어온 겁니까?"

"그래. 왕실에서는 더 이상 끌면 던전 브레이크가 일어날 가능성이 높다고 판단한 모양이다. 일단 세 왕자군이 모두 이곳에 집결하기로 했어. 그리고 전 영지를 대상으로 최소한의 인원을 제외하고 수련 기사 이상의 실력을 가지고 있는 기사와 용병 그리고 헌터 모두를 강제 소집한 거지. 마탑과 신전 쪽도 사정은 비슷하고. 던전의 다른 층을 공략하는 다른 왕국들이 먼저 그런 조치를 취한 것 같아. 꽤 많은 이계인들도 포함되었다는 소문도 있어."

'하긴. 더 이상 방치했다가는 아그레시아 왕국 전체가 언데드의 소굴이 될 수도 있으니.'

가온은 제어컨과 나크 훈의 대화를 들으면서 예지몽 속에서 이 점보 던전이 어떻게 클리어되었는지 알 수 있었다.

'전력을 쏟아부은 거야. 당연히 엄청난 피해가 발생했고 결국 왕국은 이계인의 활동을 제대로 제어하지 못하게 된 것이고.'

중요한 건 플레이어들 중에서도 수련 기사, 즉 50레벨 이상은 추가 전력에 포함될 수 있다는 말이다.

현재 초랭커들이 100레벨 이상이고 하이랭커들이 70대 이상의 레벨인 점을 고려하면 상위권 플레이어들 중 상당수가 점보 던전을 공략할 자격을 가지게 되는 것이다.

'아마 부활이 가능한 플레이어들이 던전 클리어 과정에 큰 공을 세우겠지. 그래서 왕국에서도 이 던전을 모든 플레이어들에게 개방을 하는 것일 테고.'

아무튼 일이 예지몽대로 진행된다면 이 던전은 그리 오래지 않아서 클리어가 될 것이다.

아무리 10만 이상의 언데드 군단을 거느린 리치라고 해도 마나로 육체를 강화하고 무기를 강화할 수 있는 실력을 가진 5만여 병력을 막아 낼 수는 없다.

무엇보다 페널티가 있기는 하지만 부활이 가능한 플레이어들을 적극적으로 활용하게 되면 언데드 군단은 오래 버틸 수 없다.

두개골이 부서지고 핵에 해당하는 마정석이 사라지면 리치라고 해도 언데드를 부활시킬 수 없다.

'이 기회를 잘 이용해야겠군.'

복수는 좀 나중으로 미뤄야 할 것 같다.

"그런데 나크, 어떻게 할 거냐?"

제어컨은 나크 훈과 온 클랜이 무사히 귀환해서 가제타와 레너드의 행동을 밝혀서 대공 세력을 약화시켜 주길 원하는 것 같았지만 그건 안 될 말이다.

'굳이 부림을 당할 이유가 없지.'

죽을 뻔했지만 의뢰를 통해 100만 골드가 넘는 거금을 벌어들였으니 더 이상 용병으로 활동할 필요가 없었다.

"제어컨 님, 부탁이 있습니다."

가온이 이를 악물고 있는 스승을 대신해서 나섰다. 나크 훈은 지금 복수심에 불타오른 상태지만 마땅한 방법을 떠올리지 못하고 있었다.

"말해 보게."

"저희와 만난 사실을 아무에게도 알리지 말아 주십시오."

"대공 세력에 해코지를 당할까 봐 그러냐?"

"그런 부분도 없지는 않지만 완벽한 복수를 하고 싶습니다."

"완벽한 복수라……. 그래, 남자라면 그런 비겁한 놈들에게 복수를 해야지. 기사의 명예를 저버리고 대공의 옷자락 뒤에 숨은 그런 쓰레기 같은 놈들을 적어도 폐인으로 만들어야 복수라고 할 수 있지. 암!"

제어컨의 태도를 보아하니 1왕자군의 여론이 대공 세력에게 무척 부정적인 모양이다.

아무튼 제어컨 덕분에 온 클랜은 필요한 정보를 거의 다 얻을 수 있었기 때문에 무척 의미가 있는 만남이다.

마핀 사냥(1)

은신처로 돌아온 가온이 대원들을 불러 모아 자신의 생각을 밝혔다.

"그러니까 토벌군이 대대적인 공세를 취할 때까지는 이곳에 머무르면서 마핀을 사냥해야 한다는 거군요."

"그래. 2왕자군은 이미 고원으로 이동할 준비를 하고 있을 테고 이곳은 산맥의 북쪽에 해당하기 때문에 아무도 이쪽에는 신경을 쓰지 않을 거야."

"고원으로 이목이 쏠린 틈을 타서 마핀을 사냥함으로써 던전 클리어에 크게 일조할 수 있는 수네요. 전 좋아요!"

"저도 좋은 생각 같아요. 아예 마핀 보스를 사냥하고 차원석까지 처리할 수 있으면 금상첨화고요."

"저도 찬성입니다. 마핀이라면 후와와 비슷할 테니 저희도 상당한 업적을 세울 수 있을 겁니다."

다행히 나디아를 시작으로 모든 대원이 가온의 계획을 긍정적으로 받아들였다. 사실 그들은 이제 언데드는 지긋지긋했기 때문이다.

"마핀을 사냥할 때는 이것을 주로 활용할 겁니다."

가온이 아공간 주머니에서 꺼낸 것은 바로 폭발 화살이었다.

"마핀은 후와보다 더 큰 몸집에 질기고 긴 털과 두꺼운 가죽을 가지고 있습니다. 점프력도 대단해서 준비 자세가 없이 5미터 위까지 날아오를 정도고요. 당연히 숲에 한정하면 민첩성이 엄청납니다. 그래서 준비한 아이템입니다."

"신기하게 생긴 화살이네요. 촉의 윗부분에 있는 이 둥근 부분이 이상한데 대체 뭡니까, 대장님?"

궁사로 포지션을 잡은 스톤이 먼저 물었다.

"마정석에 미세한 마법진을 새겨서 불안정한 상태로 만든 겁니다. 일정 이상의 충격을 받으면 터지게끔 되어 있습니다. 폭발의 위력은 익스플로전 마법의 절반 정도라 심장이나 머리와 같은 급소를 맞히면 즉사시킬 수 있습니다."

가온이 벼리가 파악한 내용을 설명해 주자 대원들이 입이 떡 벌어졌다.

한 번도 이런 화살에 대해서 들어 본 적이 없었기 때문이다.

"일단 시험을 해 보도록 하지요."

이 은신처도 지하에 건설되었지만 토벌군과는 아주 멀리 떨어져 있었기 때문에 주위의 이목에 신경을 쓸 필요는 없었다.

마핀은 세르나가 소환한 바람의 정령이 금방 찾아냈다.

먼저 화살을 날린 건 스톤이다.

그는 바람의 정령을 활용하여 명중률과 곡예와 같은 궁술을 사용하는 라테와 달리 순수한 궁술을 익혔지만 지금은 가히 명궁이라고 할 수 있는 실력을 가지고 있었다.

슉!

잎이 무성한 나뭇가지 사이로 날아간 화살이 15미터 높이의 가지에 앉아서 톱니처럼 날카로운 이빨로 열매를 씹고 있는 마핀의 활짝 열린 가슴에 박혔다. 거리는 대략 30미터였다.

쾅!

강한 폭발음과 함께 열매를 먹고 있던 마핀이 비명조차 지르지 못하고 바닥으로 추락했다.

서둘러 마핀이 떨어진 곳으로 향한 온 클랜원들은 깜짝 놀랐다.

생체 보호막은 물론 길고 질긴 털과 가죽을 가지고 있는 마핀의 가슴에 큰 구멍이 뚫려 있음을 확인할 수 있었다.

"단 한 발로 즉사했네."

"폭발음만 좀 어떻게 하면 될 것 같은데……."

"일전에 대장님이 말씀하신 마핀의 분포를 생각하면 이 정도의 폭발음은 괜찮을 것도 같아."

"그건 아니지. 이 정도 폭발음이라면 다른 마핀한테도 틀림없이 들릴 거라고."

"마핀을 발견하면 그곳을 중심으로 사일런스 마법을 걸면 해결이 되지 않을까?"

대원들의 대화에서 폭발 화살을 어떻게 활용해야 할지 답이 나왔다.

"저라면 바람의 정령을 이용해서 속도를 더 빠르게 만들고 폭발 시 소음을 줄일 수도 있을 것 같습니다."

라테의 말에 가온이 고개를 끄덕였다. 바람의 정령을 잘 활용하면 폭발음을 효율적으로 제어할 수 있었다.

"맞아. 폭발음 때문에 이 폭발 화살은 앞으로 라테가 주로 사용하게 될 거야. 스톤은 마법사의 조력을 받을 수 있는 경우에만 폭발 화살을 쓰고 평소에는 그냥 강철 화살을 써야 할 것 같습니다."

"알겠습니다."

스톤은 상당히 아쉬운 얼굴이기는 하지만 군말하지 않고 가온의 말을 받아들였다.

폭발 화살이 아니더라도 마수나 몬스터의 가죽과 생체 보호막을 뚫을 수 있는 오러 궁술을 익히고 있기에 거대한 과녁이나 다름없는 마핀을 사냥하는 건 자신이 있었다.

마핀 사냥을 위해서 온 틀랜은 세 개의 조로 재편성되었다.

조마다 정령사가 한 명씩 배정되었다. 마핀을 빠르게 찾아내려면 바람의 정령이 제격이었기 때문이다.

사냥은 정령사가 마핀을 찾아내면 화살을 쏘거나 창을 던져 마핀을 나무 위에서 떨어뜨리는 것으로 시작된다.

마핀 사냥에서 가장 중요한 것은 먼저 놈을 찾아내는 것이다.

후와와 달리 마핀은 오감이 잘 발달한 변이 마수였고 굉장히 민첩하고 전투력도 높기 때문에 놈이 먼저 이쪽을 발견하면 사냥은 쉽지 않았다.

가온은 그 점을 대원들에게 몇 번이나 반복해서 강조하면서 주지시켰다.

투창은 필요하지 않았다.

온 클랜에서 전문 궁사는 스톤과 라테밖에 없지만 본래 엘프는 타고난 궁사들이다.

세르나도 둘에게는 약간 손색은 있지만 궁사라고 자신해도 될 정도의 궁술 실력을 가지고 있었다.

궁사가 화살을 날리는 동시에 전사들은 마핀이 추락할 것

으로 예상되는 지점까지 쾌보로 달려가서 사망 유무와 상관
없이 추락한 놈을 마무리하는 방식이다.

비록 마핀이 검광 실력자와 비견될 정도의 전투력과 방호
력을 가지고 있다지만 일단 부상을 입고 땅에 떨어진 상태라
면 온 클랜의 그 누구도 놈을 처리할 수 있었다.

그래서 굳이 폭발 화살까지 쓸 필요는 없었다.

각 조에는 마법사 한 명씩은 물론 나크 훈과 타람 그리고
로에니가 조장을 맡아서 예상하지 못한 위험 상황도 대비할
수 있도록 했다.

온 클랜은 그렇게 사스 산맥의 다른 쪽 끝부분에서부터 마
핀 사냥을 시작했다.

하지만 가온은 그 사냥에 끼지 않았다.

'명예 포인트도 좋지만 더 중요한 게 있지.'

은신처에 혼자 남은 가온은 갓상점에 접속해서 점찍어 둔
'하급 사령술 총서'를 구입했다.

순식간에 10만 포인트가 빠져나갔지만 전혀 아깝지 않았
다. 이 점보 던전, 특히 달리아 고원은 사령술사에게는 그야
말로 천혜의 환경이니 말이다.

사령술 총서를 정독한 가온은 한동안 잊고 있었던 안내음
을 들을 수 있었다.

-'죽은 자의 영혼과 육체를 지배하는 자'가 되었습니다!

-전직의 효과로 지력 스텟이 20, 집중력 스텟이 20 증가합니다!

-마력이 100 증가합니다!

-정독을 하셨습니다. 아이템 효과로 흑마력 500을 획득합니다!

네크로맨서 혹은 사령술사로 전직을 한 것이다.

사령술 총서에 기재된 하급 사령술은 총 12개로 스켈레톤과 좀비 그리고 구울을 만드는 스킬들과 세뇌, 정신 조작, 정신 지배, 섀도 은신술, 강령술, 영계 마수 소환술, 저주술, 영혼 소환술, 언데드 폭발술이었다.

말이 하급이지 구울 제작술까지 포함되었고 정신과 영혼에 관련된 스킬들까지 있는 것으로 보아, 탄 차원을 기준으로 하면 중급 스킬까지 망라하고 있는 것 같았다.

잘은 모르지만 처음 네크로맨서로 전직하면 스켈레톤 제작과 관련된 스킬 하나만 얻을 수 있다.

다른 스킬들은 흑마법사를 경원시하고 배척하는 탄 차원의 풍토로 인해서 퀘스트나 네크로맨서와 관련된 던전을 클리어해야만 얻을 수 있었다.

그렇게 생각하면 한 번에 12개나 되는 사령술을 익힐 수 있고 정독한 것만으로도 흑마법사들만이 가지는 특수한 에너지로 짐작되는 흑마력을 단숨에 500이나 획득할 수 있다는 것은 10만 포인트 이상의 가치를 가지고 있었다.

'그래서 10만 포인트나 하는 건가?'

지를 때는 많이 고민을 했지만 지금은 오히려 좋은 기회를 잡았다는 생각이 들었다.

'그런데 흑마력이 정확히 뭐지?'

상태창을 열어 새로 생성된 흑마력 항목에 집중을 했더니 간략한 설명이 나왔다.

흑마력

음차원의 에너지로 마계에 많이 존재하며 죽음의 기운을 포함한다. 죽은 생물의 영혼과 육체를 다룰 때 반드시 필요한 에너지로, 사체의 전부 혹은 일부를 섭식하거나 특수한 아이템 혹은 흑마법진을 이용해서 흡수하거나 플레이어의 경우 레벨업에 따른 포인트로 올릴 수 있다.

흑마력은 흑마법 혹은 사령술에 꼭 필요한 에너지로 일반적인 마력과 달리 마력 서킷을 통해 축적하는 방식이 아니었다.

그래도 일단 보유하게 되면 소모한 흑마력은 마력 서킷이 아니라 시간이 지나면 자연적으로 채워지는 에너지였다.

'섭식이라니!'

사체의 육체 일부나 전부를 먹은 방식으로 얻을 수 있는 마력이라니 생각만 해도 끔찍했다.

왜 탄 차원인들이 네크로맨서라면 치를 떠는지 알 것 같다.

물론 흑마법사들은 다른 방식으로 흑마력을 획득하고 늘려 나가는 것 같지만 본능적인 혐오가 밀려왔다.

'그래도 포기할 수는 없어.'

특히 수백만 명이 죽어 간 달리아 고원을 무대로 펼쳐질 던전 클리어 과정을 생각하면 사령술은 상당히 쓸 만했다.

가온은 일단 언데드 제작술부터 수련하기로 했다.

아무리 네크로맨서가 되었다고 해도 아무 곳에서나 언데드를 만들어 낼 수는 없다.

언데드의 몸을 구성하는 육신, 즉 뼈나 살이 붙어 있는 사체가 필요했기 때문이다.

가온은 마누를 불러내어 적당한 곳으로 공간 이동 했다.

사령술 총서를 정독한 것만으로 12개의 사령술을 익혔지만 당분간은 스켈레톤 제작술과 구울 제작술에만 전념하기로 했다.

사령술사가 될 것도 아닌데 다른 스킬들까지 욕심낼 이유는 없었다.

언데드 제작술은 흑마력을 가지고 있는 마법사에는 그리 어렵지 않았다.

특히 스켈레톤을 제작하는 것은 빠진 부분이 없는 뼈만 있으면 되는데, 고원 어디에나 지하에 뼈가 묻혀 있어서 카오스에게 부탁하는 것으로 구할 수 있었다.

역오망성의 진을 그린 후 각 모서리에 중급 마정석을 단단히 박아 넣어서 코어를 완성한 후 안쪽에 맞춘 뼈를 놓고 진에 흑마력을 주입했다.

"스켈레톤 제작!"

제작의 마지막은 주문이다. 다른 주문과 다른 점은 이루고자 하는 현상을 명확하게 이미지화할 수 있고 의지만 있으면 어떻게 이름을 짓든 크게 상관이 없다는 점이다.

가온은 자신이 처음으로 만들어 낸 스켈레톤을 대상으로 심안을 발동했다.

이름 : 미정	
직업 : 창병	
레벨 : 8	
파워 : 19	민첩 : 4
체력 : 21	감각 : 5
지력 : 2	마나 : 8
창술(초급 1Lv.)	

뼈의 주인은 일반 병사였던 모양인데 처음 만든 것치고는 나름 괜찮은 것 같았다.

'지능이 낮은 것을 빼면 말이지.'

이래서는 제대로 된 명령을 수행할 수 없었다. 그저 맹목적인 살의를 가지고 상대를 향해 돌진하는 것 정도밖에 하지 못하는 수준이다.

그래도 첫술에 배부를 수는 없었다.

가온은 계속해서 스켈레톤을 만들어 냈다. 스켈레톤 1기에 흑마력이 2밖에 필요하지 않았기에 이론적으로는 250기까지는 만들어 낼 수 있었다.

그렇게 10기까지 스켈레톤을 제작해 본 가온은 확실히 뼈의 강도에 따라서 스켈레톤의 능력에 큰 차이가 난다는 점을 알 수 있었다.

'혹시 흑마력을 더 불어 넣으면 어떨까?'

이번에는 2가 아니라 배인 4를 주입해서 스켈레톤을 만들어 냈더니 스텟이 평균 1.5배인 개체가 만들어졌다.

'이래서는 손해 아닌가? 아니야. 흑마력이 더 들어가더라도 강한 놈을 만드는 것이 나아.'

흑마력은 두 배가 들었지만 능력은 1.5배밖에 안 늘어났다면 손해가 아닌가 싶었지만 그렇게만 볼 건 아니었다. 무엇보다 지력이 높아져서 명령에 대한 수행도가 올라가기 때문이다.

이번에는 두개골에 하급 마정석을 집어넣은 스켈레톤을 제작해 보았다.

술식에 따라서 흑마력을 주입하자 놀랍게도 흑마력의 일부가 하급 마정석으로 흘러가더니 이전에 제작했던 개체들보다 민첩과 감각, 지력과 마나의 수치가 훨씬 높은 개체가 만들어졌으며 심지어 레벨까지 큰 차이가 났다.

'그동안 상대했던 스켈레톤들이 이런 방식으로 만들어졌 구나.'

두개골이 약점이기는 하지만 인간이 아니라 오크의 뼈를 베이스로 하면 괜찮은 전투력을 발휘할 수 있는 스켈레톤을 만들 수 있을 것 같았다.

가온은 실패작들로부터 흑마력을 회수했다.

다른 네크로맨서들과 달리 파워 드레인 스킬이 있었기에 가능했다.

그렇게 스켈레톤 제작부터 시작한 가온은 일주일이 지났을 때는 방금 사냥한 마핀의 구울까지 실패하지 않고 만들 정도로 수준이 높아졌다.

그간의 수많은 시행착오와 무제한에 가까운 재료 사용 그리고 벼리의 적극적인 개입 덕분이었다.

대원들은 하루에 평균 60마리의 마핀을 사냥했다. 한 조당 20마리 정도씩 사냥한 것이다.

위험한 순간도 있었다.

화살을 맞고 나무에서 추락한 마핀이 기절한 척 미동도 없이 있다가 느닷없이 대원을 급습하는 위험한 상황이 세 조

모두에게 일어났다.

하지만 그럴 때를 상정해서 각 조에 검기 완숙자를 배치했
다.

실력도 실력이지만 사냥 경험이 풍부한 타람과 로에니 그
리고 나크 훈은 긴장을 풀지 않고 있었다.

특히 얼마 전부터 가온의 도움을 받아서 신월비 스킬을 수
련하고 있던 나크 훈은 신월비를 사용해서 급습한 마핀을 그
야말로 썰어 버렸다.

그만큼 신월비의 위력이 강력했다.

그렇게 위험한 상황을 겪은 후부터 대원들은 나무에서 떨
어진 놈을 멀찍이 떨어진 곳에서 창을 던지거나 다시 화살을
쏴서 확인 사살을 한 연후에 처리를 했다.

폭발 화살은 아주 위급할 때가 아니면 사용하지 않기로 했
다.

생각보다 폭발음이 너무 커서 다른 마핀들이 멀리 도망쳐
버렸기 때문이다.

사실 목표를 찾은 후 바람의 정령을 이용하거나 사일런스
마법을 사용하기로 했는데 그렇게 하면 사냥 시간이 너무 오
래 걸리고 과정도 복잡해졌다.

그래도 사냥 루틴이 완성되고 조원들이 손을 맞추자 마핀
을 그리 어려운 사냥감이 아니었다.

특히 독립생활을 하는 것으로 파악된 수컷들의 경우에는

일단 발견하면 100% 사냥할 수 있었다.

그렇게 대원들이 사냥을 하면 사체는 가온이 정령들을 통해서 처리했다.

대원들은 가온이 사령술을 익히고 있다는 것을 알고 있었다. 가온이 사실대로 말했다.

그렇게 사냥을 하던 대원들이 가온에게 도움을 요청한 것은 일주일이 지났을 때였다.

"40마리 정도가 모여서 군집생활을 하고 있었습니다."

"대장 수컷인 듯 체구가 거대한 마핀 한 마리와 대여섯 마리의 암컷 그리고 나머지는 새끼들로 구성된 무리예요."

"덜 자란 새끼들 중에는 꽤나 체구가 큰 마핀들도 있더라고요."

대원들이 하는 말을 들으니 마핀은 힘센 수컷이 암컷 대부분을 독점하고 나머지 수컷들은 독립생활을 하는 것 같았다.

"좋습니다. 내일 함께 처리를 하도록 하지요."

지금 대원들의 능력이라면 그 정도 무리는 그리 어렵지 않게 사냥할 수 있을 것 같았다.

대원들이 말한 마핀 무리는 좁은 간격을 두고 자라는 열 그루의 비타젠 나무의 가지들이 서로 얽히고설켜서 만들어낸 공중의 공간에서 지내고 있었다.

원래 비타젠 나무는 10미터 이상 떨어져서 자라는 것이 보통인데, 좁은 간격을 두고 원형으로 자라다 보니 가지들이 서로 엉켜서 나무들 안쪽에는 지상에서 약 5미터 높이에 꽤 넓고 안락한 공간이 만들어진 것이다.

무리의 유일한 성체 수컷인 마핀은 대원들이 말한 대로 일반 수컷보다 머리 하나는 더 컸다.

체구가 큰 것은 당연했다.

그 수컷은 어디에서 따 왔는지 모르겠지만 용케도 익힌 비타젠 열매를 먹고 있었고, 암컷 마핀들은 그런 수컷의 주위에서 새끼들을 돌보거나 같이 놀아 주고 있었다.

그 모습이 얼마나 평화로워 보이는지 손을 쓰기가 꺼려질 정도였다.

'하지만 마핀은 변이 마수야.'

다 익은 비타젠 열매를 씹어 먹고 있는 수컷의 이빨과 새끼의 털을 고르는 저 암컷의 손톱은 인간에게는 검광의 위력을 가진 무시무시한 무기로 돌변할 것이다.

가온이 신호를 하자 20여 미터 떨어진 나무 위에 올라가서 준비를 하고 있던 스톤과 라테 그리고 세르나가 일제히 시위를 놓았다.

슉! 슉! 슉!

스톤과 라테가 쏜 화살들은 수컷 보스에게, 세르나가 쏜 화살은 암컷에게 날아갔다.

꽝! 꽝! 꽝!

마핀에게 적중된 화살들은 강력한 폭발음과 함께 폭발했고 평화롭던 마핀 무리는 혼비백산했다.

폭발 화살 두 발을 맞은 수컷 마핀은 폭발의 충격으로 뒤쪽으로 날아가며 떨어졌고, 새끼를 안고 있던 암컷은 마침 뒤쪽에 있던 나무줄기에 강하게 부딪혔다.

세 궁수는 그런 상황에서도 침착하게 다시 화살을 날려 공황에 빠져 이리저리 움직이던 세 암컷을 정확히 맞혔다.

그사이 다른 대원들은 이미 쾌보를 사용해서 달리기 시작했다.

타람과 로에니가 나무에서 떨어진 수컷 보스를 맡았는데 달리 보스가 아닌지 두 번의 폭발로 상체가 엉망이 되고 추락까지 했지만, 놈은 벌써 일어나서 찢어지는 것 같은 초고음의 로어를 울부짖으며 공격 자세를 취하고 있었다.

깡! 깡! 깡!

놀랍게도 피투성이가 된 놈의 민첩성과 날카로운 손톱들은 두 검사의 검기를 맞받아 낼 정도로 대단했다.

하지만 그렇다고 타람과 로에니를 어떻게 할 수 있을 정도는 아니다.

강력한 힘을 동반한 타람의 베기 공격과 빠르고 날카로운 로에니의 찌르기 공격은 별도로도 강력하지만 이렇게 합공을 할 때는 상대로 하여금 대응할 방법을 쉽게 떠올릴 수 없이 대단했다.

마치 수십 발의 화살이 쏟아지는 것 같은 로에니의 현란하고 빠른 공격에 홀린 놈은 결국 타람의 검기에 의해 어깨부터 심장 부위까지 잘려 죽고 말았다.

암컷들은 각각 한 명씩 맡았는데 놈들 역시 강한 생존력은 물론 폭발로 인해 큰 대미지를 받았음에도 대원들을 긴장시킬 정도의 마지막 공격을 퍼부었다.

이전의 사냥 경험이 없었다면 위험할 수도 있었을 테지만 조금의 방심도 하지 않는 대원들이다.

암컷들은 차례로 숨이 끊어졌고 놀라거나 폭발의 여파로 떨어진 놈들 역시 같은 운명을 맞이했다. 용케 떨어지지 않은 새끼들 역시 세 궁사가 마무리를 했다.

대원들이 전장을 정리하려고 할 때 카오스의 급한 의념이 전해졌다.

-마핀이 몰려오고 있어!

가온은 추락한 직후 수컷 보스가 심한 부상에도 불구하고 가장 먼저 포효를 한 것이 부하들을 부르는 신호였다는 사실을 이제야 알 수 있었다.

'거리와 숫자는?'

-가장 가까운 놈이 500미터 정도이고 적어도 200마리는 될 것 같아.

수컷 대장을 중심으로 한 무리의 규모가 작아서 이런 상황은 전혀 예상하지 못했다.

마핀은 오크만큼이나 암수의 성비가 극단적으로 불균형적이었다.

수컷에 비해서 체구가 훨씬 큰 암컷이지만 어릴 때는 병약해서 사망률이 무척 높았다.

따라서 많은 수컷들은 평소에는 독립생활을 하다가 일정한 시기가 되면 서로 싸워서 도전자를 가리고 기존의 수컷 보스와 싸워 새로운 보스를 정하는 방식으로 생활을 한다는 사실을 모르는 온 클랜으로서는 수컷 보스의 로어에 수백 마리의 수컷 성체가 반응하는 것을 전혀 예상할 수 없었다.

어쨌든 성체 수컷 이백 마리가 일시에 몰려들면 지금 온 클랜의 전력으로는 쉽게 감당할 수가 없다.

'근처에 유인할 만한 곳이 있을까?'

─한꺼번에 처리를 하려고?

'응. 이런 상황에 어울리는 좋은 무기가 있거든.'

그렇게 대답하는 가온의 머릿속에는 플레이 초기에 오크들을 상대로 굉장한 위력을 발휘했으며 이번에 블랙펄 상단이 수송하던 보급품에서 얻은 아이템이 떠올라 있었다.

─서쪽으로 700미터 정도에 주위보다 50미터 정도 높은 언덕이 하나 있어. 그런데 마핀을 한꺼번에 처리하려면 시야가 터져 있어야 하지?

'맞아.'

가온은 대답을 하면서도 깜짝 놀랐다. 카오스가 이런 생각까지 할 수 있는 줄은 몰랐기 때문이다.

-그럼 내가 먼저 가서 언덕의 경사면과 아래쪽의 나무들을 처리해 둘게. 그리로 와.

'고마워.'

-호호호. 고맙긴. 우리 사이에.

카오스와의 의념 대화를 마친 가온은 마핀의 사체들을 한곳에 모으고 있는 대원들을 불러 모았다.

"세르나, 바람의 정령을 소환해서 동쪽과 북쪽을 정찰하게 해요!"

"무, 무슨 일로?"

"감이 좋지 않습니다."

세르나는 의아한 얼굴이었지만 순순히 가온의 지시에 따랐다. 그리고 얼마 후 대원들을 기함시키는 정보가 전해졌다.

"저희가 사냥을 하지 않은 모든 방향에서 마핀들이 이곳을 향해 오고 있어요!"

"숫자는?"

"오십, 아니 백. 아니에요. 그것보다 더 많아요!"

마핀은 각개격파가 아니면 검기 실력자는 되어야 단독으로 사냥할 수 있는 변이 마수이니 세르나의 목소리가 떨릴 수밖에 없었다.

"모두 서쪽으로 달려요!"

"네?"

가온은 대원들에게 더 길게 설명하지 않고 자신이 먼저 달리기 시작했다.

"어? 어! 같이 가요!"

멍한 얼굴을 하고 있던 헤븐힐이 가장 먼저 가온을 뒤따르자 다른 대원들도 의문이 해소되지 않은 얼굴이기는 하지만 그 뒤를 따랐다.

그렇다고 뒤처리를 허술하게 할 가온이 아니다. 앙헬에게 부탁해서 성체와 새끼를 가리지 않고 사체를 모두 챙기도록 했다.

얼마 후 대원들은 시야가 훤해지는 것을 느꼈다.

"여긴?"

방금 전, 거대한 어떤 생물이 난리를 친 것처럼 땅 전체가 뒤집힌 공간으로 끝에는 언덕이 하나 있었는데, 대원들의 정면에 있는 경사면 역시 나무 한 그루 없이 땅이 뒤집혀 있었다.

한 번도 와 보지 않은 곳이었지만 지난 일주일 내리 울창한 밀림 속에서 지내서 그런지 풀과 나무가 보이지 않는 살풍경한 모습임에도 불구하고 가슴이 시원해지는 느낌이 들었다.

개활지가 나타났지만 가온의 발길은 멈추지 않고 바로 언덕을 오르기 시작했다.

그의 발이 멈춘 곳은 언덕의 꼭대기였다.

"여긴 왜?"

누군가의 물음이 귀에 들어왔지만 가온은 말없이 아공간에서 발리스타를 꺼내 일정한 거리마다 거치하기 시작했다.

"아! 오크!"

적당한 거리를 두고 이동하면서 발리스타와 거대한 화살을 꺼내는 가온의 모습에 기시감을 느꼈던 패터가 소리를 질렀다.

"마핀을 여기서 상대하려는 거구나!"

매디도 이제야 알았다는 얼굴로 소리쳤다.

"발리스타를 작동해 본 사람은 조수 한 명씩을 선정해!"

퍼슨의 외침에 패터가 나크 훈의 팔을 끌었다.

"스승님, 저와 함께하세요! 조준은 제가 할 테니 스승님은 화살의 장전과 시위를 당기는 작업을 맡아 주세요."

"풋! 이 풋내기야! 내가 발리스타를 못 다룰까 봐?"

"넷? 기사가 무슨 발리스타를?"

"거대 마수나 몬스터를 사냥하려면 발리스타는 필수야. 그리고 이건 발리스타가 아니라 정확히 말하면 캐터펄트고. 지금 온이 꺼내는 것이 바로 발리스타야. 화살의 크기부터가 다르지."

"아! 죄송합니다, 스승님. 랄프, 네가 와!"

"흐흐흐. 안 됐지만 랄프는 내 조수로 써야겠다."

"그런 게 어디 있어요?"

"저놈만큼 힘 좋은 녀석이 어디 있어?"

나크 훈은 패터의 어깨를 툭툭 치고는 다가오는 랄프와 함께 발리스타 쪽으로 향했다.

사실 온 클랜원들에게 캐터펄트와 발리스타의 구분은 필요가 없었다. 크기만 차이가 났던 것이다.

다행하게도 가장 최근에 영입한 정보 길드 출신 대원들은 나디아를 빼고는 발리스타를 작동할 줄 알았다.

전대장 출신들이니만큼 다양한 마수와 몬스터를 사냥한 경험이 있었다.

대원들은 순식간에 2인 1조로 구성된 7개 조로 편성되었다. 정보 길드 출신 네 명과 퍼슨, 패터, 타람이 조준과 발사를 맡았고 랄프, 로에니, 샐리 그리고 세르나와 라테를 제외한 정령사들이 보조를 맡았다.

스톤과 라테 그리고 세르나는 폭발 화살이 들어 있는 화살통 세 개씩을 옆에 놓고 한 발을 먼저 시위에 걸었다.

헤븐힐과 매디는 그런 대원들에게 버프와 축복을 걸어 주었고 가온은 투명날개를 장착한 후 하늘로 날아올랐다.

이제 마핀을 맞이할 준비가 끝났다.

수컷 보스와 암컷들을 죽인 인간의 체취를 따라 쫓아온 마핀들은 광분한 상태였기 때문에 앞이 툭 터진 개활지가 나타났음에도 전혀 이상함을 감지하지 못했다.

그저 언덕 위에서 자신들을 기다리고 있는 인간들에 대한 살의가 머릿속을 가득 채우고 있었다.

마핀의 선두가 폭이 40여 미터에 30도 경사의 언덕을 막 오르는 순간 거대한 화살들이 발사되었다.

퍽! 퍽! 퍽!

일반 화살 정도는 질기고 긴 털과 단단한 가죽으로 막아낼 수 있는 마핀이었지만, 채 100미터도 안 되는 거리에서 날아온 거대 화살은 달랐다.

다른 곳보다 상대적으로 큰 상체, 특히 심장 부위에 박힌 화살에 실린 힘은 놈들을 즉사시켰고 육중한 몸을 뒤로 몇 미터나 날아가게 만들었다.

인간에 대한 살의에 잠식된 마핀들은 동료들이 거대 화살에 맞아 죽어 가는 데도 불구하고 언덕을 뛰어올랐다.

한 번에 날아오는 거대 화살은 겨우 일곱 발에 불과했고 놈들은 한 발을 내디딜 때마다 4, 5미터씩 전진하고 있었다.

그렇게 양측의 간격이 삽시간에 좁아졌을 때 경사로의 표면이 잘게 흔들렸다.

힘차게 바닥을 박차야 할 타이밍에 땅 표면이 움직이자 놈들은 몸의 균형이 흔들려 제대로 몸을 가누지 못했다.

그때 다시 장전된 거대 화살이 날아갔고 또다시 일곱 마리가 거대 화살에 맞아서 뒤로 날아갔다.

놈들은 거대 화살에 담긴 강력한 힘에 의해서 언덕 아래까지 굴러떨어졌고 나머지는 전진하지 못하고 몸을 비틀거렸다.

그렇게 카오스가 거대 화살이 장전이 되기 바로 직전에 언덕 경사로의 표면을 살짝 뒤흔드는 것만으로도 엄청난 효과가 일어난 것이다.

언덕을 오르는 마핀의 속도는 눈에 띄게 줄어들었고 대원들은 발리스타를 침착하게 운용할 수 있었다. 그리고 그 결과는 놀라웠다.

대원들이 다시 발리스타를 발사하기까지 마핀은 네댓 걸음, 대략 3미터 정도밖에 오르지 못했다.

원래 발리스타는 전열을 무너뜨리고 마핀의 사기를 떨어뜨리려는 목적으로 사용하려고 했는데 카오스의 도움으로 막대한 성과를 거둘 수 있었다.

물론 가온도 가만히 보고만 있었던 것은 아니다. 그의 손가락이 향하는 곳에 자리한 마핀은 여지없이 머리통에 커다란 구멍이 뚫렸고, 그 어떤 발리스타보다 많은 성과를 거두었다.

'마핀들이 머리끝까지 화가 난 상태라서 다행이네.'

어지간한 마수나 몬스터라면 이렇게까지 많은 피해가 나면 겁을 먹고 도망칠 생각을 할 텐데 마핀은 생각한 것보다 더 호전적이었다.

눈에 아예 뵈는 것이 없는 상태인 것 같았다.

아마 2왕자군은 이렇게 호전적인 마핀의 공세에 무너졌을 것이다.

전투의 무대도 이런 개활지가 아니라 울창한 숲속이었으니 시야 확보도 제대로 되지 않았을 테니 물러나는 것은 당연한 결과였다.

하지만 이런 개활지에서 광분한 마핀은, 이미 오크들을 상대로 발리스타를 운용해 본 적이 있는 온 클랜에게는 손쉬운 사냥감에 불과했다.

그렇게 대원들이 맡은 발리스타로 20발의 거대 화살을 모두 날린 지금 남은 마핀의 숫자는 대략 120마리 정도였다. 그리고 그중 3분의 1은 살아는 있지만 전투력을 상실한 상태였다.

'스톤, 세르나, 라테, 세 사람은 이제부터 폭발 화살을 사용합니다! 나머지는 투창을 준비하세요!'

안 그래도 준비를 하고 있던 대원들이 투창기를 꺼냈다.

던전에 들어오기 전에 로에니가 공금으로 구입해 둔 것이다.

투창기는 팔뚝 길이지만 지렛대의 원리를 이용해서 창을 더 빨리, 더 멀리 던질 수 있게 해 주는 도구이고 대원들은 이미 투창기를 사용하는 방법에 숙달한 상태였다.

슉! 슉! 슉!

발사 명령은 필요가 없었다. 투창기의 튀어나온 갈고리 부분에 움푹 들어간 창의 자루 끝부분을 집어넣은 후 창을 던지기 시작했다.

거리가 가까워진 상태라서 투창기의 위력은 더욱 극대화되었다.

비록 마나가 주입된 것은 아니지만 강철 재질의 창들은 거대한 과녁이라고 할 수 있는 마핀의 가슴을 꿰뚫었다. 굳이 머리를 노릴 필요가 없었다.

그렇게 창 세례를 뚫고 언덕 위까지 올라오는 데 성공한 놈들을 기다라고 있는 것은 자신에게 할당된 창을 벌써 던져 버리고 검기를 생성한 대원들이었다.

"하압!"

아직 높이 차이가 있기에 대원들이 강한 기합과 함께 빠르게 내지르는 검과 도는, 마핀의 길고 날카로운 손톱을 잘라 버리거나 피하며 놈들의 머리와 가슴과 같은 급소를 베고 찔렀다.

"파이어 볼!"

기다리고 기다렸던 마법사들이 준비한 공격 마법들도 있

었다.

마론과 바로 그리고 나디아는 한번 붙으면 끝까지 타는 마법의 화염 덩어리로 놈들을 불태웠다.

쾅! 쾅! 쾅!

거리가 가까워진 만큼 폭발력이 제대로 발휘되어 상체 절반이 날아가는 위력을 보이는 폭발 화살들도 마핀들의 생명을 거두고 있었다.

그렇게 마음껏 자신의 역량을 펼치는 대원들에게 더 좋은 소식은 헤븐힐의 광역 버프와 매디의 축복이 다시 펼쳐졌다는 점이다.

전력을 다하고 있기에 체력과 집중력 그리고 마나를 크게 소모한 대원들에게는 가뭄의 단비와 같은 지원이었다.

마지막으로 가온이 은신한 상태로 하늘을 날면서 위험한 상황을 연출할 수 있는 마핀들의 머리통을 뚫어 버리는 마나탄도 있었다.

숲이었다면 상당한 피해를 감수했어야 할 마핀 200마리는 그렇게 끝장이 났다.

"우와아! 드디어 100레벨을 찍었어!"

"나도! 나도!"

"우리 정말 미쳤다!"

전력을 쏟아 낸 직후였기에 저마다 편하게 쉬고 있을 때

울려 퍼진 환호성들의 주인공들은 바로 헤븐힐 일행이었다.

갓상점에서 트롤과 비슷한 등급으로 분류하는 마핀을 무려 200마리나 사냥하는 데 크게 일조했으니 레벨이야 오르는 것이 당연했지만, 특별한 캡슐이나 지원해 주는 세력 없이 초랭커의 기준이 되는 100레벨을 달성한 것은 정말 대단한 일이었다.

더 고무적인 사실은 레벨업을 통해 얻은 포인트로만 올릴 수 있다고 생각했던 스텟들도 늘어났다는 사실이다.

이유는 알 수 없지만 스텟들의 상승은 그만큼 레벨업을 한 것이나 다름없는 성과에 해당했다.

"우리가 초랭커가 될 줄이야!"

"흐흐흐! 이젠 국내 랭킹도 100위권 안에 들어가겠네!"

"안 그래도 인터뷰에 방송 출연 제의가 많았는데 이젠 더 하겠네. 아휴! 어떻게 거절하나?"

세 사람은 감개무량한 얼굴로 가온을 쳐다보며 감사의 감정을 듬뿍 담았다.

그들만 기뻐한 것이 아니다.

갓상점에 접속할 수 있는 자격을 획득한 탄 대륙 출신들은 갓상점을 통해서 자신의 명예 포인트를 확인할 수 있었는데, 다들 환하게 웃는 것을 보니 꽤 많은 포인트를 얻은 것 같았다.

가온 역시 누구보다 기뻐하고 있었다.

예지몽으로
히든랭커

그동안 꾸준히 언데드와 마핀을 사냥해 온 가온의 레벨은 이제 360까지 올랐다.

레벨만 오른 것이 아니다. 마나와 마력 그리고 정령력은 공히 26,000을 넘겼고 신성력도 784까지 올랐다.

신성력의 경우 언데드를 소멸시키면서 늘어났는데 이 던전에서의 활용도는 물론 치료 효과가 가장 큰 신성 치료를 생각하면 더욱 반가운 변화였다.

무엇보다 고무적인 성과는 마나 탄이 드디어 레벨업했다는 사실이다.

S급 스킬이라서 레벨업하기가 극도로 어려웠는데 던전에 들어온 후로 수시로 사용했기 때문인 것 같았다.

그런데 의외의 선물도 있었다. 마핀 사냥을 통해서 쌓은 업적의 보상으로 뜻밖의 아이템을 받은 것이다.

'마지막 순간에 보스의 덩치가 왠지 커진 것 같더니…… 대박이네!'

설마 마핀 보스가 거대화 스킬을 사용할 수 있는 능력을 가지고 있을 줄은 몰랐다. 아마 놈을 처리하는 것이 조금만 늦었으면 거대화 스킬을 사용해서 대원들이 오히려 위험했을 수도 있었다.

아무튼 그렇게 얻은 보상은 '마핀의 진혈'이었는데 기존에 얻었던 후와 진혈과 효과가 동일해서 통합이 되었다.

일단 먹어 본 결과 처음 후와의 진혈을 복용했을 때와 같은 눈에 띄는 변화는 없었다. 다만 전반적인 육체 능력만 소폭 증가했다.

그다음으로 확인한 사실은 거대화의 위력은 높아졌지만 마핀의 모습으로 거대화하는 건 아니라는 것이다.

'그렇다는 것은 후와 마핀 모두 같은 유인원류의 변종이라는 거지.'

변이한 원인은 알 수 없지만 카농 나무와 비슷한 비타젠 나무의 숲에 살고 있으며, 카농 열매처럼 비타젠 열매 역시 마나를 증진시켜 주는 효과가 있다는 공통점이 있었다.

아무튼 이로써 거대화 스킬을 좀 더 자연스럽게 사용할 수 있게 되었다.

나크 훈 역시 크게 기뻐했다. 토벌군에서 벗어난 후 언데드를 제대로 상대하고 흑마법진을 소멸시키는 과정을 통해서 명예 포인트를 처음 받았다.

그런데 언데드보다 마핀이 훨씬 더 강한 마수라서 그런지 이번에는 꽤 많은 명예 포인트는 물론 갓상점에 접속할 수 있는 자격을 획득했다.

'이런 게 있다는 사실을 높은 자리에 있는 놈들만 알고 있었다는 거지.'

새삼 분노가 치밀었다.

나름 어릴 때부터 천재는 아니더라도 수재나 영재로 유명했던 자신과 비슷한 이들 대부분이 소드마스터의 벽을 넘지 못하고 정체하고 있는 동안, 고위 귀족가에서 태어났다는 이유 하나만으로 재능도, 노력도 부족한 것들은 소드마스터에 오른 것이 너무 이상했었다.

나크 훈은 이제는 알 수 있었다, 던전이 꽤 오래전부터 이 세계에 등장했음을.

대대로 뛰어난 기사들을 배출한 고위 귀족가에서 갓상점에서 사용할 수 있는 명예 포인트를 얻을 수 있는 이런 던전의 존재를 감추고 저희들끼리 다 해 먹은 것이다.

'왕가도 다를 바가 없어!'

가끔 재능이나 실력은 떨어지는데 아부를 잘하는 놈들이 왕의 충복이 되면서 실력이 급상승하는 경우들이 있었다.

마나 영약이나 상급의 검술서 혹은 소드마스터의 지도를 받은 것은 절대 아님에도 불구하고 그런 경우들이 있었다.

나크 훈은 그런 자들이 어떻게 실력이 급상승하고 심지어 소드마스터가 되었는지 그 비밀을 이제야 알 수 있었다.

사실 좋은 선배인 줄 알았던 가제타만 해도 잠시 같이 국경 수비대에서 근무할 때만 해도 자신과 대등한 실력이었다.

나이가 열 살 가까이 차이가 난다는 점을 생각하면 나크 훈의 실력이 더 뛰어나다고 봐야 했다.

그러던 것이 대공가의 기사가 되면서 자신을 앞질러 가더니 결국 소드마스터가 된 것이다.

그는 들어도 믿지 않았지만 가제타에 대한 안 좋은 소문은 참으로 많았다.

돈과 여자를 너무 밝혀서 지위를 이용해서 뇌물을 받거나 심한 경우 부하 기사의 아내를 강제로 겁탈했다는 소문까지 있었다.

자신에게는 항상 친절했고 꼭 필요한 조언을 몇 번 해 주었기에 그런 소문은 믿지 않았는데, 그게 사실이었다.

그런 놈이 소드마스터가 되었다는 얘기를 듣고 내심 억울하고 분했는데, 그 비밀을 이제야 알게 된 것이다.

그 비밀은 바로 갓 상점과 명예 포인트였다.

이번 토벌만 해도 그랬다.

자신이나 제이컨과 같이 출신이 빈한하고 배경이 없는 기사들은 적극적인 사냥이 아니라 왕자를 포함한 수뇌부를 경호하거나 숙영지를 경계하는 임무를 맡았다.

그만 해도 언데드가 검은 파도처럼 밀어닥쳐 목숨을 내놓고 왕자를 호위하다가 내상을 입은 그날이 아니었다면, 던전이 클리어될 때까지 사냥도 제대로 하지 못한 상태로 지냈을 것이다.

그렇게 끝이 났다면 자신은 토벌군에 참여했더라도 갓상점에 접속할 정도의 명예 포인트를 얻지 못했을 것이다.

호위나 경계 임무만 수행해서는 던전 클리어에 의미가 있는 업적을 세울 수 없었다.

'빌어먹을 놈들! 내가 꼭 복수하고 말겠다!'

젊은 날에는 국왕에 대한 맹목적인 충성심이 가득했지만 계속 홀대만 받으며 지낸 데다가 왕가의 비밀을 알고 나니 회의감과 배신감밖에 안 들었다.

새로운 도전

나크 훈은 다른 대원들처럼 바로 갓상점에 접속했다.

'됐다!'

이번에 마핀을 사냥하면서 획득한 명예 포인트가 140이었다.

대원들에게 들었던 대로 상품 카테고리로 들어간 그는 상품을 쭉 둘러보다가 한 스킬 이론서를 확인하고 눈을 빛냈다.

그 스킬 이론서의 가격은 300포인트였지만 첫 접속 특전으로 500포인트 이하의 상품까지는 현재 포인트로 구매할 수 있었다.

상세 설명을 검색하자 검기를 발출하는 원리와 팁 들이 담겨 있다고 했다.

결국 '검기론'이라는 이론서가 그의 선택을 받았다.

'이거라면 신월비를 완벽하게 펼칠 수 있어!'

가온과의 토론을 통해 신월비를 발출하는 것까지는 성공했지만 마나 운용력이 부족해서인지 제대로 된 위력은 나오지 않아서 선택한 이론서였다.

갓상점에서 구매한 이론서는 정독을 하는 것만으로 몸과 영혼에 새겨지듯 내용을 이해할 수 있었다.

특기할 점은 스킬북의 경우 정독을 하는 것만으로 최소한의 이해와 더불어 스킬이 몸과 마음에 새겨졌다.

이계인들만의 특전이 적용되는 것이다. 그래서 던전을 비밀리에 관리해 온 왕가와 고위 귀족들이 쉽게 경지를 높일 수 있었던 것이다.

다행히 그의 경지가 낮지 않았고 벽을 깨기 위해서 다양한 이론서는 물론 선배들의 조언을 들어 왔던 터라 검기론을 정독하자 어느 정도는 이해할 수 있었다.

'마나의 질이 문제였어!'

처음부터 높은 등급의 마나 연공술을 익혔다면 좋았을 텐데, 출신이 좋지 않았기에 그는 중급 아카데미 시절에서야 중하급에 해당하는 마나 연공술을 익혔고 그 바람에 제대로 정제되지 않은 마나를 축적하게 되었다.

후에 고대에 연원하는 상급 검술로 추정되는 철월검류가

수록된 검술서를 유적에서 발견해서 익혔지만, 오랫동안 익혀 온 마나 연공술을 버리기는 힘들었다.

그래서 병행해서 익히느라 철혈검류 비전의 금속성의 마나를 제대로 축적하지 못하고 기존의 마나와 뒤죽박죽 섞여 있는 상황이었다.

그 때문에 마나에 의지를 부여해도 제대로 순응을 하지 않아서 신월비를 익혔지만 제대로 된 위력을 발휘할 수가 없었다.

'철혈연공법으로 기존에 쌓은 마나를 순화시키는 것보다 차라리 그동안 쌓은 마나를 버리고 새로 쌓는 편이 나아.'

자신도 그러지 않을까 생각은 하고 있었지만 속성을 가진 마나를 제대로 쌓으려면 처음부터 시작하는 것이 맞았다.

애써 축적한 마나가 아까워서 지금까지 순화를 시키려고 했지만 원하는 정도까지 순화가 되질 않았다.

다행히 마나오션은 충분히 확장된 상황이고 마나로드 역시 충분히 열려 있었다.

거기에 제자인 온이 가지고 있는 영약을 복용하면 시간을 많이 단축할 수 있을 것이다. 극심한 내상을 치료한 정보 길드 출신의 대원들만 봐도 지금의 마나 수준을 회복하는 건 그리 오래 걸리지 않을 것이다.

"온아!"

나크 훈은 가온을 불러 자신의 상황과 결심을 밝혔다.

"스승님께서 옳은 결정을 내리신 것 같습니다."

얼마 안 되는 기간이지만 나크 훈과 함께 철혈검류를 익힌 가온은 그의 마나가 혼탁하기 때문에 소드마스터의 경지에 이르지 못하는 것일 수도 있다는 점을 알고 있었지만, 감히 입 밖에 내지는 않았다.

아무리 혼탁하다고는 해도 금속성이 높은 데다가 그 마나는 스승이 일평생 고련해서 쌓은 것이기 때문이었다.

"너도 그렇게 생각한다니 용기가 나는구나. 날 좀 지켜 주겠니?"

"물론 당연합니다."

가온은 대원들에게 상황을 설명하고 은신처로 먼저 돌아왔다. 그리고 가장 큰 방으로 나크 훈을 모시고 문 앞에 앉았다.

산공, 즉 그동안 축적했던 마나를 방출하는 것은 어렵다. 마나시드까지 없애야 하기 때문이다.

하지만 나크 훈의 경지에서는 충분히 가능한 일이다. 쉽게 결정할 수 없는 일이기에 하는 이가 없을 뿐이다.

그렇게 나크 훈이 산공에 들어간 사이, 가온은 새로운 도전을 시작한 스승에게 도움이 될 수 있는 방법을 고심했다.

혼자서는 도무지 방법이 떠오르지가 않아서 벼리에게 조언을 구하기까지 했다.

벼리도 이번에는 쉽지 않은지 한참 반응이 없다가 가온이

예자몽으로
히든랭커

포기할 무렵에 한 가지 방법을 전해 주었다.

'마나 집적진?'

─네, 오빠. 마정석과 정확하게 마법진을 새길 수 있는 곧고 단단한 판이 있다면 이론적으로 가능해요.

마정석이야 충분했고 그런 석판을 구하는 것도 어렵지 않았다.

거대한 화강암을 찾아서 검기로 베어 내면 되니 말이다.

다만 마법진을 새기는 일이 좀 어려운데 그건 나디아의 도움을 받으면 된다. 그녀는 마법 그 자체보다 마법진에 많은 관심을 가지고 있는 것 같으니 말이다.

은신처로 귀환한 대원들은 다른 때와 달리 움직임에 크게 신경을 썼다.

대장의 스승이자 이제 자신들의 스승이 된 나크 훈이 중요한 연공을 하고 있었기 때문이다.

가온은 다른 대원들을 방으로 들어가서 쉬도록 한 후 나디아를 불렀다.

"혹시 마나 집적진에 대해서 좀 아나?"

"알고는 있는데 진을 새기는 작업이 어려워서 시간이 많이 걸릴 거예요. 어느 정도 크기로 설치하려고요?"

기대하지 않고 물었는데 뜻밖의 대답이 나왔다.

"진을 설치해 본 적이 있어?"

"제게 마법의 기초를 가르쳐 주신 분이 설치하는 것을 도운 적이 있어요. 물론 1인용이었어요."

"1인용이 좋겠다. 일단 하나를 설치하려고 해."

"어디에 하시려고요?"

나디아는 걸을 때마다 미세한 흙가루가 피어오르는 은신처의 흙바닥을 쳐다보며 물었다.

"석판을 구해 올 거야. 그러려면 크기를 알아야 해서."

"1인용은 그리 크지 않아요. 직경이 대략 3미터 정도면 되거든요. 대신 인원수가 증가될 때마다 크기는 두 배로 늘어나요. 그리고 마나 집적진은 같은 장소에 설치할 수 없어요. 집적 효과가 분산되거니와 서로 영향을 받을 수 있거든요."

그렇다면 따로 연공실을 마련해야 할 것 같았다.

"석판의 두께는 상관이 없나?"

"표면이 매끈하고 쉽게 부러지거나 깨지지만 않으면 돼요. 대신 일정한 깊이로 선을 만들 수 있는 검기 실력자가 필요해요."

"그건 내가 직접 하도록 하지."

"그리고 마나 집적진에 중상급 마정석 다섯 개가 필요해요. 중급이라도 상관은 없지만 제대로 된 마나 축적 효과를 보려면 최소한 중상급은 사용해야 하거든요."

마나를 축적하는 데 효율적인 마나 집적진을 사람들이 쉽게 이용할 수 없는 이유가 나왔다.

텔레포트를 하는 데도 중상급 마정석 세 개면 되는데 마나 집적진은 다섯 개가 필요했다.

하지만 그건 가온에게는 전혀 문제가 되지 않았다. 상급을 초월하는 마정석들도 수두룩하게 가지고 있었기 때문이다.

가온은 바로 타람과 로에니를 불러서 자신 대신에 스승의 경호를 하도록 부탁을 하고 밖으로 나갔다.

채 10분도 지나지 않아서 돌아온 가온은 아공간 팔찌에서 손가락 두 마디 두께의 반듯하고 큰 화강암 석판을 꺼냈다.

"이거면 될까?"

"네. 아주 훌륭해요. 일단 제가 석판 위에 마법진을 그릴게요. 대장님은 진을 따라 손가락 한 마디 깊이로 선을 파 주세요. 그 선은 깊이는 물론 폭도 일정해야만 해요."

"알았어."

가온의 대답을 들은 나디아는 종이를 꺼내더니 뭔가 열심히 계산을 했고 아공간 주머니에서 인챈트나 마법진 전문 마법사들이 사용하는 도구들을 더 꺼내더니 작업을 시작했다.

나크 훈이 산공을 성공리에 마치고 비틀거리며 방 밖으로 나왔을 때는 이미 마법진이 완성되어 있었다.

벼리에게 물어본 결과 도서관 유적에서 본 해당 마법진과 동일하다고 확인을 해 주었다.

"스승님, 괜찮으세요?"

"너희들 덕분에 일이 잘 끝났다. 고맙다."

나크 훈은 창백한 얼굴에 힘이 하나도 없어 보였지만 눈빛은 아주 밝았다.

"그런데 나디아가 뭘 한 거냐?"

"마나 집적진을 설치하려고요."

"정말 마나 집적진을 설치할 수 있다고?"

"네. 나디아가 사실 굉장한 인재거든요."

가온의 진심 가득한 칭찬을 들은 나디아는 전신이 땀으로 흠뻑 젖을 정도로 지친 상태지만 마음은 너무 가벼워서 마치 날아갈 것 같았다.

"잠깐 쉬고 계십시오. 로에니, 로열 포션을 좀 드려요."

마나 집적진이라는 말에 너무 놀라서 멍한 얼굴로 서 있던 로에니는 가온의 말에 정신을 차리고 황급히 아공간 주머니에서 허니비 로열젤리와 꿀을 물에 희석시킨 비약을 꺼냈다.

대원들은 허니비의 로열젤리와 꿀이 들어간 비약을 로열 포션이라고 부르고 꿀만 들어간 비약은 허니 포션이라고 불렀다.

나크 훈이 로에니가 준 포션을 마시고 쉬는 동안 가온은 나디아가 그린 마법진의 선을 검기를 생성해서 정교하게 새겼다. 동일한 깊이와 폭이어야만 해서 신경을 많이 썼다.

이미 소드마스터의 경지에 오른 가온의 마나 운용력 덕분에 바위에 마법진을 새기는 작업은 그리 어렵지 않았지만,

혹시 망칠까 봐 정신을 집중했다.

5분 정도가 지나자 화강암 석판에는 제대로 된 마법진이 새겨졌다.

이제 남은 것은 다섯 개의 홈에 코어가 될 중상급 마정석들을 단단히 밀어 넣고 마법사가 마력을 주입해서 활성화시키는 과정만 남았다.

하지만 당장 이곳에서 마법진을 활성화시킬 수는 없었다.

'카오스, 이곳과 20미터 길이의 통로로 연결이 되는 연공실을 만들어 줘.'

-잠깐만 기다려.

이미 몇 번이나 은신처와 같은 지하 공간을 만들어 본 카오스는 금방 가온이 부탁한 연공실과 통로를 완성했다.

가온은 새로 나타난 통로를 앞서 들어간 후 적당한 거리마다 벽과 천장에 발광석을 박으며 이동했다.

"대장님!"

"왜?"

나디아가 그의 뒤를 바짝 따르며 불렀다.

"설마 대장님의 정령이 원래 이곳을 이렇게 만들어 둔 거예요?"

"응. 혹시 몰라서 연공실로 쓸 공간을 만들어 달라고 했어."

방금 전에 부탁했다고 말했다가는 안 그래도 자연정령에

대한 호기심이 강한 나디아의 질문 공세에 시달릴 것이다.

"대장님의 정령은 정말 대단한 것 같아요. 얼마나 등급이 높으면…….."

나디아는 진심으로 부러운 눈치였다. 그녀와 계약을 한 물의 정령은 진화를 했지만 의사소통이 아직도 원활하지 않았다.

지하에 이렇게 정교한 구조물을 만들기 위해서는 정령의 능력도 능력이지만 계약자와의 의사소통이 그만큼 원활해야만 했는데, 그녀가 아는 정령사나 정령치고 이런 능력을 발휘할 수 있는 존재는 없었다.

나디아의 마력이 마법진에 주입되자 코어들이 일제히 빛을 방출하면서 금가루와 미스릴 가루 등 마나 전도율이 가장 높은 재료들로 채워진 선까지 빛을 방출하며 마법진이 발동했다.

얼마 후 미세한 진동과 함께 기이한 소리가 사람들의 귀를 자극했다.

우우우웅!

다른 이들은 이 진동과 소리가 마나 집적진이 발동하는 신호라는 사실까지 알았지만, 심안 스킬을 발동한 가온은 진을 향해 회오리치듯 밀려오는 마나의 흐름을 눈으로 보듯 똑바로 보고 있었다.

얇은 속바지만 입고 진의 중심에 반가부좌를 틀고 앉은 나크 훈은 철월연공법을 운공하기 시작했다.

탄 대륙의 마나 연공술은 대부분 동공이다. 즉 호흡에 맞추어 이른바 검식을 펼치는 방식으로 마나를 축적하는 것이다.

하지만 철월검류의 마나 연공술은 A등급답게 좌공으로 정기신을 일치시킨 상태에서 의지로 마나를 몸 안으로 끌어들여 축적하는 방식이었다.

나크 훈은 먼저 금속성의 마나만을 끌어들여서 순식간에 마나시드를 생성한 후 코와 피부 모공을 통해 몸 안으로 들어온 마나를 금속성의 장기들을 모두 경유하는 특정 마나 회로를 통해 운공을 했고 빠르게 마나를 쌓기 시작했다.

수십 년 동안 고련을 통해 축적한 마나는 모두 자연으로 흩어졌지만, 텅 빈 그 자리는 이내 은빛의 마나로 채워지기 시작했고 마나 집적진 덕분에 그 속도는 비정상적으로 빨라졌다.

가온은 심안을 통해서 스승이 순조롭게 금기를 쌓는 것을 확인하고 걱정을 내려놓았다.

'호흡이 아니라 모공을 통해서도 마나를 받아들이는 경지셨구나.'

이렇게 되면 소드마스터가 되지 않은 것이 이상할 정도였다. 모공을 이용하면 코를 통해 마나를 받아들이는 것과 대비해서 비교도 안 될 정도로 많은 마나를 축적할 수 있었기 때문이다.

어느새 나크 훈의 몸은 짙은 은색 기류에 휩싸여 심안이 아니고서는 보이지 않았다. 그만큼 철월연공술은 엄청난 양의 금기를 빨아들이고 있었다.

그의 연공을 1시간 가까이 이어졌다.

늦었다고 생각했던 나크 훈의 도전은 결국 성공했다.

그가 연공을 마치고 반개했던 눈을 뜬 순간 은빛 안광이 번뜩인 것도 그렇지만, 흰색 털이 꽤 많았던 눈썹이 염색이라도 한 것처럼 은색으로 변해 있었다.

금기가 마나오션뿐 아니라 육체에 강력한 영향을 주기 시작했다는 증거였다.

이제 금기만 제대로 쌓으면 그동안의 경험을 통해서 소드마스터에 오르는 것은 그리 오래 걸리지 않을 것이다.

"축하드립니다, 스승님!"

"이게 다 네 덕이다. 온아, 고맙구나!"

진심이었다. 그래도 평생 쌓았던 마나의 100분의 1을 단번에 쌓았다는 건 마나 집적진에 상급 마정석을 사용한 결과일 가능성이 아주 높았다.

나크 훈은 감개무량했다. 지금까지 쌓은 거의 모든 것을 버리는 시도가 어떤 변화를 가지고 왔는지 실감하고 있었다.

 '이전에 100분의 1도 안 되는 마나지만 마나가 내 의지대로 반응하고 있어!'

 그것은 지금까지 따로 놀았던 마나와 자신이 다른 존재가 아니며 마나가 팔다리처럼 자신의 일부, 혹은 자신의 전부가 되었다는 것을 의미했다.

 이것은 그가 희미하게 깨닫고 있었던 소드마스터로 가는 실마리였는데, 일평생 쌓은 마나를 모두 버리고 새 부대에 새 술을 담듯 철월기를 쌓으면서 확실하게 깨달았다.

 나크 훈은 지금의 마나 수준으로도 예전 기량의 4분의 1 정도는 발휘할 수 있음을 확신했다. 그럴 정도로 철월기는 자신의 일부가 된 것이다.

 "내게 필요하지 않은 것이거늘 왜 그리 연연했는지 모르겠구나. 혼탁한 것은 아무리 많더라도 차라리 버려야만 했음을 모르지 않았으면서 왜 그리 미련에 사로잡혔었는지 모르겠다."

 가온은 현기마저 느껴지는 스승의 말에 아무 대꾸도 하지 않았다.

 자신 역시 느끼는 것이 없지 않았다.

 "그래서 말인데 이건 어떠냐?"

 "뭘 말입니까?"

"내가 그동안 유심히 살펴보니 온 클랜원들은 여느 용병대와 달리 끈끈한 정으로 맺어진 사이다. 이게 다 네가 아낌없이 베푼 덕분일 테지만, 믿을 만하고 성실하기까지 하니 차제에 온 클랜원들 중 전사들의 경우에는 우리 철월검류를 전수하는 것은 어떠냐?"

"계파를 열자는 것입니까?"

탄 대륙에서 제대로 된 검술을 익히는 방법은 네 가지다.

하나는 가문에 전승되어 오는 검술을 배우는 것으로 기사를 배출한 귀족 가문들은 대개 이런 방식으로 기사를 양성한다.

두 번째는 기사 아카데미다.

기사 아카데미에서는 각급별로 정해진 마나 연공술과 검술을 가르치는데, 졸업을 하면 의무적으로 기사나 병사로 일정 기간 왕국이나 아카데미를 운영하는 귀족가에서 봉사를 해야만 한다.

세 번째는 사승 관계를 맺지 않고 돈으로 연공술이나 검술을 배우는 방법으로, 주로 전사의 전당을 이용한다.

마지막은 검술관들에서 검술을 배우는 것이다. 이런 경우 해당 검술관의 제자가 되어 이른바 '~파'라고 불리는 계파를 잇게 되는데, 행동에 많은 제약이 있고 하기 싫은 일도 해야만 하는 경우가 많다.

나크 훈이 말한 것은 마지막 방법에 해당했다.

"그래. 우리 철월검류는 공후작가에 전승되는 상급 검술에도 밀리지 않는 검술이다. 당연히 제자들을 많이 받아들여서 더 발전시켜야 한다."

나크 훈은 자신이 1급 기사로 승급하지 못했거나 소드마스터에 오르지 못하는 것보다 너무 늦게 접한 데다가 자질까지 떨어져서 철월검류가 사장될까 봐 노심초사해 왔다.

그런데 가온이 철월검류를 이은 후 얼마 지나지 않아 자신이 익히지 못한 기예들까지 펼쳐 내는 것을 보고, 포기 대신 새롭게 도전할 정도로 젊은 날의 패기와 도전 의식을 되찾았다.

그런 그가 비록 짧은 기간이지만 온 클랜의 전사들을 살펴본 결과 자질과는 상관없이 모두 성실하고 강한 향상심을 가지고 있었다.

거기에 이번에 가제타에게 배신을 당하고 전멸이라는 절체절명의 위기에 놓였을 때 대원 모두가 동료를 위해 목숨을 버리겠다고 나서는 것을 보고 결심을 내렸다.

이런 인성을 가진 인재들이라면 철월검류를 잇게 해도 좋겠다고 말이다.

"저야 당연히 좋지만…… 그래도 되겠습니까?"

탄 차원은 지구와 다르다. 특허권과 같은 무형의 권리를 인정하는 세상이 아니라서 그런지 지식과 기술의 전승은 가족 간 혹은 도제 사이에서만 이루어지는 것이 보통이다.

큰 범주에서 보면 5년 혹은 10년을 왕실이나 귀족가에 봉사해야 하는 아카데미도 마찬가지다.

돈을 받고 스킬을 가르쳐 주는 전사의 전당과 졸업 후 꽤나 긴 시간 동안 봉사를 해야 하는 검술관처럼 예외적인 존재가 있기는 하지만, 그곳에서 배울 수 있는 스킬은 대부분 하급에 불과했다.

그만큼 가르침에 인색한 세상이다.

이곳에서 누군가를 가르친다는 것은 가족에 준하는 관계가 된다는 것을 의미했다.

"당연하지."

가온의 질문에 나크 훈은 결연한 얼굴로 대답했다.

타람과 로에니를 시작으로 패터와 랄프까지 온 클랜의 전사들이 모두 모였다.

정령사이기도 한 세르나와 달쿤 등도 검을 익히고 있었기에 동석했다.

이 자리에서 가온은 나크 훈의 의지를 전했다.

"어떻게 하시겠습니까?"

"다, 당연히 해야지요!"

"수십만 골드로도 배울 수 없는 상급 검술을 존경하는 분에게 직접 배울 수 있는 이런 기회를 차 버릴 바보가 세상에 어디에 있겠어요!"

"……정말 감사합니다! 정말 감사합니다!"

가온이 있는 자리라서 그렇지 다들 펄쩍펄쩍 뛰고 싶은 얼굴이었다.

특히 랄프는 아예 울고 있었다. 지금도 충분히 만족하고 있는 그는 자신이 이런 기회를 잡을 수 있을 줄은 상상도 하지 못했기 때문이다.

그래도 애매한 얼굴을 하고 있는 이들도 있었다.

창술을 익히고 있는 패터와 궁술에 전념하고 있는 스톤, 라테였다.

가온은 이미 그들을 위한 플랜도 짜 두었다.

"패터, 스톤, 라테는 마나 연공술과 기초 검술만 익히고 창술과 궁술은 따로 구한 것을 익히게 될 겁니다."

철월검류에는 창술과 궁술은 존재하지 않았지만 가온은 갓상점을 뒤져서라도 상급에 해당하는 창술과 궁술을 구입해서 세 사람에게 전수할 생각이다.

'그렇게 되면 철월검류가 아니라 철월류가 되겠지.'

가온의 말에 다른 대원들과 달리 기뻐하면서도 복잡한 얼굴을 하고 있었던 세 사람이 일제히 환호성을 질렀다.

그들도 상급에 해당하는 창술과 궁술을 배울 수 있는 기회가 주어진 것이다.

"당장 내일부터 수련에 들어갈 테니 오늘은 푹 쉬십시오."

"네, 대장님!"

대원들은 흥분과 기쁨으로 붉어진 얼굴로 물러났다.

가온은 나가는 패터에게 마법사들을 불러 달라고 부탁했다.

"혹시 대장님의 마법 스승이신 볼코트 님께 무슨 연락을 받은 걸까?"

"이곳은 던전이라 외부와는 연락이 안 된다는 것을 몰라."

"그래도 전사들에 이어 우리를 부르는 것을 보면 저희에게도 대단한 마법을 배울 수 있는 기회를 주시려는 것이 아닐까요?"

"아무리 대장님이라고 해도 그러긴 어려워. 대장님도 마법을 익히긴 했지만 몇 개를 빼고는 1서클 수준에 불과하다고."

마론, 나디아, 헤븐힐, 매디 그리고 바로는 기대와 불안이 교차하는 얼굴로 가온이 있는 방으로 향했다.

그들은 마론의 부인인 샐리를 통해서 가온이 전사들에게 철월검류를 전수하기로 했다는 사실을 들은 상태였다.

그렇게 모인 다섯 명은 뜻밖의 말을 들었다.

"마나 집적진 열 개를 만들라고요?"

그렇게 묻는 마론은 이미 나디아로부터 마나 집적진 하나를 완성해서 나크 훈이 사용했다는 사실을 들어서 알고 있었다.

"그렇습니다. 여러분도 느꼈겠지만 이 던전은 외부보다

최소한 두 배 이상 마나의 농도가 짙습니다. 내가 마법 쪽
은 실력이 낮은 관계로 여러분에게 큰 도움을 줄 수는 없지
만, 마나 집적진을 통해 여러분의 마력량을 높여 주고 싶습
니다."

"마나 집적진이야 저희가 힘을 합치면 열 개라도 하루면
완성시킬 수 있지만 마정석이……."

중상급 마정석은 충전이 가능하기는 했지만 완충하려면
한 달 가까이 걸린다.

당연히 마나 집적진 열 개를 매일 운용하려면 엄청난 숫자
의 마정석이 필요했는데, 마론이 알기로 가온이 그 정도의
상급 마정석은 가지고 있지 않았다.

"마정석은 내가 책임질 겁니다."

예전부터 가지고 있었던 것들도 있었지만 방법이 있었다.
사실 마핀의 마정석은 중상급이라도 상급의 효과를 가지고
있었다.

하지만 마나 집적진이 능사는 아니다.

그릇에 해당하는 육체가 받아들일 여유가 있어야만 제대
로 마나를 쌓을 수 있는 것이다.

그런 면에서 생기를 통해서 육체 능력까지 올려 주는 마핀
의 마정석은 오히려 상급 마정석보다 더 좋은 효과를 발휘할
수 있었다.

안 그래도 던전에 들어와서 끝없이 밀려오는 언데드를 상

대하면서 마력 부족을 절감했던 대원들은 가온의 말에 크게
기뻐했다.

"그럼 어디에 마나 집적진을 설치할까요?"

"스승님이 연공했던 것과 동일한 장소를 더 준비해 두었으
니 차례로 설치하면 됩니다."

이미 카오스에게 부탁을 해 두었다.

그녀의 능력이라면 이 다섯 명과 자신이 석판에 마나 집적
진을 새기는 동안 이곳과 연결되는 통로와 연공실을 완성할
수 있었다.

마법사들이 힘을 합쳐 새로운 연공실에 마나 집적진을 설
치하는 동안 타람과 로에니가 면담을 요청했다.

"무슨 일입니까?"

"상담을 좀 받았으면 해서요."

로에니가 대답했는데 가온은 두 사람이 뭘 고민하는지 이
미 알고 있었다.

"두 사람이 익힌 마나 연공술로 쌓은 마나라면 시간은 좀
걸리겠지만 철월연공술로 충분히 순화시킬 수 있습니다."

"그렇다고 듣긴 했는데 스승님의 경우를 보니 보다 높은
경지를 위해서는 차라리 지금까지 쌓은 마나를 버리고 새로
쌓는 것이 나을 것 같아서요."

동생의 말에 타람은 눈만 끔뻑이고 있어 사전에 상의한 게

아닌 모양이다.

"길게 보면 스승님의 경우처럼 산공을 하고 철월기를 새로 쌓는 것이 좋긴 한데, 아깝지 않습니까?"

처음 만났을 때와 비교하면 두 사람의 검술 실력은 물론 마나의 양도 급증한 상태다.

가온이 지원한 영약의 도움도 받았지만 각고의 노력 끝에 지금은 검기 완숙자라고 해도 무방할 정도의 경지에 도달한 두 사람이다.

마나의 양이 많은 만큼 철월연공술을 익힌다고 해도 기존에 쌓은 마나를 철월기로 순화시키는 데 무척 오랜 시간이 걸릴 것이 분명했다.

"아깝지요. 이미 몰락한 가문이 보유하고 있던 마나 연공술로 쌓은 마나라서 더욱 의미가 각별하고요. 하지만 특정 속성을 가진 마나를 사용하는 상급 검술을 배울 수 있게 되었으니, 스승님처럼 아예 처음부터 다시 시작하는 것이 어떨까 싶어요."

상담이라고는 하지만 로에니는 이미 마음을 굳힌 모양이다. 따로 나크 훈을 만난 모양이다.

"타람은 어떻게 생각합니까?"

"그, 그게…… 사실 전 잘 모르겠습니다. 그동안 로에니가 내린 판단이 틀린 경우는 별로 없었으니, 산공을 하고 다시 철월기를 쌓는 것이 낫겠지요. 그래도 아깝다는 생각은 지울 수가 없습니다."

타람의 마음도 충분히 짐작할 수 있었다. 검술뿐 아니라 마나를 증진시키는 데 아주 오랜 시간을 투자해 왔으니 버리기가 쉽지는 않을 것이다.

타람은 항상 진지하게 생각하고 대부분 옳은 판단을 내리는 로에니가 곁에 붙어 있었기에 매사에 진지하지 못했다. 그래서 더욱 걱정이 되었다.

가온은 결과가 틀리더라도 진지한 사유의 과정을 거친 결정을 따라야만 최선을 다할 수 있으며 나중에 후회하지 않을 수 있다고 생각했다.

"타람, 왜 스승님이 많은 나이에 평생 쌓아 온 마나를 흩어 버리고 다시 쌓는 거라고 생각합니까?"

"……."

가온의 질문에 타람은 아무 대답도 하지 못했다.

"더 높은 경지를 나아갈 수 있는 새로운 길을 발견했다면 지금까지 오랫동안 걸어와서 익숙하더라도 포기할 수 있는 용기가 있어야 합니다. 그래야 새로운 길을 힘차게 걸을 수 있으니까요. 그리고 명심할 것은 한번 결정을 하면 뒤를 돌아보지 말아야 한다는 겁니다. 미련 혹은 후회와 같은 감정은 성장과 발전에 독입니다. 한번 결정을 내렸으면 우직하게 밀어붙이세요. 그게 평소 타람의 태도가 아니었습니까?"

"……알겠습니다!"

타람은 단순하지만 우직하다. 그래서 자신이 믿는 사람의 말은 철석같이 믿었다.

이번에는 여동생에 이어 어느새 경외의 대상이 되어 버린 가온까지 같은 의견이니 그는 더 이상 의심할 필요가 없었다. 그대로 행하면 그만이다.

구울 제작

대원들은 다음 날부터 새로운 수련에 들어갔다.

먼저 타람과 로에니도 무사히 산공을 마치고 철월기로 마나시드를 생성하는 데 성공했다.

다량의 생기를 품고 있는 마뀐의 마정석들을 코어로 사용한 마나 집적진 덕분이었다.

다른 대원들도 나크 훈과 가온의 지도를 받으며 철월연공법을 운공하는 데 성공했고, 마나 집적진을 이용해서 철월기를 쌓는 한편 기존의 마나를 철월기로 순화시키기 시작했다.

마나 집적진의 숫자에 비해 대원의 숫자가 더 많았지만 문제는 없었다.

굳이 하루를 기다릴 필요 없이 가온이 사용한 마정석을 새로운 마정석으로 교체한 것이다.

　그렇게 마나 집적진을 사용해 본 사람들의 반응은 두 가지
였다.

　한 무리는 그저 마나와 마력의 상승폭이 어마어마하다는
사실에만 기뻐했고, 다른 한 무리는 좋으면서도 이상하다는
생각을 했다.

　가장 먼저 나크 훈이 마나 집적진의 이상을 발견했다.

　"온아, 마나 축적률이 높은 것은 물론이고 육체 상태도 개
선이 되는 것 같구나."

　"마나 집적진이 제 역할을 하는군요. 정말 다행입니다."

　"좀 이상하구나. 아카데미나 기사단에서 마나 집적진을
이용해 본 경험이 꽤 많은데 이렇게 효율이 높진 않았는
데……."

　"마나 축적률이 얼마나 높은 겁니까?"

　마나 집적진을 사용해 보지 않았던 가온으로서는 당연한
의문이었다.

　"동일한 마정석을 코어로 사용했을 때보다 서너 배 정도
높은 것 같구나. 내가 그동안 사용해 봤던 마법진과 차이가
없어 보이는데, 이렇게 높은 효율이라니 정말 이상하구나.
네 얼굴을 보니 마나 집적진을 사용해 보지 않은 것 같은데
짐작 가는 일이 없느냐?"

　"없습니다."

같은 시간에 서너 배나 많은 마나를 축적할 수 있고 육체 능력도 좋아진다는 건 확실히 반길 일이지만 나크 훈은 내심 불안했다.

그가 겪은 이 던전은 언데드의 땅이었고 불길하고 위험한 일들이 발생하는 장소였다.

평생 모은 마나를 흩어 버리고 새롭게 철월기를 쌓고 있는 그로서는 상식을 벗어난 현상에 마냥 좋아할 수만은 없었다.

더구나 온 클랜원 모두가 사용하는 마나 집적진이니 걱정할 수밖에 없었다.

하지만 가온이 문제가 없다고 하니 믿을 수밖에 없었다.

가온은 나크 훈이 이상하게 여기는 현상의 원인을 어느 정도 짐작하고 있었다. 다만 확신이 없어서 제대로 대답할 수 없을 뿐이다.

'마핀의 중상급 마정석을 코어로 사용할 경우 마나 집적의 효과가 일반 중상급 마정석에 비해서 몇 배는 더 높아!'

그것만이 아니다.

놀랍게도 마핀이 품고 있는 중상급 마정석은 동급의 다른 마정석이 충전을 하는 데 거의 한 달 가까이 걸리는 데 반해서 단 하루 만에 완전히 중전이 되었다.

가온은 그런 현상이 생기 때문으로 짐작하고 있었다. 마나가 모두 사용된 상황에서도 남아 있는 생기가 마중물 역할을 해서 충전을 촉진하는 거라고 생각했다.

 그렇게 철월연공법을 운공하는 데 성공한 대원들은 나크 훈과 가온으로부터 직접 철월검술을 전수받았다.
 대부분 검광을 구사할 수 있었기에 마나로 육체와 무기를 강화시킨 후 펼치는 1단계인 철강검은 금방 익혔다.
 창술과 궁술을 중점적으로 익히기로 한 패터와 스톤 그리고 라테도 철월연공술과 철월검술의 2단계인 철월광검까지는 배우기로 했는데, 무기와 상성이 가장 맞는 금속성인 철월기를 사용하게 되니 검술의 위력이 급상승했다.
 그렇게 전사들이 마나 집적진을 이용한 후에는 마법사 대원들이 사용했다.
 마법사 대원들은 그렇게 마나 집적진 위에 올라가서 마력 서킷을 운공한 후 명상을 통해 마력에 대한 지배력을 강화하고 토론을 통해서 익히고 있는 마법을 새롭게 펼치는 수련을 시작했다.
 산공을 하고 새롭게 철월기를 쌓기 시작한 나크 훈과 타람 그리고 로에니의 변화는 하루가 달랐다.
 마나 집적진과 매 끼니마다 먹는 콰르와 플고렌스 고기로 조리한 음식 그리고 비타젠 씨앗이 무서운 속도로 철월기를 늘려 주고 있었다.
 가온 역시 오전에는 다른 대원들과 똑같이 수련을 했지만 오후는 달랐다.

'중상급도 이 정도인데 상급 마정석이라면 마나의 집적 효과가 더 크겠지.'

홀로 은신처를 빠져나온 가온이 노리는 것은 마핀 보스의 마정석이다.

지난번에 사냥한 놈에게서도 상급이 나왔다. 상급 마정석을 코어로 사용하면 마나 집적진의 효과가 상승할 것이다.

가온은 세 정령과 앙헬을 소환해서 마핀 무리를 찾아 달라고 부탁했다.

네 방향으로 날아간 세 정령과 앙헬은 그리 오래지 않아서 찾았다는 의념을 보내왔다.

'역시 수백 마리 규모의 마핀 무리는 셀 수도 없이 많겠구나.'

사스 산맥의 왼쪽을 따라 펼쳐진 광활한 수림지대를 생각하면 당연한 일이었다.

가온은 부담 대신 사냥할 대상이 많음에 기뻐했다. 그와 온 클랜원들의 능력 상승을 위해서는 놈들의 마정석이 필요했다.

마핀 보스를 사냥하는 것은 어렵지 않았다. 후와 보스와 달리 놈의 지근거리에 있는 암컷들은 수컷 전사들에 비해서 전투력이 높지도 않았고 나머지는 새끼들에 불과했다.

은신을 한 상태로 놈과 수십 미터 거리까지 접근한 후 놈이 방심했을 때를 노려 2레벨이 된 마나 탄을 쏘는 것으로 끝이다.

놈이 거대화 스킬을 발휘하면 어떨지 모르니 그 전에 처리하는 것은 필수였다.

은신 스킬의 레벨이 높아져서인지 거대화를 하지 않은 상태의 능력이 생각보다 낮아서인지는 모르겠지만, 놈은 가온이 20미터 거리까지 접근을 해도 알아차리지 못했다.

픽!

화속성의 마나 200이 압축된 콩알 크기의 마나 탄이 음속에 가까운 속도로 날아가서 놈의 머리통에 박히는 순간 놈의 뇌는 고열에 순식간에 익어 버렸고 구멍 밖으로 흘러나오려던 피도 타 버렸다.

뜻밖의 변고에 암컷들이 놀라 비명을 지르며 어린 새끼들을 안고 사방으로 도망쳤다.

툭!

비타젠 나무 사이의 공중에 마련된 마핀의 둥지에 내려앉은 가온은 파워드레인 스킬을 시전해서 놈이 보유한 에너지를 흡수한 후 사체에서 마정석을 적출했다.

'역시 상급!'

상급도 상급이지만 품고 있는 생기의 양이 엄청났다.

마핀 보스의 사체를 아공간에 집어넣는 순간 익숙한 안내음과 함께 보상이 나왔다.

'이번에도 진혈이네. 이번에는 이놈을 베이스로 구울을 만들어 봐야겠다.'

진혈은 얼마든지 환영이다. 후와와 마핀이 동종으로 확인된 이상 진혈을 더 많이 복용하면 거대화 스킬의 위력이 높아진다.

가온은 이번에도 그 자리에서 진혈을 마셔 버렸다.

안전이야 이곳을 가장 먼저 발견한 카오스가 지키고 있으니 걱정할 필요가 없었다.

이번에도 감각을 자극할 정도의 변화는 감지할 수 없었다. 몸 상태가 약간 좋아진 정도에 불과했다.

'역시 진혈을 많이 마셔서 그런지 스텟의 대폭 상승과 같은 효과는 더 이상 없네.'

육체 능력이 크게 올라가지 않은 것은 아쉬웠지만 그만큼 현재 자신의 육체 상태가 좋다는 방증일 것이다.

레벨처럼 육체적 능력 역시 높아지면 높아질수록 올리기 힘든 것은 상식이나 말이다.

그래도 선 채로 연공을 해 본 결과 파워 드레인 스킬과 진혈의 효과 때문인지 흡수할 수 있는 에너지의 양이 많이 늘어났다.

그렇게 오후 내내 마핀 보스를 사냥한 가온은 귀환해서 저녁을 먹은 후에는 다시 밖으로 나와서 사령술을 수련했다.

대원들이 사냥도 마다하고 철월검류를 배우기 시작한 이후 열흘이 흘렀다.

가온은 매일 오후 혼자 사냥을 나가서 하루에 평균 스무 마리에 달하는 마핀 보스를 사냥했다.

대부분 어렵지 않게 사냥을 했지만 하루에 한 마리 정도는 은신한 상태로 접근하는 가온의 존재를 인지하고 거대화 스킬을 사용했다.

그때는 어쩔 수 없이 자신도 거대화 스킬을 사용해야만 했는데, 마핀의 진혈을 두 번이나 먹어서 그런지 효과가 엄청났다.

키만 무려 13미터에 달하는 거인으로 변했는데 온몸의 피가 끓어오르고 파괴적인 욕구가 머릿속을 가득 채우는 것 같았다.

단순히 힘만 강해진 것이 아니었다.

육체 능력 전반이 10배 이상 높아졌고 마나 운용력은 좀 낮아졌지만 에너지의 총량도 10배 가까이 높아졌다.

그런 가온에게 거대화를 했다지만 키가 8미터에도 못 미치는 마핀 보스는 제대로 훈련받은 병사와 고블린의 관계나 다름없었다.

퍽! 퍽! 퍽!

거대화한 마핀 보스의 능력도 크게 높아졌지만, 놈의 주먹질은 마나양이 10배까지 늘어난 덕분에 생체 보호막까지 생긴 그에게 거의 대미지가 없었고, 검기도 쳐 낼 수 있는 손톱에도 피부가 거의 손상되지 않았다.

그러니 제대로 된 싸움이 될 리가 없었다. 심지어 움직임도 몇 배나 더 빨라서 거대화한 마핀 보스는 가온에게는 그야말로 샌드백이나 다름없었다.

일부러 무기도 사용하지 않았다. 거대화한 자신의 능력을 제대로 확인하고 싶었기에 때로는 놈의 공격을 피하기만 했고, 마나의 사용 유무에 따른 주먹질이나 발길질로 인한 타격의 결과를 확인하기 위해서 연속 공격조차 하지 않았다.

그 결과 가온은 한 가지 결론을 내렸다.

'싸울 맛이 안 나네.'

거대화한 마핀 보스는 능히 오우거와 견줄 정도지만 스킬의 유지 시간을 생각하면 트롤 정도에 불과했다. 그러니 굳이 시간을 끌 필요가 없었다.

그렇게 관찰을 끝낸 가온은 주먹질만으로 마핀 보스를 말그대로 패 죽였다.

마나가 주입된 주먹과 발에 맞은 부위는 근육이 파열되고 뼈가 모두 부러졌다.

그래서 상대가 자신의 접근을 감지하고 거대화 스킬을 쓰는 경우가 아니면 자신도 거대화 스킬을 쓰지 않았다.

그저 낮잠을 자거나 암컷과 번식 행위를 하면서 긴장이 풀어졌을 때 화속성의 마나를 사용하는 마나 탄으로 암살해 버렸다.

보스도 눈에 안 차는데 일반 성체야 아예 보이지도 않았다. 그러니 하루에 네댓 시간밖에 사냥을 하지 않는데도 20마리나 사냥할 수 있었다.

마나 집적진에 필요한 상급 마정석을 얻기 위해서 늦게까지 사냥한 처음 이틀을 제외하고는 은신처로 귀환해서 저녁을 먹은 후에는 마핀을 구울로 만드는 작업을 반복했다.

마핀의 지능이 높아서인지 아니면 사기에 극성인 생기를 다량 보유하고 있어서 그런지 마핀 보스를 구울로 만드는 작업은 계속 실패했다.

하지만 그 과정에서 숙련도가 높아지고 노력이 통했는지 30마리째에서 드디어 마핀 보스를 구울로 만드는 데 성공했다.

스켈레톤과 달리 구울은 생전의 육체를 가지고 있어서 마정석이 있는 상태와 없는 상태의 사체를 구울화시켰을 때 능력이 엄청나게 차이가 났다.

마정석이 있는 경우 구울로 만들면 생전과 비교해서 지능은 좀 떨어지지만 전투력의 경우 1.5배 정도 능력이 높아졌다.

그 바람에 가온은 마나 집적진에 마핀 보스의 상급 마정석을 코어로 사용하려던 계획을 수정했다.

중상급만으로도 나크 훈이 놀랄 정도의 효과가 있으니 굳이 상급 마정석에 연연할 필요는 없었다.

그렇게 만들어진 마핀 구울은 생전의 능력을 대부분 발현할 수 있는 것에 더해서 상당한 수준의 지능과 강한 충성심을 가지고 있어서 무척 뿌듯했다.

한번 성공을 하자 그다음부터는 성공률이 비약적으로 높아져서 더 많은 구울을 만들 수 있었고, 마침내 마핀 구울이 25마리까지 늘어났다.

그중에는 거대화 상태의 구울도 세 마리나 있었다.

가온은 그 세 마리를 우두머리로 삼아서 일곱 마리에서 여덟 마리씩 이끌도록 했는데, 지능이 꽤 높았고 충성심까지 강해서 그의 명령에 순순히 따랐다.

물론 그 전에 만들었던 스켈레톤과 마핀 구울은 이미 폐기 처분했다.

데리고 다닐 수도, 풀어 둘 수도 없었기 때문이다.

'이거 곤란하네.'

이렇게 눈에 띄는 구울들을 데리고 다닐 수도 없었거니와 놈들을 제대로 제어하는 것도 쉽지 않았다.

구울이 된 마핀 보스는 공격성이 엄청났거니와 피와 고기를 탐하는 식성도 훨씬 더 강했다.

20마리의 구울을 풀어놓으면 하루 만에 반경 수 킬로미터 안에 있는 마핀을 포함한 모든 생물이 사라졌다.

끝없는 식욕을 가진 놈들이 동족까지 모조리 잡아먹었기

때문이다.

그나마 놈들의 사냥을 통해 주인인 자신이 경험치를 먹을 수 있기는 하지만, 그 정도로는 레벨업에 별반 도움이 되지 않았다.

결국 갓상점을 뒤져서 적당한 아이템을 골랐다. 사체 전용 아공간 팔찌로 공간의 크기에 따라서 다양한 등급이 있었는데, 그가 고른 것은 최상급으로 거대화한 마핀 구울을 300마리까지 보관할 수 있었다.

가격은 5만 포인트나 되지만 앞으로 계획하고 있는 일에는 다량의 마핀 구울이 필요했다.

사령술 총서에서는 놈들을 굶기면 더욱 흉포해지고 짧지만 공격력이 현격하게 높아진다는데 그런 건 필요하지 않았다.

마핀 보스들을 꽤 많이 사냥하기는 했지만 획득한 명예 포인트는 많지 않았다.

마나 집적진에 필요한 50개의 마정석을 적출한 사체만 갓상점에 넘기고 나머지는 구울을 만드느라고 사용했기 때문이다.

그럼에도 흔쾌하게 구입했다.

일단 구울들의 끝없는 식탐을 만족시켜 줄 필요가 없어 마음이 놓였다.

수련과 사냥 그리고 구울 제작으로 하루하루를 알차게 보내던 가온은 오늘에서야 자신이 거대한 수림지대의 10분의 1에 해당하는 광대한 지역에 서식하는 마핀 보스들을 사냥했다는 사실을 깨달았다.

'대체 마핀의 총보스는 어디에 있는 거지?'

놈을 잡아야 대량의 경험치는 물론 차원석까지 획득할 수 있었다.

그래도 그동안 얻은 것은 많았다.

일단 레벨이 368까지 올랐는데 구울로 만들기 위해서 파워 드레인 스킬을 쓰지 않았더니 에너지의 변화는 크지 않았다. 그냥 먹는 것과 연공으로 올라간 수치에 불과했다.

그래도 정령들의 도움을 받아서 사냥한 지역에 있는 비타젠 열매와 씨앗은 꼭 챙겼다.

후와와 달리 마핀은 익은 열매만 먹고 씨앗은 한곳에 모아 두는 습성을 가지고 있어서 발견만 하면 수천수만 개씩 챙길 수 있었다.

개중에는 싹이 트거나 이미 나무로 보일 정도로 크게 자란 것들도 있었지만, 그저 쌓아만 두었기에 발아한 것은 극히 적었다.

후와처럼 비타젠 열매로 술을 빚지 못하는 것은 무척 유감이었지만 할 수 없었다.

대신 마핀이 잡아먹고 남은 동물이나 마수의 뼈가 작은 동산처럼 쌓여 있어서 스켈레톤의 재료는 쉽게 확보할 수 있었다.

가온은 벼리가 주로 전담할 마법 대신 자신은 사령술을 제대로 써 보고 싶다는 생각에서 여유 능력치 포인트를 집중력과 지력에 각각 50과 100을 배분했는데, 기대한 대로 구울을 제작하는 과정이 훨씬 쉬워졌다.

그 덕분인지, 오늘 잡은 마핀 보스 중에서 여섯 마리를 구울로 만드는 데 성공했다.

하루에 네 마리가 최고였는데 기록을 갱신한 것이다. 이제 스켈레톤 정도는 실패하지 않고 쉽게 만들어 낼 수 있었다.

게다가 이 여섯 마리 중 세 마리는 거대화한 상태에서 잡은 놈들을 구울로 만들었다. 이제 거대 구울은 총 열한 마리로 늘어났다.

'일단 거대 구울로만 100마리까지는 채우자!'

일반 마핀 보스도 아니고 거대화한 마핀 보스를 구울로 만들었기 때문에 오우거에 버금가는 전투력을 발휘할 수 있는 놈들 30마리를 포함해서 총 100마리까지 채울 생각이다.

그래서 내일부터는 시간이 좀 더 걸리고 힘을 더 쓰더라도 마핀 보스가 거대화한 상태에서 사냥을 할 생각이다.

그렇게 바쁘게 시간을 보내던 가온은 밖에서 사령술을 수련하고 여느 때처럼 늦은 시간에 돌아왔는데 뜻밖에 나크 훈과 나디아가 기다리고 있었다.

"무슨 일이 있습니까?"

"지금쯤 토벌군이 리치의 군세와 제대로 붙고 있겠죠?"

나디아의 말에 정신이 번쩍 들었다.

맞다! 제어컨을 만나고 온 지 벌써 열사흘이나 지났다.

지금쯤이면 세 왕자의 군세에 추가로 지원을 온 4만의 군세까지 더해진 토벌군은 달리아 고원에서 죽음의 군단과 싸우고 있을 것이다.

"그것을 잊고 있었네. 내일은 제대로 정찰을 해 봐야겠어."

공중 정찰도 하고 가능하면 제어컨도 만나서 토벌군의 사정을 살펴볼 생각이다.

"저도 데려가 주세요."

말을 한 나디아는 물론 지난번에 동행했던 나크 훈도 같이 가기로 했다.

철월연공술과 철강검 그리고 철월광검은 이미 전수를 했기에 하루 정도 자리를 비워도 대원들의 수련에는 지장이 없었다.

"스승님, 대원들의 상태는 어떻습니까?"

처음에는 가온도 함께 지도를 했지만 지금은 나크 훈이 대원들의 지도를 책임지고 있었다. 그는 마핀 보스를 사냥해서 구울로 제작하느라고 바빴기 때문이다.

"마핀의 마정석 덕분에 다들 이전의 기량은 되찾았다. 정말 믿어지지 않는 일이다."

마나로드는 그대로이더라도 산공을 하고 다시 마나를 쌓는 일이 쉬울 리가 없었다.

하지만 놀랍게도 마핀의 중상급 마정석을 코어로 한 마나집적진은 그것을 가능하게 해 주었다.

물론 천연 영약들도 한몫을 했지만 오전과 오후에 1시간씩 두 차례 마나 연공을 한 것의 효과로 보기에는 어마어마한 결과였다.

마나의 절대량은 절반에도 미치지 못하지만 순정한 금속성의 마나는 적은 양으로도 아주 높은 효율을 가지고 있어 나크 훈을 포함한 모든 대원들의 기량을 예전으로 올려 준 것이다.

"다행입니다. 곧 던전 클리어에 우리도 끼어들어야 하거든요."

"어떻게 할 생각이냐?"

"이미 알고 계시겠지만 스켈레톤들은 물론 사냥한 마핀을 구울로 만들고 있습니다. 보스들도 있으니 300마리 정도라면 시원하게 뒤통수를 칠 수 있을 것 같습니다."

두 사람이 고개를 끄덕였다. 가온이 마핀을 구울로 만드는 것을 본 적이 있었고, 마핀 구울이라면 죽음의 군단에 쉽게 잠입할 수 있었다.

"그럼 마지막 전투에서 리치의 본진을 급습하실 생각인 거예요?"

가온의 말을 들은 것만으로 그의 의도를 정확하게 캐치한 것을 보니 나디아가 얼마나 영민한 사람인지 새삼 깨달을 수 있었다.

"맞아. 차원석은 물론 리치까지도 이쪽에서 마무리를 할 생각이야."

"그럼 마핀과 자이언트 웜 쪽은요?"

"마핀은 우리가 굳이 움직이지 않아도 처리할 사람들이 있어. 우리는 수련 성과가 나타나는 대로 자이언트 웜을 사냥하게 될 거야."

대원들이 예전 기량을 발휘할 수 있다고 해도 지금은 수련에 힘써야 할 때였다.

한창 수련 중인 대원들을 대신해서 마핀을 사냥해 줄 조력자가 필요했는데 마침 적당한 존재가 있었다.

진즉부터 생명의 아공간에서 거주하는 엘프들을 어떻게 활용할지 고민해 왔던 가온은 며칠 전에야 활용법을 떠올릴 수 있었다.

엘프는 숲에서라면 능력을 최대로 발휘할 수 있다. 특히 대전사장 정도면 마핀 보스라고 해도 그리 어렵지 않게 사냥할 수 있었다.

거기에 폭발 화살까지 제공한다면 무시무시한 속도로 마핀을 사냥할 수 있었다.

던전 클리어의 조건에 던전 안에 서식하는 마수나 몬스터의 일정 비율을 사냥해야 한다는 내용이 있었는데, 엘프들을 활용하면 마핀에 한해서는 쉽고 빠르게 해결할 수 있었다.

자이언트 웜을 사냥할 방법은 이미 벼리와 함께 생각해 둔 것이 있었다.

벼리의 도움을 받아서 구상한 사냥법이 효과가 있다면 자이언트 웜은 마핀이나 죽음의 군단보다 더 쉽게 사냥할 수 있을 것이다.

'아! 마핀 구울에 더해서 자이언트 웜까지 구울로 만들면 되겠다!'

가온이 그렇게 생각하고 있을 때 나크 훈과 나디아는 연신 고개를 갸웃거리고 있었다.

마핀은 몰라도 자이언트 웜은 죽음의 군단만큼이나 사냥하기 힘든 마수였다.

그렇지만 두 사람은 가온이 당장 설명하지 않는 것을 더 이상 물어보지 않았다. 그럴 이유가 있을 거라고 생각한 것이다.

"내 생각인데 가능하면 그 전에 가제타와 레너드를 처리했으면 좋겠다."

"가능할 거예요, 스승님."

가온이 대답을 하기도 전에 나디아가 입을 열었다.

"어떻게?"

"지난번에 제어컨 님을 만났을 때 두 사람이 일종의 벌로 죽음의 군단을 직접 상대하는 임무를 맡았다고 했잖아요. 어느 구간을 맡았는지 알면 공간 이동 아이템과 마핀 구울을 이용해서 처리할 수 있지 않을까요?"

"호오. 좋은 생각이야. 어차피 그들은 다른 별동대원들과 함께 임무를 수행할 테니, 그들은 구울들에게 맡기고 두 사람은 나와 스승님 그리고 타람 남매가 은밀하게 처리를 하면 될 것 같네."

"혹시 모르니 그동안 만든 언데드로 하여금 다른 별동대원들을 상대하게 하세요. 다른 별동대원들이 우리가 놈들을 처리하는 광경을 보지 못하도록 해야지요."

역시 영민한 나디아였다. 혹시 모를 상황까지 대비하는 의견을 제시한 것이다.

"좋아! 그렇게 하자고! 기사의 명예를 더럽히는 놈들을 주인인 대공이 감싼다면 우리라도 단죄를 해야지. 살려 두면 더 많은 사람들이 놈들에게 피해를 볼 거야!"

나크 훈이 젊었을 때처럼 강한 패기를 드러내며 말했다.

"알겠습니다. 그렇게 추진을 해 보겠습니다. 일단 제어컨 님이 두 사람이 어느 임무를 맡았는지 알고 있는지가 관건이

네요."

물론 그가 모른다고 해도 나디아의 정보선을 이용하면 어떻게든 알아낼 수 있을 테지만 그럼 오래 걸린다.

가온은 부디 제어컨이 해당 정보를 알고 있기를 바랐다.

"만약 제어컨 선배가 아직도 경계 임무를 맡고 있다면 차라리 지금 가 보는 것은 어떻겠느냐?"

"지금요?"

밤에는 언데드의 세상임을 모르지는 않을 텐데 왜 이런 의견을 내는지 모르겠다.

"그래. 토벌군의 규모가 커졌으니 밤이라 해도 언데드들도 숙영지를 쉽게 기습하기는 힘들 것이다. 아무리 리치의 능력이 높고 그 휘하에 사령술사나 흑마법사 들이 많다고 해도 스켈레톤이나 구울을 무제한으로 만들어 낼 수는 없을 거야."

그 말은 사실이다. 뼈나 방금 죽은 시체가 없다면 사령술사나 흑마법사의 능력이 높다고 해도 언데드를 만들 수 없다. 놈들도 군세가 대폭 증가한 토벌군의 대공세에 대비할 것이니 야밤의 습격은 없을 가능성이 높았다.

"그런데 토벌군의 규모가 커졌다면 제어컨 님 정도의 실력이라면 경계 업무 대신 다른 임무를 맡지 않으실까요?"

나디아의 말을 듣고 보니 그럴 것 같았다.

아무리 토벌군의 군세가 5만에 가깝다고 해도 검기 완숙자 정도면 경계 임무 대신 더 중요한 임무를 맡을 가능성이 높았다.

"아니다. 나도 배신을 당하기 전에는 제대로 인지하지 못했지만 1왕자를 포함한 토벌군의 수뇌부는 선배나 나처럼 은퇴를 했거나 은퇴를 앞두었지만 배경이 없는 기사는 중용하지 않는다. 나도 살짝 엿들은 것에 불과하지만 차원 통로를 건너가면 루 여신의 권능으로 회춘, 금은보화 혹은 엄청난 검술을 얻을 수 있다고 했다. 그게 사실이라면 우리와 같은 처지의 기사들은 차원 통로를 건널 수 있는 보상을 받을 만큼의 업적을 쌓을 기회 자체를 주지 않을 것이다."

나크 훈의 말에 가온과 나디아는 고개를 끄덕일 수밖에 없었다.

이런 상황에서도 업적을 두고 암투를 벌이는 자들이 한심했지만, 그저 명예와 기사도를 위해 목숨을 걸고 던전에 들어온 이들이 홀대를 받는 상황이 너무 안타까웠다.

"저도 그런 정보를 접하긴 했지만 헛소문이라고 생각했는데, 사실일 수도 있겠네요."

"나 역시 처음에는 헛소리라고 생각했는데 왕자들은 물론 고위급 귀족과 소드마스터 들까지 앞다투어 던전에 들어오는 것을 보고 신빙성이 꽤 높다고 판단했다."

"하긴 실제로 던전에서 마수나 몬스터를 사냥하거나 던전을 클리어하는 데 일정 수준 이상의 업적을 세우면 갓상점에 접속해서 사용할 수 있는 명예 포인트를 획득하는 것을 보면 헛소문은 아닐 것 같긴 해요."

"그러니까 이 난리지. 왕국의 전력을 총동원하면 이렇게까지 마수와 몬스터가 창궐하는 사태를 충분히 막을 수 있는데, 이 던전 때문에 사태를 방치하고 있지 않느냐."

"그래도 이건 아니라고 생각해요. 당장 수많은 왕국민이 마수와 몬스터의 창궐로 인해서 죽거나 다치고 살기 위해서 이리저리 떠돌고 있는데 높은 자리에 앉아 있는 것들은……."

나디아가 분을 못 이겨 속내를 드러냈다가 나크 훈을 보고 움찔하면 말을 흐렸다.

모든 대원의 스승이 된 나크 훈이 어떤 기사인지 깨달은 것이다.

"나디아, 네 말이 맞다. 참으로 한심한 일이지. 나와 같은 평범한 기사들에게는 이 던전이 터지면 왕국 자체가 무너질 거라고 소집을 했지만, 막상 높은 자리에 앉아 있는 놈들은 차원을 넘어가서 원하는 것을 얻을 생각밖에 없구나. 이건 정말 부끄러워할 일이야!"

누구보다 왕국과 왕실에 대한 충성심이 높았던 나크 훈이지만, 이 던전에 들어온 후 지근거리에서 왕자를 포함한 고위 귀족들의 행태를 지켜보면서 사고관이 바뀌어 버린 것 같았다.

"일단 제가 먼저 비행 아이템을 이용해서 토벌군의 숙영지부터 찾아보고 이동할 적당한 곳을 찾아보겠습니다."

"그래. 네가 좀 수고를 해 다오."

그렇게 말하는 나크 훈의 얼굴에는 고생하는 제자에 대한 고마움과 함께 원하던 복수를 실현할 수 있다는 기대감이 가 득했다.

정찰과 영입

오늘 던전의 밤은 바깥보다 훨씬 어두웠다. 던전까지 영향을 미치는 달이 하나밖에 없었거니와 상현 혹은 하현달인 모양이다.

그런 밤하늘을 날고 있는 가온은 은신 스킬까지 펼치고 있어서 그 어느 누구도 보거나 감지할 수 없었다.

던전의 천장이 가까워질 때까지 높이 올라간 가온이 매의 눈을 활성화시켰다. 그의 눈이 시퍼렇게 빛났다.

'호오! 아직도 그 자리네.'

추가 전력이 합류했음에도 토벌군은 운석공을 넘지 못했다. 산맥 입구를 기준으로 가장 많이 전진한 숙영지는 자신들이 배신을 당한 운석공과 가까운 곳에 있었다.

대신 숙영지가 열 곳이나 되어 그동안에는 내실을 다진 것 같았다.

　숙영지들의 주위는 땅의 색깔부터 예전과 달랐다. 숙영지 주위는 황토색이었고 멀리 떨어질수록 검은색으로 바뀌었다. 일단 숙영지 주위는 죽음의 기운이 옅어진 것이다.

　산맥 입구에 있는 숙영지는 예전에 1왕자군이 주둔했던 곳이고 온 클랜이 흑마법진을 소멸시키는 데 성공하자 일정한 거리마다 새로운 숙영지를 세운 것으로 보였다.

　숙영지 중 세 곳이 특히 규모가 컸는데 아마 5만여 명으로 늘어난 토벌군이 세 왕자를 기준으로 나누어 주둔하고 있을 것이다.

　가온은 숙영지들의 위치를 확인하곤 빠르게 하강했다. 운석공과 가까운 세 곳 중 제이컨이 있을 1왕자군의 숙영지를 찾아야만 했다.

　운석공과 가까운 숙영지 세 곳이 한눈에 들어오자 예상하지 못했던 모습이 먼저 눈에 들어왔다.

　'비타젠 나무?'

　숙경지마다 주위에 비타젠 나무를 심어 언데드의 접근을 차단하고 있었다.

　비타젠 씨야 3천 개로 충분히 넘겼지만 엘프 비전의 비료가 없을 텐데도 나무들은 꽤 자란 상태였다. 적어도 6개월 정도 자란 정도였다.

'설마 토벌군에 정령사가 추가되었나?'

조금 생각해 보니 순혈은 몰라도 비단숲 일족처럼 혼혈 엘프들은 존재할 가능성이 높고, 순수한 인간 정령사들도 있을 수 있으니 굳이 이상하게 생각할 필요는 없었다.

–그게 아니에요, 오빠.

벼리였다.

'오랜만이네.'

–네. 그동안 해 온 대로 돈도 벌어야 했고 마법 연구를 하느라고요.

'그런데 그게 아니라니 무슨 뜻이야?'

–식물의 성장과 관계가 있는 마법이 사용되었어요.

'아!'

생각해 보니 식물의 생장을 촉진하는 '그로스' 마법도 존재했다. 자신이 본 적이 없을 뿐.

–마나를 엘프의 액체 비료처럼 사용해서 단시간에 빨리 성장하도록 만드는 마법을 쓴 것 같아요. 그런데 나무 속성의 순수한 마나가 아니라서 나무의 잎이나 외관이 원래의 비타젠과 좀 달라졌어요.

벼리의 말에 자세히 나무를 살펴보니 확실히 차이가 나긴 했다.

가지도 많이 뻗지 않은 데다가 잎은 마치 침엽수처럼 좁고 길었고 결정적으로 껍질이 매끈한 대신 울퉁불퉁했다.

그럼에도 나무에서 흘러나오는 생기는 다른 곳보다는 엷지만 넓게 퍼져 있는 죽음의 기운을 중화시키고 있었다.

이 정도면 비타젠 나무를 숱하게 봐 왔던 2왕자군 소속 토벌군도 다른 나무로 생각할 것이다.

가온은 일단 운석공과 가까운 세 숙영지를 모두 살펴보기로 하고 가장 먼저 중앙에 위치한 곳으로 향했다.

원래 1왕자군이 달리아 고원을 공략했으니 중앙에 위치한 곳이 1왕자군의 숙영지일 가능성이 높다고 생각한 것이다.

'찾았다!'

가온은 허벅지 높이까지 자란 비타젠 나무로 둘러싸인 숙영지의 높은 목책 위에서 익숙한 얼굴을 발견했다.

'스승님의 말씀대로 아무리 은퇴를 했다고는 해도 명색이 검기 완숙자인데, 4만이 넘는 전력이 합류했어도 경계 임무를 못 벗어났네.'

당장 그와 접선하려면 못 할 건 없었지만 지금 해야 할 것은 안전하게 공간 이동을 할 수 있는 장소를 마련하는 것이다.

일단 숙영지와 가까운 곳은 안 된다.

6서클의 마도사나 소드마스터 한 명 정도는 밤에 잠들지 않은 채 혹시 모를 사태에 대비하고 있을 터다.

마도사나 소드마스터는 텔레포트 마법이 발현될 때 일어

나는 마나의 유동을 충분히 감지할 수 있었다.

결국 가온은 카오스에게 부탁해서 1왕자군의 숙영지와 인접한 숙영지의 중간에 해당하는 지점의 지하에 공간 이동을 위한 장소를 마련했다.

그곳으로 들어가서 텔레포트 마도구를 꺼내 쉽게 움직이지 않도록 단단하게 고정을 시킨 후 마도구를 발동했다.

이미 출발하기 전에 마도구 한 쌍 중 하나를 설치해 두었다.

얼마 후 나크 훈과 나디아를 동행해서 다시 텔레포트해 온 가온은 녹스에게 부탁해서 은신을 한 채 1왕자군의 숙영지로 향했다.

1왕자, 아니 왕실에 대한 불만이 터지기 직전까지 쌓였지만, 오늘도 여전히 밤에 경계 임무를 충실하게 수행하고 있는 제어컨과 접속하는 것은 그리 어렵지 않았다.

"호오! 무슨 일이 있었나?"

나크 훈을 본 제어컨의 눈빛이 강해졌다.

"복수를 해야지요."

"인세에 드문 영약이라도 취한 모양이군. 자네의 마나가 이렇게 밝은 은색으로 변하다니. 그리고 보니 얼굴에 주름도 많이 사라졌군. 대체 무슨 일이 생긴 건가?"

그러고 보니 나크 훈의 주름이 많이 사라졌다.

특히 눈가와 이마 정중앙의 깊고 굵은 주름이 눈에 띄게 가늘고 옅어졌다.

전과 비교하면 최소 다섯 살에서 열 살은 젊어진 것 같았다.

"우리 온이 많이 애를 썼습니다. 자세한 것은 나중에 말씀 드리겠습니다. 그나저나 추가 병력이 합류한 모양인데 왜 더 전진하지 않는 겁니까?"

"안 그래도 답답해 죽겠네. 세 왕자가 서로 리치를 맡겠다고 주장하며 매일 입씨름을 하고 있네. 얄미운 대공은 상황을 방치하고 있고."

제어컨은 현 상황이 마음이 안 드는지 한참 분을 터트렸다. 그래도 대충 원하는 내용은 알 수 있었다.

죽음의 군단은 그동안의 국지적인 전투를 통해서 1만 정도를 잃어서 총 9만이 남았는데, 각각 3만씩을 좌군과 우군으로 하고 리치가 있는 중군 역시 3만의 언데드가 배치되어 있었다.

좌군과 우군은 생전에 소드마스터였던 데스 나이트들이 이끌고 있는데, 열에서 스물 정도의 흑마법사나 사령술사가 붙어 있다고 했다.

세 왕자군은 각기 1만 6천여 명으로 편성되었으며 각 왕자군에는 평균적으로 소드마스터 세 명, 6서클의 마도사 스무명, 대사제 서른 명 그리고 검기 입문자 이상으로 1천여 명씩이 배속되었다.

그 정도의 전력이라면 당연히 데스 나이트가 이끄는 3만여 언데드를 충분히 감당할 수 있었는데, 문제는 세 왕자 모두 리치가 있는 중군을 자신이 맡아야 한다고 고집하고 있다는 것이다.

던전의 세 보스 중 하나인 리치가 차원석까지 가지고 있다는 사실이 확인된 마당이니 왕자들은 왕권 계승은 물론 던전 클리어에 가장 큰 공적을 세울 수 있는 기회를 다른 둘에게 절대로 양보하지 않는 것이다.

사실 당연한 일이다.

"국왕이 긴 병을 앓다 보니 총기를 잃은 모양이야. 마수와 몬스터가 창궐한 이 상황에서 있는 대로 병력을 짜내 이곳으로 들여보낸 것도 말이 안 되는데, 지휘권을 나눠 주다니! 내가 왕자라도 절대로 리치를 양보할 수 없지."

"그럼 이곳은 1왕자에게 맡기고 두 왕자는 늘어난 병력으로 원래 맡았던 구역을 공략하면 될 거 아닙니까?"

"그게 그렇지가 않네. 병력이 크게 늘어났다고 해도 그 정도로는 해당 구역의 보스를 해치우고 차원석을 처리할 수는 없네."

"결국 힘을 합쳐야 하는데 누구도 손해를 보려고 하지 않는 거군요?"

"맞네. 보다 못한 라헨드라 대마법사께서 이틀 전에 이곳부터 정리를 한 후 마핀과 자이언트 웜이 서식하는 구역을 정리하자는 의견을 냈지만, 쉽게 받아들이지 않는 것 같네."

그러자 나디아가 눈매를 좁히더니 입을 열었다.

"시간을 끌수록 토벌군의 상황은 좋지 않아질 테니 결국 대마법사의 의견을 따르겠네요."

가온도 그렇게 생각했다.

"제어컨 님, 혹시 가제타와 레너드의 동향을 아십니까?"

"그놈들을 도모할 생각인가?"

"네."

가온은 의도를 숨기지 않았다.

"그놈들은 2급 기사 스무 명과 정예병 300명으로 구성된 별동대를 이끌고 언데드를 자이언트 웜이 있는 황무지 방향으로 밀어내는 임무를 수행 중이네."

숙영지 주위를 제외하고는 아직도 언데드와 매일 전투를 치르는 모양이다.

토벌군은 어떻게든 후방과 좌우측의 언데드를 말살해서 진공 시 혹시 모를 습격에 대비하고 있었다.

"구체적인 작전 지역은 모르시고요?"

"확실하게는 모르네. 다만 가장 위험한 곳이 세 왕자군의 숙영지를 잇는 선이고 가장 강력한 전투력을 가졌으니 최전방이 아닐까 싶네."

확실하지가 않아서 아쉽지만 일단 그 정도 정보로도 만족했다.

그 후 가온은 나크 훈과 나디아가 제어컨과의 대화를 통해 정보를 수집하는 동안 어떻게 두 놈이 이끄는 별동대를 상대할지 고심했다.

'죄가 없는 기사들과 정예병들까지 죽이기는 싫은데.'

하지만 정체를 밝히지 않고 두 놈에게 복수를 하려면 어쩔 수 없었다.

'아무래도 스켈레톤을 대량으로 풀어서 별동대원들의 주의를 돌린 후에 어떤 방법으로든 두 놈을 따로 유인해서 처리하는 방향으로 연구를 해 봐야겠어.'

가온은 이제부터라도 스켈레톤들을 제작하는 데 더 공을 들이기로 했다.

그런데 제어컨의 느닷없이 제안이 가온의 정신을 번쩍 들게 만들었다.

"나도 온 클랜과 같이할 수는 없겠나?"

"선배, 무슨 일이 있습니까?"

"전에도 그랬지만 추가 병력이 합류했음에도 내가 야밤의 경계나 책임지고 있다는 것이 말이 되나?"

전혀 예상하지 않았던 부탁에 경악했던 나크 훈도 제어컨의 대답에는 아무 반응도 할 수 없었다.

실력으로 서열을 세우는 기사들이라도 경력이나 나이를 무시하지 않는다.

명예를 평생 지켜야 하는 덕목 중 하나로 여기는 기사이기에 더욱 그랬다.

하지만 권력에 취한 경우 실력이 좀 더 높다고 경력이나 나이가 월등히 많은 선배를 무시하는 기사들도 많은 것이 현실이다.

그래서 보통 후배들이 어느 정도 치고 올라가면 그 선배는 은퇴를 할 수밖에 없었다. 후배들을 위해 자리를 비워 준다는 명분으로 말이다.

그런데 제어컨은 이미 은퇴를 했기에 왕실의 부름을 거부할 수 있음에도 충성심 하나로 소집에 응했지만, 1왕자나 나중에 합류해서 권력을 다투는 대공은, 아직 실력이 거의 녹슬지 않은 그의 존재를 경비 조장 정도로만 대우하니 화가 날 수밖에 없었다.

나크 훈이 가온을 쳐다봤다.

아무리 자신이 가온의 스승이긴 했지만 온 클랜의 클랜장은 제자였다.

그래도 얼른 수락하라는 의미로 고개를 끄덕였다.

"당연히 고문님으로 모셔야지요. 그런데 어떻게 나오시려고요?"

"전에도 그랬지만 대공이 합류한 후 라헨드라 대마법사를 제외하고 1왕자나 대공을 포함한 수뇌부는, 은퇴를 한 나 같은 퇴물의 거취에는 전혀 관심이 없네. 제 수족들이 중요할 뿐 왕실에만 충성했던 우리에게 뭔가 나눠 주고 싶은 생각이 없는 거지. 홀대에 견디지 못한 몇 명은 의기투합해서 이미 던전을 빠져나갔네."

그런 일이 벌어지고 있을 줄은 짐작도 하지 못했다. 자신 같았으면 어떻게든 이용하려고 제대로 대우를 해 주었을 실력자들이 아닌가.

비록 제어컨이 외모나 풍기는 기도가 손발톱과 이빨이 다 빠진 호랑이처럼 보이고 실제로도 육체 능력이 약화되고 마나가 흩어지는 상황이지만 평생 마수와 몬스터를 상대해 온 강자였다.

'멍청한 놈들!'

놈들이 이 던전에서 얻고자 하는 것이 왕권이든 차원 통로를 건너갈 수 있는 징표이든 이런 노장들을 내치면서까지 해야 하는 일은 아니다.

"온 대장만 좋다면 내일 당장 그만두고 나오겠네."

"저희야 당연히 좋습니다!"

"하하하. 스승을 닮아서 아주 화통하군. 내일 저녁, 고원 입구에서 만나도록 하지."

제어컨의 말을 들으니 더욱 토벌군의 수뇌부가 한심하게 보였다.

아무리 은퇴했다지만 명색이 검기 완숙자까지 올랐었던 기사가 던전을 떠난다는 데도 만류조차 하지 않는다는 것을 의미했다.

'어쨌거나 우리 온 클랜으로서는 굴러들어 온 행운이야!'

그저 정황 파악만 하려고 왔다가 스승님에 견줄 수 있는 실력자를 영입하게 되었으니 기분이 날아갈 것 같았다.

그런데 나디아가 생각지도 못했던 의견을 냈다.

"제어컨 고문님, 한 가지 부탁이 있어요."

"뭔가?"

벌써부터 온 클랜의 고문이 된 것 같았던 제어컨이 뭐든 들어줄 생각으로 물었다.

"토벌군의 동태를 주기적으로 저희에게 알려 줄 만한 분을 연결시켜 주시면 안 될까요?"

나디아의 말을 듣는 순간 가온은 자신이 왜 이 생각을 하지 못했는지 놀랄 정도로 적절한 의견이었다.

"동태를?"

"네. 저희도 이 점보 던전을 클리어할 목적을 가지고 있는 만큼 상황을 주시해야 할 필요가 있거든요. 복수를 하기 위해서라도요."

"흠. 내 오래 알고 지낸 후배가 전대를 이끌고 있기는 하네. 나를 포함한 은퇴 기사들의 처지를 진심으로 안타까워하고 있는 친구지."

"혹시 호론입니까?"

"그래. 나크 자네도 잘 알겠군."

"알고말고요. 호론이라면 믿을 수 있지요. 선배나 나처럼 배경이 없어서 제대로 중용되지 못하고 있을 뿐 실력이나 인성은 남다른 친구지요."

나크 훈까지 알고 있다면 정말로 믿을 수 있는 인물인 것 같다.

"토벌군의 동태를 하루에 한 번씩 저희에게 알려 주는 대가로 1만 골드를 드리겠습니다."

가온이 확 질러 버렸다.

"안 그래도 그 친구에게 딸린 식구가 많아서 돈 걱정을 하던데, 그 정도면 설득할 수 있을 거야. 뭐 스파이 짓을 하는 것도 아니고 토벌군의 동태 정도를 알려 주는 것에 불과하니까."

"그럼 부탁드리겠습니다. 그리고 이것은 마통기라는 것으로 다른 마통기와 직통으로 통신을 할 수 있습니다."

가온은 아예 1만 골드와 마통기 하나를 제어컨에게 넘겨 주었다.

"마통기에 대해서는 나도 들어 보았네. 최근 수도에서 유행을 한다지. 연락은 내가 직접 받도록 하지."

이것으로 토벌군의 동태를 알아보는 문제까지 깨끗하게 해결되었다.

막 헤어지려고 할 때 제어컨이 이제야 생각이 났다는 얼굴로 한 사람의 이름을 언급했다.

"온 대장, 혹시 반 홀랜드라는 친구를 알고 있나?"

"네. 이 던전에 들어오기 전에 다른 던전을 함께 공략했었습니다."

그는 이계인들을 호위하는 임무였지만 함께 던전을 공략한 것은 사실이다.

"그 친구를 고용한 이계인들이 대장과 만나고 싶어 하던데. 사고가 난 것을 알고 크게 상심하더라고."

붉은곰 용병단의 단장인 S급 용병 반 홀랜드를 고용한 이계인이라……. 지난번에 오우거 던전에서 봤던 그 플레이어들을 말하는 것일까?

"반 대장이 1왕자군에 있습니까?"

"그건 아니네. 원래 의뢰주인 이계인들과 함께 3왕자군에 합류했었는데, 홀대는 물론 미끼로 사용하는 것에 불만을 품고 그쪽에서 빠져나오려는 것 같았네."

정보 던전에 들어온 플레이어들의 행방이 궁금했는데 대부분 3왕자군에 합류했었던 모양이다.

"그럼 내일 만날 때 그분을 만났으면 좋겠는데, 연락이 가능하겠습니까?"

"가능할 걸세. 그들은 오늘 3왕자군에게 공식적으로 빠지겠다고 통보를 한다고 했으니."

"그런데 반 대장과는 아시는 사이입니까?"

"잘 알지. 내 외사촌 동생이라네. 내 외가가 홀랜드 가문

예지몽으로
히든랭커

이거든. 지금은 영지도 잃어 몰락한 가문이지만."

ㅡ대장님, 홀랜드 자작가는 34년 전에 직영 상단 때문에 영
지까지 잃고 몰락을 했어요.

나디아가 전음으로 설명을 해 주었다.

ㅡ당시 소문으로는 블랙펄 상단과 얽힌 거래에서 천문학적인
손해를 보았다고 해요.

반 홀랜드와 제어컨 그리고 블랙펄 상단.

이렇게 연결이 되다니 세상은 역시 좁다는 생각이 들었다.

아무튼 제어컨과의 만남은 생각보다 큰 수확을 주었다.

돌아오면서 들었는데 제어컨은 나크 훈보다 기사 사회에
서 영향력이 높았다. 모든 일에 솔선수범을 하는 기사의 전
형으로 많은 젊은 기사들이 그를 존경한다는 것이다.

"그런데 왜 제어컨 님이 저희 클랜에 들어오시려는 걸까
요?"

"그건 나도 이상하게 생각하고 있다."

"전 알 것도 같아요."

가온과 나크 훈은 전혀 감을 못 잡고 있는데 나디아는 달
랐다.

"말해 봐."

"스승님도 들으셨을 거예요. 차원을 넘어가면 그 세계의
신들에 의해서 초인이 될 수 있는 기회를 잡을 수 있다는 말
을요."

"흐음. 확실히 듣기는 했는데…… 사실일까?"

나크 훈은 그런 소문은 믿지 않았다.

"스승님처럼 생각하는 분들도 있지만 벽을 넘기 위해서 무슨 일이든 하려는 사람들은 그런 소문에도 흔들릴 수밖에 없어요."

"좋아. 그런데 그 소문과 제어컨 선배가 우리 클랜에 들어오는 것과는 무슨 관계지?"

"지금 1왕자군에서 경계의 중요성은 크게 떨어졌어요."

그건 사실이다.

가온이 넘긴 비타젠 씨앗과 성장 마법을 펼칠 수 있는 마법사들로 인해서 밤에도 언데드의 습격이 거의 없었기 때문이다.

"던전 클리어에 일정 수준 이상의 업적을 세워야 차원 통로를 건너갈 수 있는 자격을 얻을 수 있는데 현재 제어컨 님이 맡고 있는 임무로는……."

나디아의 말에 가온도, 나크 훈도 크게 고개를 끄덕였다. 반론의 여지가 전혀 없었다.

"그런 목적이라면 우리나 제어컨 님이나 윈-윈 할 수 있을 것 같습니다."

"그래. 내 생각도 그렇구나."

곧 토벌군이 움직일 테니 온 클랜도 같이 움직여야 했다. 던전 클리어를 위해서도 그렇지만 1왕자군, 특히 대공이 이

예지몽으로
히든랭커

끄는 세력의 뒤통수를 호되게 갈겨 버리기 위해서도 말이다.

  다음 날 오후.

  달리아 고원의 입구 쪽에 있는 1왕자군의 숙영지에는 300
여 명이 뭉쳐 있었다.

  던전에 들어와 토벌군에 합류를 했다가 다양한 이유로 빠
져나오는 사람들로 은퇴한 기사, 용병. 헌터 그리고 플레이
어 들로 비어 있는 숙영지에서 잠깐 휴식을 취하는 것이다.

  그들은 대부분 그룹이나 팀을 이루고 있었고 언데드나 마
핀 그리고 자이언트 웜은 몰라도 다른 마수나 몬스터는 그
자리에서 썰어 버릴 실력을 가지고 있었다.

  그래도 굳이 뭉쳐서 가지 않으려는 이들도 있었다. 그래서
마음이 바쁜 팀들은 남은 이들에게 잠깐의 동행을 아쉬워하
며 짧게 인사를 하고 고원을 내려갔다.

  남은 사람은 대략 50여 명으로 절반은 붉은 곰의 문양이
새겨진 동일한 방어구를 갖춰 입었지만, 분위기가 자유로운
것으로 보아 용병들이고 나머지는 다양한 외모와 복색을 하
고 있었다.

  그들 무리의 중심에는 반쯤 센 콧수염이 인상적인 거구의
중년인과 고리눈에 뭉툭한 코가 인상적인 장년인이 얘기를
나누고 있었다.

  "형님, 정말 온 클랜에 들어가실 생각이오?"

"응. 내가 가장 아끼는 나크 훈도 있고 내 감이 온 클랜과 함께한다면 던전 클리어에 의미 있는 활약을 할 수 있을 것 같아."

겉보기에는 중장년 같았지만 이미 예순 살이 넘은 두 사람은 외사촌 사이로 불과 한 살 차이라서 무척 친했다.

둘 다 결혼을 하지 않아서 더욱 사이가 각별했다.

"우리 붉은곰이 낫지 않겠소?"

"응, 아니야. 너네는 실력은 있는지 모르겠지만 곰탱이들이라서 머리가 없어."

"크읔! 안 그래도 제대로 머리가 돌아가는 놈이 없어서 고민인데, 아주 욕을 하쇼."

"그러니까 전술 전략을 공부한 기사 아카데미 출신을 많이 영입하라니까."

"그런 인재가 쉽게 나오는 줄 아쇼?"

"뭐 그거야 그렇긴 한데 자유 마법사나 용병 중에서라도 머리가 제대로 돌아가는 놈 한둘은 영입을 하라니까."

"머리가 잘 돌아가는 용병 놈들은 열이면 열 사기꾼 아니면 배신을 때릴 놈이오. 제기랄! 왜 자유 마법사들은 우리 용병단에는 안 들어오려는 거지?"

"그래도 서넛은 마법사로 보이는데?"

"그래 봐야 3서클이 고작이오. 4서클 이상은 귀족가에서 연구비를 지원받으며 실험을 하면서 일할 수 있는데 미쳤다고 용병단에 들어오겠소."

"뭐 그렇긴 하지. 그래서 온 클랜도 이계인 마법사를 영입한 거겠지. 너희도 그렇게 하면 되겠네."

"어림도 없는 소리 하지 마시오. 이계인들은 이곳에서 정확히 14시간밖에 지낼 수 없단 말이오. 그런 제한 조건이 있음에도 제대로 마법사들을 활용하는 온 클랜이 이상한 것이지 우리가 이상한 게 아니란 말이오."

"그걸 생각하면 온 대장이 여러모로 특별하긴 하지."

"나이는 어리지만 배울 게 많은 친구인 것은 확실하오."

"그래. 나크가 온 클랜에 합류한 후 분위기가 확 바뀌었어. 아무래도 제자를 통해서 뭔가 깨달음을 얻은 것이 틀림없어."

"분위기가 바뀌었다면 벽을 깬 겁니까?"

반이 놀라 물었다. 그 역시 벽에 부딪혀서 10년 이상 정체기를 겪고 있었다.

"완전히 부순 것은 아닌데 외모가 10년은 젊어 보이는 것을 보면 곧 그렇게 될 것 같아. 지난번에 잠깐 얘기를 나눠 보니 요즘 제자와 철월검류에 대해서 함께 연구를 하고 있다고 했거든."

"그럼 온 대장은 소드마스터란 말입니까?"

"아무래도 그런 것 같아. 처음 만났을 때부터 경지를 짐작할 수 없었거든."

"저도 그래서 이상하게 생각하긴 했는데…… 그게 사실일 줄이야."

반은 오우거 던전에서 함께하면서 본 가온을 떠올렸다.

분명히 기발한 전략을 사용해서 오우거들을 상잔시키거나 힘을 약화시켰었고, 오러블레이드를 사용한 건 아니지만 어쨌거나 오우거 보스를 정리한 것은 가온이었다.

"확실한 건 온 클랜과 함께하면 어떤 식으로든 새로운 기회를 잡을 수 있을 것 같아."

제어컨의 말에 반이 잠깐 고심하는 얼굴이더니 마침내 입을 열었다.

"형님, 나도 이참에 온 클랜에 들어갈까?"

"네가? 붉은곰은 어쩌고?"

"미노스가 있지 않소. 날 따라 용병 생활을 한 지 벌써 30년이 다 되어 가니 단장 자리를 물려주어도 잘할 것 같고……."

"아직도 네가 의논 없이 행동하는 데 불만이 많은가 보지?"

"꼭 그런 건 아니고 요즘 용병단 분위기가 좀 이상하오. 분명히 내가 단장인데 가만히 보면 단장은 미노스고 난 곁다리인 것 같소."

제어컨도 붉은곰 용병단의 부단장인 미노스를 잘 알고 있었다.

그 또한 몰락 귀족가 출신인 데다가 기사 아카데미 후배였다.

　검기 완숙자가 된 지 꽤 오래인 미노스는, 기분파에 마음이 가는 대로 행동하는 반과 달리 정치력도 출중하고 지휘력도 뛰어나서 붉은곰 용병단의 용병들은 반보다 그를 더 따랐다.

　사실 반도 미노스처럼 하려면 할 수 있었지만 그가 있기에 굳이 용병단 업무를 신경 쓰지 않고, 자신의 실력 상승에 도움이 될 일을 찾아서 돌아다니는 바람에 단원들에게 그런 이미지로 각인이 되어 버렸다.

　"네 반평생을 바쳐 만들었는데 아쉽지 않겠냐?"

　"안 아쉽다면 거짓말이겠지만 이대로 가면 벽도 넘지 못한 채 노화를 받아들여야 하지 않소. 지푸라기라도 잡고 싶은 심정이오. 형님도 그래서 온 클랜에 들어가겠다는 거 아니었소?"

　"인정! 그래, 이참에 너도 나랑 같이하자. 우리가 영지가 있냐, 자식이 있냐? 한때는 몰락한 가문을 일으켜 보겠다고 안달복달했지만, 이제 우리에게 남은 건 마나가 흩어지고 있는 육체와 누군가의 제대로 된 도움만 받을 수 있다면 넘거나 부술 수 있는 벽밖에 없지. 이대로 은퇴해서 쓸쓸하게 늙어 가는 것은 싫다."

　"……그러리다. 얘들한테 말하고 오겠소."

　그렇게 말하는 반의 얼굴에는 아쉬움보다는 후련함이 더

욱 컸다.

자신을 도와서 붉은곰 용병단을 키워 온 미노스에게 제대로 보답도 할 겸 자신의 남은 생을 활활 불태울 수 있는 기회를 잡을 생각에 오히려 설레기까지 했다.

해가 질 무렵, 가온은 제어컨과 약속한 달리아 고원의 입구에 도착했다.

아래쪽에는 이십여 명이 있었다. 익숙한 제어컨과 반 홀랜드를 빼면 다 모르는 사람들이었는데, 자유로운 복장을 보니 플레이어들로 보였다.

'칼 융이 안 보이는 것을 보면 다른 세력에서 키우는 초랭커들 같은데 무슨 일이지?'

그런 생각을 하면서 부드럽게 착지를 하는 가온의 앞으로 제어컨과 반 홀랜드가 다가왔다.

"고문님."

"하하하. 어서 오시게."

제어컨이 웃는 얼굴로 가온을 반겼다.

"일은 잘 처리가 된 겁니까?"

"사실 쉽게 안 놔줄까 봐 좀 걱정을 했는데 나 같은 늙은이는 더 이상 필요가 없는지 바로 처리를 해 주더군. 덕분에 돈은 쏠쏠하게 챙겼네."

아무리 은퇴를 했고 전투력이 약화되었다고 하지만 왕실

의 소집에 기꺼이 응한 노장의 기사를 이런 식으로 대우하다니, 아그레시아 왕국의 미래가 그리 밝지 않을 것 같았다.

"우리 온 클랜으로서는 참으로 다행한 일입니다. 반 단장님, 오랜만입니다."

반 홀랜드는 오우거 던전에서 봤을 때와 그리 다르지 않았다.

"껄껄! 반갑소, 온 대장."

"고문님과 친척인 줄은 몰랐습니다."

"우리가 외사촌이라는 사실을 아는 이는 그리 많지 않소. 용병을 우습게 아는 귀족이나 기사 들이 많아서 아예 밝히지 않고 살아왔소."

"그랬군요. 그런데 저분들이 절 만나고 싶어 하는 이계인들입니까?"

"맞소. 그런데 그 전에 온 대장에게 할 말이 있소."

가온은 왠지 결연하게 보이는 반 홀랜드의 얼굴에서 어제 먼저 만났던 제어컨의 얼굴을 떠올릴 수 있었다.

새로운 일행

"혹시 온 클랜에 내 자리도 있겠소?"

"……설마 제가 생각하는 그건 아니겠지요?"

"맞을 거요. 붉은곰 용병단의 단장 자리를 불과 1시간 전에 그만두었으니까."

"왜……?"

붉은곰 용병단은 아그레시아 왕국은 물론 다른 왕국들에서도 활동을 할 정도로 명망이 높았다.

신용도 높거니와 실력자들도 많아서 가려 가면서 의뢰를 받을 정도의 위상을 가지고 있다고 나디아로부터 들었다.

"내가 생각보다 나이가 많소. 실제로 몇 년 전부터 산공이 시작되었고 은퇴를 심각하게 고려하고 있었소. 사실 이 던전에 들어온 것도 호위 의뢰도 의뢰지만, 새로운 기회를 얻기 위함인데 기회조차 주어지지 않았소. 그런데 형님이 온 클랜에 합류하겠다고 말해 주었을 때 머릿속이 훤해졌소. 온 클랜이라면 뭐든 내게도 새로운 기회가 주어지지 않을까 하는 기대가 생겼소. 나 반 홀랜드, 마음을 먹은 일은 기필코 달성해 왔소. 온 클랜을 위해서 최선을 다하겠소. 부디 내게 새로운 기회를 주시오."

가온은 반 홀랜드가 말하는 기회가 소드마스터가 되는 것과 차원을 넘어갈 자격을 얻는 것, 둘 중 어느 것인지는 알 수 없었지만, 그의 마음은 충분히 이해할 수 있었다.

스승인 나크 훈의 마음과 같을 테니까.

그래서 더욱 쉽게 결정을 내릴 수 있었다.

"좋습니다. 반 경, 역시 우리 클랜의 고문으로 모시겠습니다."

"……껄껄껄! 역시 화끈하시오. 정말 마음에 드는 상사라니까. 앞으로 잘 부탁하오, 대장!"

가온이 잠깐의 대화 끝에 반 홀랜드를 받아들이자 제어컨 역시 활짝 웃었다.

"그런데 반 고문님, 절 만나고자 하는 이계인이 있다고 들었습니다만……."

"아! 잠깐만요."

반이 서둘러 뒤쪽에 모여 있는 이십여 명의 이계인들이 있는 곳으로 향하더니 키가 무척 크고 근육이 잘 발달한 30대 중반의 여검사를 데리고 왔다.

"만나게 되어 반가워요. 저는 샤를이라고 해요."

이름이나 외모로 보아하니 유럽 쪽 플레이어로 보였다.

"온 훈이라고 합니다. 저를 만나고 싶어 했다고요?"

"네. 의뢰를 좀 하고 싶어서요."

"말씀하십시오."

던전 클리어와 복수를 동시에 할 수 있는 구상을 하고 있는 가온은 당연히 거절할 생각이지만, 이들의 성의를 보아서 의뢰의 내용 정도는 들어 줄 마음의 여유는 있었다.

"저희가 이 던전을 클리어하는 데 업적을 세울 수 있는 기회를 주세요."

역시 초랭커인 것이 분명한 이 플레이어들은 차원 통로를 건너갈 수 있는 자격을 획득하고 싶어 하는 모양이다.

"더불어 명예 포인트도 많이 획득했으면 하겠군요?"

"……네!"

가온이 거침없는 말에 샤를의 눈에 복잡한 감정이 떠오른다.

"충분히 가능한 일입니다."

"아! 정말 다행이에요!"

가온의 시원스러운 대답에 샤를의 얼굴이 풀어졌다.

"다만 대가는 이쪽에서 요구하겠습니다."

"뭐든 말씀하세요."

초랭커 20여 명을 지원할 수 있을 정도라면 지난번에 함께 했던 칼 융의 세력보다 훨씬 더 강력한 세력이 배후에 있을 것이다.

"초랭커들이 사용하는 캡슐 세 개가 필요합니다."

"네? 그, 그게 무슨 말씀인지?"

플레이어인 샤를의 입장에서는 너무나 뜬금없는 말일 수밖에 없었다.

탄 대륙 사람이 캡슐을 언급하다니 말이다.

"이미 알고 계실 거라고 생각하는데, 우리 온 클랜에는 세 명의 이계인 대원이 있습니다. 캡슐은 그들이 쓸 예정입니다. 세 대원이 접속 시간의 제한 때문에 원하는 만큼 레벨업을 못 하고 있기도 하지만, 우리 클랜의 입장에서도 그들의 부재 상황이 아쉽거든요."

"그, 그건……."

샤를은 너무 뜻밖의 말에 정신을 차릴 수가 없었다.

'그러고 보니 온 클랜원으로 활동하고 있는 세 플레이어가 초랭커에 근접할 정도의 레벨이라고 했던가?'

들었을 때는 무심코 넘겼지만 기억은 하고 있었다.

특별한 캡슐과 지원이 없는 상태에서도 초랭커에 근접할 정도의 레벨업을 했다는 점은 그만큼 놀라운 일이었으니 말이다.

예지몽으로
히든랭커

하지만 그녀도 초랭커들이 사용하는 프리우스급 캡슐에 대해서는 아는 것이 많지 않았다. 그저 아는 것이라곤 수량에 한도가 있다는 것밖에.

샤를은 그래서 대답을 하고 싶어도 할 수가 없었다.

"일단 상황부터 파악을 해야 할 테니 일단 귀하의 세상부터 다녀와서 대답을 해 주십시오."

"그냥 골드나 아이템으로 지급하면 안 될까요?"

"우리 온 클랜은 돈을 지향하는 것이 아니라서요."

차라리 돈이나 아이템 혹은 스킬이라면 어떻게든 구할 수 있을 것 같은데, 캡슐을 요구하니 샤를은 미칠 것 같았다.

'생각보다 우리 세상과 플레이어 그리고 어나더 문두스에 대해서 더 많이 알고 있어!'

어쩔 수 없었다. 이건 자신이 결정할 수 있는 문제가 아니었으니 말이다.

"일단 상부에 연락을 해 보겠어요."

"서로가 만족할 수 있는 대답을 들었으면 좋겠군요. 그런데 대답은 당연히 내일이나 들을 수 있겠지요?"

"네. 아무래도."

이미 저녁이 되어 가고 있는 시간이니 촉박했다.

"그럼 오늘은 일단 우리가 지내는 곳으로 옮긴 후 귀 측세상으로 돌아가십시오. 계약이 불발되면 이곳으로 이동시켜 드리지요."

"그럴게요."

샤를은 설사 계약이 이루어지지 않는다고 해도 굳이 가온이 베푸는 선의를 거절할 필요가 없다고 생각했다.

'온 클랜을 잠시라도 살펴볼 수 있는 기회니까.'

온 클랜은 가온이 생각하는 것 이상으로 초랭커들의 배후에 있는 세력들 사이에서 유명했다.

플레이 시간에 제한이 있는 캡슐 사용자 세 명이 온 클랜의 클랜원이라는 사실만으로 초랭커들과 비견될 정도로 가파르게 성장했으니 말이다.

가온은 이동식 텔레포트 마도구를 꺼냈다.

그리고 카오스에게 부탁을 해서 바닥을 완벽한 수평 상태로 바꾼 후 코어 자리에 마정석을 끼워 넣었다.

"한 번에 텔레포트를 할 수 있는 인원은 일곱 명까지입니다. 1차로 제어컨 고문께서 여섯 명의 이계인들을 데리고 출발하시고 반 고문께서는 동수의 이계인과 함께 두 번째로 이동하십시오. 3차는 샤를 님이 나머지와 함께 사용하면 됩니다."

플레이어의 숫자는 샤를을 포함해서 열아홉 명이나 충분했다.

"그럼 온 대장은?"

제어컨이 물었다.

"저는 마도구를 챙겨서 비행해서 귀환하겠습니다."

마도구를 챙겨야 하니 당연한 얘기였지만 사람들은 좀 미안한 모양이다.

가온은 1차로 건너갈 사람들이 선정되는 동안 마통기로 나크 훈에게 이 사실을 알렸다.

나크 훈은 반과도 안면이 있었는지 그가 클랜의 고문으로 영입되었다는 말에 크게 기뻐했다.

-그럼 이곳도 확장을 해야겠구나?

"그건 제가 가서 해결할 테니 손님을 맞을 준비만 해 주세요."

-알았다. 그럼 조심하고.

가온이 통신을 마치자 제어컨이 여섯 명의 플레이어와 함께 마도구 위로 올라가서 진의 중심부에 섰다.

"자, 갑니다!"

번쩍!

강렬한 빛이 터지고 격렬한 마나의 유동이 느껴지나 싶더니 진의 중심부에 있던 이들이 더 이상 보이지 않았다.

사람들이 모두 텔레포트한 후 마도구를 챙긴 가온은 투명 날개를 이용해서 다시 하늘로 날아올랐다.

어느새 해가 지고 있어 아래쪽은 어두컴컴해지고 있었는데 달리아 고원 이곳저곳에 있는 토벌군의 숙영지는 쉽게 확인할 수 있었다.

마정석 등을 환하게 밝혀 두었기 때문이다.

은신처에 도착했을 때 대원들은 이미 저녁 식사 준비를 마친 채 기다리고 있었다.

그런데 플레이어들도 아직 로그아웃을 하지 않고 기다리고 있었다.

'자세가 됐네.'

플레이어들이 로그아웃을 했다고 해도 별 감정은 없었을 테지만, 그래도 이렇게 기다려 주고 있으니 어지간하면 의뢰를 수락하고 싶었다.

"자, 일단 듭시다!"

오늘 샐리가 준비한 요리는 오랜만에 플고렌스 구이와 찜이었는데, 예전과는 풍미가 또 달랐다.

"샐리의 조리 솜씨는 갈수록 좋아지네요."

"호호호. 헤븐힐과 매디가 많이 도와주고 있어요."

실제로 헤븐힐과 매디는 나날이 요리에 취미를 붙이고 있는 상태였다.

그래서 다양한 허브를 이용해서 소스를 만들거나 샐리와 함께 조리를 해 보고 있었다.

그렇게 식사를 마칠 무렵, 갑자기 제어컨과 반이 벌떡 일어났다.

"이, 이게 대체 뭐지?"

"왜 마나가 늘어나는 거지?"

검기 완숙자인 두 사람은 처음에는 플고렌스 찜과 구이의 맛과 풍미에 푹 빠져서 정신없이 먹었지만, 배가 어느 정도 차자 몸에서 일어나는 변화를 감지한 것이다.

"마나가 늘어났다고요? 그게 무슨…… 헙!"

플레이어 중에서는 샤를이 가장 먼저 이상을 감지했다.

공교롭게도 이곳에 텔레포트한 직후 상태창을 확인했던 그녀가 제어컨과 반의 경악한 얼굴과 격렬한 반응을 보고 혹시나 싶어 자신의 상태창을 확인했던 것이다.

"마나가 13이나 증가했어!"

"나, 나도!"

"저도 마나가 늘어났어요! 16이나!"

여기저기에서 놀란 사람들의 외침이 튀어나왔다.

"이, 이게 대체 무슨 일인가?"

가장 먼저 놀랐던 제어컨이 느긋하게 식사를 마무리하고 있는 나크 훈에게 물었다.

"여러분이 드신 찜과 구이의 재료는 플고렌스라고 합니다. 특정한 던전이나 오크라강에 서식하는 변종 마수지요. 그런데 놈의 고기를 먹으면 마나가 증가합니다. 내성조차 없어서 영약과는 비교할 수도 없는 천연 영약이라고 할 수 있습니다."

"그럼 자네는 그동안 쭉 이 플고렌스 고기를 먹어 온 건가?"

"그것만이 아닙니다. 다양한 조리법을 익힌 샐리가 콰르와 플고렌스 고기를 매일 식사 때마다 맛있게 먹을 수 있도록 해 주고 있습니다. 물론 식후에 먹는 과일과 심지어 술에도 같은 효과가 있습니다."

그렇다는 건 온 클랜원이 되면 매 끼니마다 이런 천연 영약을 먹을 수 있다는 얘기였다.

"미, 미친!"

제어컨과 반은 그저 그 말밖에는 할 수가 없었다. 너무 황당한 것이다. 설사 왕이라도 이런 호사를 누리지는 못할 테니 말이다.

조금 후에 정신을 차린 두 사람의 입꼬리는 제자리로 내려올 생각을 하지 않았다.

이제 자신들도 온 클랜원들처럼 먹는 행위만으로 정체되어 있는, 아니, 지금은 나날이 조금씩 흩어지고 있는 마나를 불릴 수 있게 되었으니 기쁠 수밖에 없었다.

한편 샤를을 포함한 플레이어들은 여전히 정신을 차리지 못하고 있었다.

'고기와 과일 그리고 술에도 마나 증진 효과가 있다니!'

조금이라도 마나를 늘리려고 돈을 퍼부어서 영약을 구해서 복용한 것은 물론 시간이 날 때마다 마나 연공술과 마력 서킷을 운공해 온 자신들의 노력이 너무 허망하게 느껴졌다.

그에 반해 온 클랜원들은 그저 먹는 것만으로도 나날이 강해지고 있었다.

'저 세 사람이 초랭커가 된 비밀 중 하나가 바로 매일 먹고 마시는 음식이구나.'

자신이 속한 세력에서 감독 겸 지도자로 파견되어 플레이를 해 온 샤를만 해도 모든 등급의 영약을 모두 복용했기에 지금은 레벨업을 했을 때 획득하는 능력치 포인트로 마나를 올리거나 마나 연공술을 통해서 마나를 올리고 있었다.

그 밖에 특정한 퀘스트를 수행하면 마나나 마력이 오르는 경우가 있었지만 그런 퀘스트를 받을 확률이 아주 희박했다. 대부분 히든 퀘스트였기 때문이다.

하지만 탄 대륙인이 아니라서 그런지 마나 연공술을 통해서 마나를 증진시키는 것은 무척 어려웠다. 아침과 저녁에 1~2시간씩 마나 연공을 하지만 기껏해야 1 정도가 오르는 것이 고작이었다.

그러니 한 끼 식사로 마나가 두 자리가 증가하는 것을 보니 눈이 뒤집어질 수밖에 없었다.

'온 클랜에 가입을 하든지 그게 아니면 어떻게든 온 클랜과 함께 움직여야 해!'

레벨업이 문제가 아니었다. 같은 레벨이라도 스탯이 더 높으면 더 강해지는 것이니 말이다. 굳이 경험치를 많이 주는 던전을 찾아다닐 필요가 없었다.

다음 날 새벽, 수련에 참가한 제어컨과 반은 깜짝 놀랐다.

'전사들이 모두 철월검류를 상당한 수준까지 익혔군.'

'온 클랜은 그냥 용병대가 아니었어. 본거지가 없는 검문이었어. 괜히 강한 게 아니었군.'

대원들은 전수받은 지 얼마 되지 않았지만 가온과 나크 훈의 세심한 지도로 인해서 기초 단계인 철강검은 완벽하게 익힌 상태였다.

특히 타람 남매 등 몇 명은 철월광검까지 능숙하게 펼칠 정도가 되었기에, 두 사람은 나크 훈이 오래전부터 이들을 지도해 왔다고 오해할 수밖에 없었다.

그런데 두 사람이 놀랄 일은 더 있었다.

"마나 집적진?"

"마나 집적진이 11개나 된다니!"

두 사람도 마나 집적진을 잘 있었다.

중상급 마정석이라고 해도 한 번 사용하면 적어도 한 달 정도는 충전을 해야 했고, 상급도 일주일은 충전을 해야 했기에 마나 집적진은 쉽게 사용할 수가 없었다.

더구나 충전을 거듭하다 보면 조금씩 충전율이 떨어져서 30회 정도면 더 이상 사용할 수가 없었다. 그러니 당연히 넉넉하게 사용할 수가 없었다.

두 사람이 다닌 기사 아카데미에도 마나 집적진이 있었다.

물론 숫자가 많지 않은 마나 집적진을 이용하려면 성적

이 상위권이거나 단기간에 성적이 급상승하는 등의 성과가 있어야만 했기에 두 사람도 이용해 본 횟수가 그리 많지 않았다.

제어컨의 경우 왕실 기사단에서 근무를 했기 때문에 나크 훈이나 반보다는 더 많이 마나 집적진을 이용했다.

그럼에도 마나 집적진을 이용하는 건 쉽지 않았다. 마나 집적진의 숫자에 비해서 이용하려는 이들이 너무 많았기 때문이다.

그런데 온 클랜은 원하는 모든 대원이 한 번씩 사용할 수 있도록 중상급 마정석을 교체하고 있었다는데, 그 숫자가 무려 55개다.

지금 살 때 기준으로 중상급 마정석은 보통 300에서 600 골드 사이로 유통되고 있음을 감안하면 엄청난 자금력을 보유한 것이다.

"대체 마정석이 얼마나 많기에?"

클랜원이 채 스물도 안 되는 작은 용병대가 한 번에 11개나 되는 마나 집적진을 사용할 정도의 재력을 가지고 있다니, 두 사람은 이해할 수가 없었다.

결국 두 사람의 시선은 가온에게 고정될 수밖에 없었다.

샤론 제국 출신이며 우연히 나크 훈과 연이 닿아서 사사했다는 사실을 빼면 알려진 것이 거의 없는 신비의 인물.

그런 인물이 적어도 수백, 아니 수천 개의 중상급 마정석을 가지고 있다고 생각하니 더욱 신비했다.

마핀이 품고 있던 중상급 마정석이 충전 속도를 가속하는 생기를 품고 있어서 며칠이면 완충할 수 있다는 사실을 모르는 두 사람은 그렇게 오해할 수밖에 없었다.

'아무래도 샤벨타이거 굴에 들어온 것 같은데.'

자신이 원하는 바를 얻기 위해서 잠시 몸을 담그로 했던 온 클랜이 이런 저력을 가지고 있을 줄은 몰랐기에 두 사람은 왠지 으스스한 느낌을 받았다.

그렇다고 마나 집적진을 사용할 기회를 저버리지는 않았다. 누구보다 맹렬하게 마나 연공을 했다.

다음 날 새벽 수련을 마쳐 갈 때쯤, 샤를이 어제의 플레이어들이 아니라 한 노인과 함께 접속했다.

"대장님, 이분은 제가 소속된 PGM그룹을 대표하시는 리노아 그린우드 님이세요."

"어서 오십시오. 온 훈이라고 합니다."

"리노아 그린우드라고 합니다. 어제 대장님이 요청하신 일 때문에 방문하게 되었습니다."

서양인치고는 작은 키였지만 오랜 운동으로 단련된 탄탄한 몸을 가지고 있는 그는, 자주 접속은 하지 않는지 레벨은 낮아 보였지만 평소 어떤 위치에 있는지 알려 주는 듯 범접하기 힘든 기운을 풍기고 있었다.

접속을 하자마자 헤븐힐 일행을 관찰하는 눈으로 헤븐힐 일행을 쳐다보는 것을 보니 이미 신상 정보까지 파악한 모양이다.

"마침 식사가 준비되었으니 일단 함께 드시고 말씀을 나누도록 하지요."

"그렇다면 사양하지 않겠습니다."

리노아는 샤를에게 들은 것이 있는지 기대감이 느껴지는 눈빛으로 말했다.

오늘 아침 식사 메뉴는 루시아산 밀로 만든 빵과 포도잼 그리고 포도주였다.

새벽부터 수련을 했기에 다들 왕성한 식욕으로 자신의 앞에 놓인 쟁반에 쌓인 빵을 잼과 함께 먹었고 포도주로 목을 축였다.

손님인 샤를과 리노아는 처음에는 눈치를 보며 천천히 먹었지만 이내 속도가 빨라졌다. 생각보다 훨씬 더 맛있었기 때문이다.

가온은 그런 두 사람의 모습을 보며 내심 웃었다.

'마나를 품고 있으니 당연히 맛있을 수밖에.'

그렇게 식사를 마친 대원들은 다들 연공에 들어갔다. 그냥 놔두어도 마나나 마력이 소량 증가하지만 마나 연공이나 마력 서킷을 운공하면 최대치의 마나와 마력을 쌓을 수 있었다.

식사를 마친 리노아는 그런 대원들의 모습이 신기한지 쳐다보다가 샤를의 귀엣말을 듣고 상태창을 열어 보는 듯 전방을 쳐다보더니 눈썹이 위로 치솟았다. 놀란 것이다.

그는 레벨이 낮았기에 마나 증진의 폭에 더욱 놀랄 수밖에 없었다.

리노아는 눈매를 좁히고 뭔가 곰곰이 생각을 하더니 차를 권하는 가온의 말에 비로소 정신을 차렸다.

"고맙습니다."

"엘프차입니다. 머리를 맑게 해 주고 적은 양이지만 이계인들의 경우 마나는 물론 스텟까지 올려 주는 효과를 가지고 있습니다."

"……엘프차가 정말 존재한단 말입니까?"

"그럼요. 오늘 드신 음식의 재료들은 모두 엘프들이 재배한 밀과 포도로 만들었는걸요."

"아!"

리노아와 샤를은 이제야 뭔가 알았다는 얼굴이 되어 탄성을 터트렸다.

'온 클랜이 어떻게 강해졌는지 알겠군.'

그동안 초랭커들이 던전을 공략하면서 고용했던 용병들은 이렇지 않다.

맡은바 임무에는 충실하지만 자신을 개발시키고 성장시키려는 노력을 하는 용병을 찾아보기는 쉽지가 않았다.

특히 의뢰가 끝난 용병들은 목숨을 걸고 의뢰를 수행하는
데 따른 스트레스를 풀기 위해서 상당수가 번 돈 대부분은
술을 마시고 여자를 품는 데 사용한다.

건설적인 지출은 방어구나 무기 혹은 포션 등을 사는 정도
에 불과하다.

그런데 온 클랜은 던전에 들어와서도 시간이 나면 항상 수
련을 한다.

거기에 하나를 먹어도 몸에 도움이 되고 마나를 증진시킬
수 있는 음식을 선택한다.

게다가 보아하니 대원 상당수가 한 스승을 모시고 있었다.
용병대가 아니라 움직이는 검문과 같은 세력이나 다름없었
다. 이러니 강해질 수밖에 없었다.

"온 클랜과 동행을 하면 항상 이런 음식들을 먹을 수 있는
건가요?"

"당연하지요. 비용에 모두 포함되어 있습니다."

가온의 대답에 샤를과 리노아는 온 클랜의 의뢰비가 유난
히 비싼 것에 이유가 있었다는 사실을 깨달았다.

"어제 샤를의 보고를 접하고 급하게 회의를 했습니다."

"결론이 났습니까?"

났으니 세력의 수뇌부 중 한 명으로 보이는 리노아가 접속
을 했을 테지만 예의상 그렇게 물었다.

"네. 마침 르테인이 추가로 입고되어 프리우스급 캡슐을

더 제작하고 있던 상태였습니다. 다만 아직 완성이 되지 않아서 사용하려면 한 달 정도는 기다려야 할 것 같습니다."

한 달 정도 기다리는 것은 어렵지 않았다.

그나저나 르테인. 참 오랜만에 듣는 단어다.

'아마 특별한 종류의 마나겠지.'

그래 봐야 마나였다.

"다만 조건이 있습니다."

"말씀하십시오."

"온 클랜의 세 플레이어, 아니 이계인들을 우리 단체의 일원으로 등록하고자 합니다. 물론 형식적인 절차입니다."

"이유는요?"

"아실지 모르겠지만 르테인을 사용하는 프리우스급 캡슐의 사용자는, 그러니까 우리 지구인들이 이곳으로 건너오기 위해서 이용하는 초월 시스템에 등록을 해야 합니다."

"감시 용도입니까?"

"뭐, 그것도 한 이유가 되겠지만 주목적은 정보를 수집하기 위해서입니다. 그래야 다른 사용자들에게 도움이 될 수 있으니까요. 그리고 또 한 가지 목적도 있습니다."

"뭡니까?"

"프리우스 캡슐의 사용자는 플레이, 그러니까 이쪽에서 활동을 하면서 르테인, 그러니까 이쪽에서는 마나라고 부르는 에너지를 몸에 축적하고 이용할 수 있는 능력을 가지게 됩니다. 우리 세상에는 그런 능력을 가진 이가 애초에 없었습니다. 따라서 관리를 해야 할 필요성이 있지요. 평범한 사람들은 절대로 감당할 수 없을 정도로 강력한 힘이거든요."

가온은 리노아의 말을 통해 초랭커들의 또 다른 비밀을 알 수 있었다.

'지구에서 기를 사용할 수 있다는 것은 초인이 되는 거지.'

지구를 암중에서 지배한다고 자부하는 세력으로서는 당연히 관리가 필요하다고 생각할 것이다.

가온은 어쩌면 지구에도 이 탄 차원처럼 던전이 열리는 등의 변고가 생기는 건 아닐까 의심했다. 가능성이 아예 없는 것은 아니었다.

그래도 세 사람의 자유를 고려하면 무조건 수락해서는 안 된다.

"좋습니다. 내 사제 덕분에 그쪽 세상의 사정은 대충 알지만 모두 아는 것은 아니니 다른 얘기는 하지 않겠습니다. 대신 우리 온 클랜원 세 명은 그쪽에 등록을 하는 것일 뿐 사고와 행동의 자유가 있음을 계약서에 명시해 주십시오."

"……아, 알겠습니다. 그렇게 하지요. 온 대장님은 아무래도 저희 세상에 대해서 전부 알고 계시는 것 같습니다."

사실 어떻게든 헤븐힐 일행을 이용하려는 의도를 가지고 있었던 리노아는 가온의 딱 부러지는 말에 그 생각을 포기할 수밖에 없었다.

어쨌든 가온은 리노아가 대표하는 세력의 지원을 받는 스무 명의 초랭커들이 차원 통로를 건너갈 자격을 획득할 수 있을 정도의 공헌도를 챙겨 주고 세 개의 프리우스급 캡슐을 받는 계약을 체결했다.

리노아와의 면담이 끝나자 바로 헤븐힐과 매디 그리고 바로를 불러서 사정을 설명했다.

"그, 그러니까 초랭커들의 배후가 따로 있었다는 거죠?"

"프리우스급 캡슐이라니. 소문은 들었지만 실제로 존재할 줄은 몰랐어요."

"나는 대충 짐작은 하고 있었어. 내가 운영하는 정보 레딧에도 음모론처럼 그런 주장들이 올라오곤 했으니까. 이미 초거대 기업이 되어 이제는 각국 정부조차 간섭을 못 하는 세이뷰어 컴퍼니의 막강한 위세도 수상쩍었고."

다행히 세 사람은 초랭커에 얽힌 저간의 사정을 금방 받아들였다. 그리고 프리우스 등급의 캡슐을 받는 조건도 받아들였다.

이미 가온이 적극적으로 관여한 덕분에 세 사람에게는 유리한 부분밖에 없었기 때문이다.

"레벨뿐만이 아니라 진짜 초랭커가 되었네. 한 달을 어떻게 기다리지."

"그러게, 언니. 처음 게임을 시작할 때는 이런 기회가 올

줄 전혀 몰랐는데."

"누나들, 난 그것보다 현실에서도 마나를 사용할 수 있게 될 거라는 사실이 더욱 흥분되는데."

세 사람은 잔뜩 흥분한 얼굴로 캡슐을 지급받고 사용하는 것과 관계된 절차와 제한 등의 설명을 듣기 위해서 리노아와 면담에 들어갔다.

가온은 그런 세 사람을 보면서 마음이 좀 복잡했다.

'괜히 세 사람을 위험한 일이 끌어들이는 기분이야.'

자신이 아니었다면 이 탄 차원을 어나더 문두스라는 게임의 무대로 알고 즐겁게 플레이를 했을 세 사람에게 세상의 이면에 숨겨져 있던 거대한 비밀을 엿보게 하는 것이 어쩐지 마음에 걸렸다.

그때 벼리의 의념이 전해졌다.

—오빠, 그렇게 생각하지 마세요. 지구에 좋지 않은 일이 벌어졌을 때, 알고 당하는 것과 모른 채 당하는 것은 차이가 아주 커요. 저들은 오빠 덕분에 세상의 이면에 숨겨져 있던 비밀을 알게 된 것을 결코 후회하지 않을 거예요.

묘하게 벼리의 의념이 위안이 되었다.

'그래. 진실이 분명히 있는데 나라도 모르고 당하면 억울할 것 같아.'

아무튼 자신 때문에 헤븐힐 일행은 돌아올 수 없는 강을 건넜다. 이젠 어쩔 수 없었다.

자이언트 웜 사냥

스물두 명이 추가되었으니 거처를 확장해야만 했다.

그 일은 카오스가 전담했는데 기존의 은신처 주위에 마나 집적진이 설치된 방들이 있어서 할 수 없이 아래쪽에 새로운 공간을 만드는 방식으로 해결했다.

이미 이런 지하 구조물을 여러 번 만든 경험이 있는 카오스는 환기까지 고려해서 새 거처를 만들었고 해당 공간을 확인한 사람들도 만족감을 표시했다.

'이제 움직일 때다!'

토벌군은 이제 본격적으로 움직일 테니 자신들도 계획대로 움직여야만 했다.

가온은 일단 마핀 쪽은 엘프들에게 맡기기로 했다.

남은 건 자이언트 웜이다. 3왕자군이 막대한 피해를 감수하면 사냥을 했지만 결국 실패하고 만 거대 변이 마수를 사냥하는 일이니 쉽지는 않을 것이다.

'하지만 방법이 있단 말이지.'

해답은 바로 갓상점에 있었다. 일전에 구입했던 뇌전구와 폭발 화살 그리고 새로 구입한 폭구(爆球)만 있으면 얼마든지 사냥할 수 있었다.

가온은 이계인들을 포함한 대원 모두를 데리고 사스 산맥의 오른쪽으로 향했다.

그곳은 이미 3왕자군이 철수했기 때문에 황량한 황무지만 끝없이 펼쳐져 있었다.

황무지에 몇 안 되는 나무와 덤불 그리고 바위 들을 제외하면 온통 황톳빛이었다.

사람들은 가온을 따라 크고 넓적한 몇 개의 바위 위로 올라갔다.

"어떻게 사냥을 하시려고요?"

나디아가 사람들을 대표해서 물었다.

"일단 내가 미끼가 되어 자이언트 웜을 유인할 겁니다. 놈에게 치명타를 가할 사람들은 바위와 같은 지형 위에서 대기를 하고 있다가 놈이 땅밖으로 튀어나오는 순간에 입안으로 이 구슬들과 폭발 화살을 쏘면 됩니다."

가온이 그간 벼리와 꽤 많은 시간을 들여서 짠 공략법을 설명했다.

"그게 끝인가요?"

너무 쉽게 말하는 가온에 나디아는 물론 다른 사람들도 황당한 얼굴을 했다.

"일단 내가 어떻게 사냥하는지 직접 보여 주도록 하지요. 스톤, 라테는 내가 말한 대로만 해요."

그 말을 남기고 바위 아래로 내려간 가온은 사람들의 눈에서 그리 멀어지지 않은 반경을 뛰어다니기 시작했다.

"반 고문님, 설마 저 정도로 자이언트 웜을 유인할 수 있을까요?"

나디아가 자이언트 웜을 상대해 본 경험이 있는 반 홀랜드에게 물었다.

"충분해. 자이언트 웜은 보통 지하 5미터 깊이에 머무는데, 설치류의 이동도 감지할 정도로 감각이 아주 예민하거든."

"그럼 이 황무지의 5미터 아래에는 놈들이 지나다니는 이동로가 있는 건가요?"

"그렇지. 이 드넓은 황무지의 모든 지역에 놈들의 동체 지름에 해당하는 굴이 수없이 많이 뚫려서 종횡으로 연결되어 있어."

"그런데 왜 굴이 안 무너져요?"

"이 황무지의 흙이 특수한 것 같아. 몇 종의 풀을 제외하면 풀과 나무가 거의 자라지 않는데도 강풍에도 흙이 날리지 않을 정도로 흙의 입자 사이의 결속력이 단단하거든. 그래서 굴이 그렇게 많이 뚫려 있는데도 무너지는 일이 거의 없어."

그렇게 사람들이 둘의 대화에 집중하고 있을 때 가온의 움직임에 이상이 생겼다.

"준비해!"

그렇게 외친 가온이 대원들이 서 있는 바위들 쪽으로 달려오기 시작했다.

쾌보 스킬을 시전한 가온은 무척 빠르게 달렸고 대원들과 열 보 정도까지 거리가 가까워졌을 때 갑자기 속도를 늦추더니 순간 위로 도약했다. 수직이 아니라 포물선을 그리면서 말이다.

그때 가온이 도약하기 위해서 디딘 땅이 위로 솟구치면서 자이언트 웜의 대가리가 따라 나왔다.

처음 보는 사람은 자신도 모르게 눈살을 찌푸릴 정도로 자이언트 웜을 기괴하게 생겼다.

눈은 아예 퇴화되었고 일종의 막으로 여닫는 것으로 보이는 작은 코를 제외하면 안면부의 대부분은 입이 차지하고 있었다.

그런데 그 입 주위에는 마치 톱니처럼 생긴 이빨들이 세 줄로 돋아나 있었는데, 첫 줄의 가장 크고 날카로운 이빨들은 밖으로 향해 삐져나와 있었다.

"쌰!"

가온이 날아오르고 있는 상황이었지만 스톤과 라테는 정확하게 자이언트 웜의 벌린 아가리를 볼 수 있었다.

이미 시위에 화살들을 걸고 있었던 두 사람은 자이언트 웜의 활짝 벌린 아가리 안으로 폭발 화살을 발사했다.

자이언트 웜의 동체가 가온을 따라 구멍 밖으로 2미터 이상 나왔을 때 놈의 몸 내부에서 강력한 폭발이 일어났다. 화살이 만들어 낸 결과였다.

몸 안에서 발생한 폭발에도 불구하고 관성 때문에 기어코 7미터에 달하는 동체 대부분이 구멍 밖으로 빠져나온 자이언트 웜이 격렬하게 요동을 쳤다. 폭발에 의해서 몸 내부가 크게 손상된 것이다.

그때 사전에 말을 맞추었던 나크 훈이 날듯이 놈을 향해 달려갔는데 그의 손에 들린 검에는 찬연하게 빛나는 검기가 생성되어 있었다.

파앗!

검기는 자이언트 웜의 머리 부분을 잔영이 남을 정도로 빠르게 난자했다.

나크 훈은 특별한 검술을 시전한 것은 아니다. 그저 가온이 부탁한 대로 최대한 빠르게 검을 휘두른 것이 다였다.

그런데 그 결과는 놀라웠다. 간헐적으로 꿈틀거리기는 했지만 동체의 앞쪽 1미터 정도가 완전히 난자된 자이언트 웜은 더 이상 움직이지 못하는 것이다.

"고문님, 죽은 겁니까?"

가온이 자이언트 웜을 상대로 파워 드레인 스킬을 펼치는 모습을 보고 죽었는지 확인하는 것이라고 생각한 바로가 마른침을 꿀꺽 삼키더니 반에게 물었다.

그가 3왕자군에 합류했었기 때문에 자이언트 웜을 상대했음을 알기에 한 질문이었다.

"죽은 것 같다. 히유! 이빨은 능히 검기를 감당할 수 있고 거대한 동체와 달리 순식간에 땅 바깥으로 나오고 들어갈 수 있는 데다 심장이 스무 개나 있는 자이언트 웜을 이렇게 쉽게 죽이다니 정말 믿을 수가 없네!"

반 홀랜드는 진심으로 놀랐다.

그 역시 의뢰자였던 이계인들과 붉은곰 용병단의 단원들과 함께 자이언트 웜을 사냥했었는데, 거대한 동체와 달리 엄청나게 민첩하게 반응하는 놈들 때문에 적잖은 피해를 받았음에도 세 마리밖에 사냥하질 못했다.

검기 완숙자인 그가 공격을 하려고 해도 검기를 감지한 순간 순식간에 땅을 파고 들어가거나 꼬리를 엄청나게 빠르게 휘두르는데, 외피가 얼마나 두껍고 질긴지 검기가 아니면 잘라 낼 수가 없었다.

이빨 공격도 그렇지만 꼬리 공격 역시 제대로 맞으면 방어구를 입고 있다고 해도 어지간한 사람은 온몸의 뼈가 모두 부러지고 근육이 파열될 정도로 강력한 위력을 가지고 있다.

아니, 일단 동료들이 있는 곳까지 유인하는 과정이 가장 어려웠다.

그냥 흙을 헤치고 쫓아오는 경우는 그래도 충분히 놈을 유인할 수 있지만 재수가 없어서 굴이 있는 위쪽으로 달리는 경우는 태반이 유인하다가 놈에게 잡아먹혔다.

그래서 3왕자군은 주로 용병이나 불사의 존재로 알려진 이계인들을 미끼로 활용했는데, 지하에 자이언트 웜들이 파 놓은 굴이 얼마나 많은지 살아남는 경우는 채 1할에도 못 미쳤다.

작은 동물의 경우에는 통째로 삼키지만 인간의 경우는 대부분 이빨로 씹어서 절단을 한 다음 삼키기 때문에 이계인들이라고 해도 숨이 끊어지기 전까지 끔찍한 고통과 감각을 고스란히 느껴야만 했다.

사냥에 성공을 하면 그래도 공헌도가 인정이 되지만 그런 경우가 별로 없기 때문에 미끼 역할에 진저리를 친 이계인들과 용병들이 3왕자군을 떠난 것이다.

하지만 굴이 뚫려 있는 지역이 아니더라도 가온이 보여 준 엄청난 주력이라면 자이언트 웜을 원하는 장소까지 충분히 유인할 수 있었다.

반 흘랜드는 가온의 질주하는 모습이 아주 인상적이었다. 그건 달리는 데 특화된 일종의 스킬이 분명했다.

단순히 마나로 다리근육을 강화시켜서 달려서는 그런 속

도가 나오질 않았던 것이다.

"대장님, 이번에는 제가 한 번 유인을 해 보겠습니다!"

가온이 미끼 역할을 할 사람에 대한 말을 꺼내려고 했을 때 퍼슨이 나섰다.

"쾌보를 펼친다면 충분히 유인할 수 있습니다. 도약을 할 때만 조심하세요. 그리고 이번에는 마법사들도 파이어 볼이나 익스플로전 마법을 날려 보십시오."

다른 사람들은 걱정이 가득한 얼굴이었지만 먼저 시험해본 가온은 쾌보 스킬을 펼친다면 놈을 충분히 유인할 수 있을 거라고 확신했다.

그의 경우에는 쾌보에 비해 달리는 속도가 절반에 불과한 질주 스킬을 사용했다.

가온이 확신에 가득한 얼굴로 그렇게 말하자 굳었던 대원들의 얼굴이 풀렸다.

그래도 혹시 몰라서 퍼슨에게 배리어 스크롤 한 장을 주었다. 실드라면 몰라도 배리어라면 한 번 정도는 놈의 공격을 막아 줄 수 있었다.

그리고 거기에 더해서 헤븐힐에게 버프를, 그리고 바로에게는 헤이스트 마법을 부탁했다.

퍼슨의 시도는 성공이었다. 버프와 헤이스트 마법이 적용된 상태로 쾌보 스킬을 펼친 퍼슨은 자이언트 웜의 추격을 여유롭게 뿌리칠 수 있었다.

다만 폭발 화살이나 공격 마법을 놈의 입속으로 날리는 타이밍이 조금 어긋났다. 그래도 일단 동체가 대지 밖으로 드러난 놈에게 화살과 공격 마법 들이 한꺼번에 가해지고 나크 훈이 검기로 머리 부분을 난자해 버리는 데는 문제가 없었다.

결국 대원들은 조를 나누어 자이언트 웜을 사냥하기로 했다.

미끼 역할을 번갈아 수행할 기존 대원 두 명, 버프나 축복 능력자 한 명, 폭발 화살을 쏠 궁사 한두 명, 공격 마법을 퍼 부을 마법사 한두 명, 놈이 다시 땅속으로 도망치지 못하도록 대지의 정령을 소환할 수 있는 정령사 한 명, 힐러나 사제 한 명, 마지막으로 뇌와 심장들이 몰려 있는 머리 부분을 난자할 전사 네다섯 명씩이 한 조를 이루었다.

쾌보를 익힌 퍼슨과 패터, 타람과 로에니, 루크, 라이라가 미끼 역할을 맡았고 스톤과 라테 그리고 세르나가 궁사 역할을 맡았다. 그리고 나머지는 적절한 역할을 맡았다.

다행히 스무 명의 이계인 중에는 버프 능력자가 한 명이 있었고, 마법사는 세 명이나 있어 조를 짜는 데 수월했다.

마법사들은 이제 막 3서클에 입문한 정도지만 충분히 도움이 될 수 있는 수준이었다.

그렇게 만들어진 조는 3개였다. 자이언트 웜의 숨통을 끊어 버릴 수 있는 위력적인 검기를 발현할 수 있는 나크 훈, 제어컨, 그리고 반 홀랜드가 조장이 되어 각각 사냥하기로 했다.

거기에 검기 완숙자인 쿠엘린과 루크, 그리고 데릭이 부조장을 맡아서 만약의 상황에 대비하도록 했다.

당연히 이계인, 즉 플레이어들도 모두 참여했다.

던전 클리어 과정에서 일정한 수준의 업적을 세우려면 위험은 감수해야만 했다.

마법사들이야 당연했고, 검사 중에서는 비록 검기 입문자조차 없었지만 검광 완숙자라면 자이언트 웜에게 어느 정도 대미지를 줄 수 있었다.

가온은 사냥한 자이언트 웜을 상대로 파워 드레인 스킬을 펼치는 한편 텔레포트 마도구를 이용해서 세 조의 이동을 책임지기로 했다.

마핀은 구울로 만들어야 했기 때문에 혹시 몰라서 파워 드레인 스킬을 사용하지 않았다.

대신 자이언트 웜은 심장이 몰려 있는 머리 부분을 난자하는 방식으로 사냥을 하기 때문에 구울로 만들기가 부적합해서 놈들에게만 파워 드레인 스킬을 쓰는 것이다.

사실 자이언트 웜의 사냥에서 가온이 맡은 역할이 가장 중요했다.

3왕자군도 이동 중 가장 많은 피해를 입었을 정도로 이 황무지에서 이동을 하는 건 굉장히 위험했다.

공격을 맡은 이들은 황무지 곳곳에 흩어져 있는 거대한 바위 위에서 대기를 하다가 미끼가 놈을 유인해 오면 공격을 하는 방식의 사냥이다.

걱정과 기대를 가지고 시작한 자이언트 웜의 사냥은 예상했던 것보다는 쉬웠다.

무엇보다 쾌보를 익힌 대원들이 큰 역할을 했다. 지하에 굴이 뚫려 있는 구간이라고 해도 쾌보를 익힌 대원들은 충분히 자이언트 웜의 추격을 피해서 도망을 칠 수 있었기 때문이다.

일단 대원들이 대기하고 있는 바위와 가까운 곳까지 유인을 하면 사냥은 무조건 성공이었다.

유인하는 것도 어렵지 않았다.

원래 쾌보만으로도 충분히 놈을 안전하게 유인할 수 있었는데, 버프와 헤이스트 마법의 도움까지 받으니 안전은 확실하게 챙길 수 있었다.

구멍 밖으로 나온 자이언트 웜의 벌린 입안으로 날아 들어가는 폭발 화살과 공격 마법은 놈의 몸 내부를 엉망으로 만들었고 도망을 치려고 해도 대지의 정령이 구속한 뒤 그 순간을 노린 전사들의 검과 도를 피할 수가 없었다.

설사 자이언트 웜이 폭발 화살이나 공격 마법을 운 좋게

피하고 대지의 정령이 붙잡는 힘을 뿌리쳤다고 하더라도 검
기 완숙자가 포함된 전사들의 공격만은 감당할 수 없었다.

덕분에 가온은 수시로 텔레포트 마도구를 곳곳에 흩어져
있는 암반 지역으로 옮기며 사람들의 이동을 돕느라고 누구
보다 바빴다.

그렇게 하루를 꼬박 투자해서 사냥한 자이언트 웜은 무려
28마리나 되었다.

그동안 3왕자군이 이 황무지에서 사냥한 자이언트 웜이 채
100마리가 안 된다는 점을 고려하면 어마어마한 성과였다.

자신감이 생기자 다음 날부터는 사냥하는 속도가 빨라졌
고 성과 역시 더욱 커졌다.

⬦

자이언트 웜은 예상한 것처럼 성체는 절반 이상은 상급 마
정석을 가지고 있었다.

대신 몸집은 비슷하지만 유난히 약한 개체들도 있었는데
덜 자란 새끼들로 중상급 마정석을 가지고 있었다.

사냥을 시작한 지 이틀이 지난 저녁, 은신처로 돌아온 가
온은 항상 손에 끼고 있는 흡정 장갑을 통해서 마정석의 마
나를 흡수하다가 특이한 사실을 깨달을 수 있었다.

'대지 속성과 금속 속성을 강하게 띠고 있는 상급 마정석

이라……'

대지 속성이 가장 많고 금속 속성은 그에 비하면 대략 절반 수준이었다.

대지의 마탑이 이 사실을 알면 아마 환장을 할 것이다. 아니, 어쩌면 그들도 알고 있을지 모른다.

당장 달리아 고원의 상황이 다급해서 이쪽에 신경을 쓰지 못하는 것일 뿐 자이언트 웜을 노리고 있을 것이다.

'우리 철월검류에는 도움이 되지.'

목 속성이 강한 마핀의 마정석을 코어로 사용하는 마나 집적진은 마나는 물론 스텟까지 올려 주지만, 순수한 금기를 축적해야 하는 철월검류로서는 다른 어떤 것과 비교할 수 없는 보물이나 마찬가지다.

가온은 자이언트 웜의 사체는 필요가 없었기 때문에 마정석을 적출한 후 사체만 갓상점으로 넘겨 버렸다.

마정석이 빠질 경우 한 단계 낮은 등급으로 판매가 되지만 그건 감수하기로 했다.

이틀째 새벽, 가온이 직접 마나 집적진에 자이언트 웜의 상급 마정석을 코어 자리에 끼우고 진을 발동시켰다.

'어마어마하네.'

마나가 쌓이는 속도나 양이 마핀의 중상급 마정석을 사용할 때와는 비교도 할 수 없었다. 대략 10배 이상의 효율을 보이는 것 같았다.

'수량만 확보되면 자이언트 웜의 상급 마정석으로 교체를 해야겠네.'

그렇게 하면 대원들의 마나 보유량이 빠르게 늘어날 것이고 자연스럽게 온 클랜의 전력도 높아질 것이다.

아무튼 온 클랜원들이나 이번에 계약한 플레이어들은 자이언트 웜 사냥만으로 던전 클리어에 상당한 업적을 세울 수 있을 것이다.

적당히 사냥하는 것이 아니라 아예 박멸을 시킬 생각이니 말이다.

그나저나 이쪽 상황은 어느 정도 해결이 되어 가니 예정했던 마핀 사냥도 마쳐야만 했다.

그 생각을 한 가온은 볼일을 핑계로 밖으로 나간 후 바로 생명의 아공간으로 향했다.

생명의 아공간으로 들어간 가온은 자신을 반기는 모둔과 앙헬 그리고 정령들의 환영을 받았다.

가온에게 귀속된 다섯 존재는 이곳에서는 날개가 달린 인간체로 지내고 있는데, 인사가 포옹과 뽀뽀이다 보니 참으로 곤란하면서도 흐뭇했다.

"모둔, 잘 지냈지?"

"네. 온 님 덕분에요."

"엘프들이 벌써 황무지를 개척한 거야?"

이곳으로 오는 짧은 시간에 아공간의 모습을 확인했는데 희한하게도 그사이에 황무지는 더 이상 보이지 않았다.

나무들이 숲을 이룬 곳도 있었고 나머지는 푸른 색깔의 풀밭이 넓게 펼쳐져 있었다.

거기에 엘프들이 신목이라고 부르는 세계수로 보이는 거대한 나무 열 그루가 확장된 공간의 경계에서 자라고 있었는데, 그 주위에는 꽤 큰 나무들이 숲을 이루고 있었다.

"엘프들이 많이 도왔어요."

요컨대 모둔이 주도적으로 개척을 했고 엘프들이 도왔다는 말이다.

가온은 새삼 식물에 한정해서 모둔의 능력이 얼마나 사기적인지 깨달을 수 있었다.

"부족한 건 없고?"

"없어요. 지렁이처럼 꼭 필요한 생물들이 있긴 한데 카오스와 녹스 그리고 마누에게 부탁하면 바로 구해 주거든요."

그리고 보니 가온과 인연을 맺은 것은 모둔이 가장 늦었지만, 어느새 앙헬과 세 정령은 모둔을 마치 큰언니처럼 잘 따르고 있었다.

"다들 고생했어. 카오스와 녹스 그리고 마누는 사냥을 시작하면 한 조씩을 맡아서 위급할 때 좀 도와줘."

지난 이틀 동안 자이언트 웜 정도는 충분히 사냥할 수 있다는 자신감을 얻었지만, 마수 사냥은 조금이라도 방심하면 죽음에 이를 수 있기에 가온은 세 정령이 마지막 보호막이 되기를 부탁하는 것이다.

다행히 세 정령도 자이언트 웜 사냥이 흥미로운지 그의 부탁을 기꺼이 수락했다.

"그런데 주인님, 오늘은 어떻게 오셨어요?"

"엘프들을 만나러 왔어."

앙헬의 질문에 가온이 그렇게 대답을 하는 순간 에르넬과 데이린 등 엘프족 원로들이 달려왔다.

"원로님들, 그동안 잘 지냈습니까?"

"온 님 덕분에 너무나 행복하고 만족스러운 시간을 보내고 있어요. 다들 아주 즐거워하고 있어요."

에르넬이 원로들을 대표해서 인사를 했다.

"온 님, 제 거처로 가셔서 얘기를 나누세요."

모둔의 말에 그녀를 따라가니 엘프의 신목보다 훨씬 더 크고 거대한 나무의 밑동에 엘프식 거처를 만들어 두었다.

실내로 들어가니 공간 마법을 사용한 것처럼 굉장히 넓은 공간이 나타났는데, 들이켜는 것만으로도 정신이 맑아지고 몸이 리프레시 되는 것 같은 싱그러운 나무 향이 났다.

내부는 단출한 엘프들의 집과 달리 소파나 침대 그리고 식탁과 의자처럼 인간들이 많이 사용하는 다양한 종류의 가구들로 채워져 있었다.

물론 대부분 죽은 나무로 만든 것들이었다.

특히 이런 경우를 상정한 것인지 세로로 긴 테이블이 세 개나 있었는데, 의자의 숫자를 모두 합하니 최소 서른 명까지는 함께 앉을 수 있었다.

당연히 가온은 세 테이블과 별도로 따로 앞에 있는 작은 테이블에 앉아야만 했다.

모둔이 가온을 위해서 만들었다는 말에 거절할 수가 없었다.

착석을 한 가온은 엘프들의 정착이 순조로운지를 물었고 대답에 무척 만족했다.

가온 대신 생명의 아공간에서의 시간 흐름을 조절할 수 있는 권한을 부여받은 모둔이 시간을 20배로 적용한 덕분에 엘프들이 이곳에 이주한 지 벌써 꽤 오랜 시간이 흘렀다.

그래서 신목들이 그렇게 커다랗게 성장한 것이다.

일전에 들었던 것이 맞는다면 신목이 왕성하게 자라는 것은 엘프들이 건강하고 풍요롭게 생활하고 있다는 사실을 증명하기에 가온은 기분이 뿌듯했다.

어쨌거나 자신의 공간에 터를 잡은 이들이 아닌가. 이왕이면 행복하고 즐겁게 살았으면 좋겠다.

에르넬의 설명을 들으니 작물도 잘 자라서 이미 한번 수확을 했기 때문에 식량을 충분히 확보했고 새로 확장된 공간에 심은 다양한 허브와 차나무를 포함한 다양한 나무들도 잘 자라고 있다고 했다.

'엘프차와 엘프사를 만드는 데 꼭 필요한 나무들이라니 나중에 둘러봐야겠다.'

머리를 맑게 해 줄 뿐 아니라 마나와 마력을 미량 높여 주는 엘프차는 아주 유명했다.

그리고 엘프족은 더불어 인간이 자연적으로 얻을 수 있는 견사보다 훨씬 질기고 가벼우며 착색이 잘되고 방호력까지 뛰어난 엘프사라는 실을 뽑아낼 수 있는 엘프 누에를 기를 수 있었다.

지금은 탄 차원에서도 아예 볼 수가 없지만 엘프족이 번성했던 고대에는 고위 귀족들은 엘프사로 짠 옷만 입었고 기사들도 방어구 안에 엘프사로 짠 속옷을 입어서 방호력을 높였다고 전해진다.

아마 엘프차와 엘프사가 본격적으로 생산이 된다면 인간의 식생활과 옷 문화에도 큰 영향이 있을 것이다.

가온은 기꺼이 엘프들을 대신해서 두 품목을 유통시킬 생각이었다.

그렇게 화기애애한 분위기에서 그간의 변화에 대해서 대화를 나누고 있을 때 시르네아 대전사장이 나타났다. 뒤늦게 소식을 듣고 달려온 것이다.

가온과 시르네아가 인사를 나누는 것을 보던 에르넬이 뭔가 떠올린 듯 혜지가 가득한 눈으로 고개를 끄덕였다.

"혹시 우리 전사들의 힘이 필요한 상황이 온 겁니까?"

"그렇습니다. 이번 기회에 마핀을 모조리 사냥하려고 합니다. 마핀은 알고 계시지요?"

가온의 말에 시르네아는 물론 원로들의 눈빛이 강해졌다.

"당연히 알지요. 다만 서로의 영역이 너무 달라서 양측 모두 거리를 두고 있었을 뿐입니다."

역시 오랫동안 사스 산맥에서 살아왔으니 마핀을 모를 리가 없었다.

"마핀을 사냥한다는 건 이제 곧 던전을 클리어하시겠다는 의미겠지요?"

"그렇습니다. 아르네시아 왕국의 5만 토벌군이 달리아 고원에서 리치가 이끄는 죽음의 군단을 상대로 진군을 하고 있습니다. 그래서 우리 클랜은 이틀 전부터 산맥 오른쪽의 황무지에서 자이언트 웜을 사냥하기 시작했습니다."

"그럼 우리가 마핀을 맡겠습니다. 굳이 사냥할 이유가 없었을 뿐 그런 변이 마수 정도는 우리의 역량으로 충분히 사냥할 수 있습니다. 시르네아 대전사장, 가능하겠지?"

"물론이에요!"

에르넬 원로의 물음에 시르네아는 흥분한 얼굴로 크게 대답했다.

"그런데 부탁이 있습니다."

"얼마든지 말씀하세요!"

"가능하면 마핀의 숨통이 붙어 있는 상태로 포획했으면 좋겠습니다. 물론 가능하면입니다. 그리고 비타젠 나무의 열매가 보이는 대로 채집해 주시고요."

"충분히 가능한 일이에요."

다행히 시르네아는 자신 있는 얼굴이었다.

"저는 마핀을 사냥하는 과정에서 엘프들이 다치거나 죽는 것은 싫습니다. 그래서 하이엘프 전사들과 숙련된 전사들만 사냥에 참가했으면 좋겠습니다."

최소한 소드마스터 입문자 이상의 실력을 가진 스무 명과 최소한 검기 입문자 이상의 실력을 가진 숙련된 전사만 500 여 명이라고 했으니, 충분할 것이다.

자신의 영혼과 이어진 생명의 아공간에 살고 있는 엘프들이 남 같지가 않아서 꺼낸 말이다.

"온 님이 저희 일족을 아끼는 마음을 잘 알지만, 그건 아니 될 말씀이에요. 전사들은 실전을 겪어야만 성장할 수 있어요."

"시르네아 대전사장의 말이 맞아요. 우리 일족은 피를 싫어하지만 전사는 피를 뒤집어써야만 성장할 수 있어요."

평화를 상징하는 엘프족의 이미지와는 괴리가 느껴지는 말이었지만, 사실 시르네아와 에르넬의 말이 맞긴 했다.

"그럼 얼마나 사냥에 참가할 생각입니까?"

"이곳은 지킬 필요가 없는 천혜의 공간이니 예비 전사까지 모두 동원해서 단시간에 끝장을 봐야지요. 그러면 대략 2천

명 정도 될 거예요."

일전에 듣기로 전사로 불리려면 검광을 피울 수 있어야 한다고 했으니 최소한 검광을 발현할 수 있는 전력만 무려 2천이다.

"좋습니다. 대신 인명 피해가 최소화될 수 있도록 부대 편성을 제대로 해 주십시오. 무기와 방어구 그리고 포션은 얼마든지 지원해 드리겠습니다."

다행히 던전에 들어오기 전에 블랙펄 상단을 상대로 얻은 전리품이 엄청나서 엘프들을 완벽하게 무장시킬 수 있었다.

가온은 곧 자리를 옮겼다. 대전사장들을 포함한 엘프 전사들이 따로 지내며 훈련을 하는 일종의 부대가 운영되고 있었다.

그 자리에서 가온은 대전사장들과 머리를 맞대고 고민한 끝에 10개의 부대를 편성하고 각 부대로 하여금 일정 지역의 마핀을 모두 사냥하는 것으로 의견을 맞추었다.

이동 문제는 가온이 녹스의 도움을 받아서 직접 이동한 후 해당 부대를 의념으로 꺼내기만 하면 되니 문제가 될 것이 전혀 없었다.

"마지막으로 한 가지 부탁이 있습니다."

"뭐든 말씀하세요."

시르네아 대전사장을 포함한 대전사장들은 당장 이 자리에서 목숨을 내놓으라고 해도 바로 이행할 각오를 드러내며 가온을 주시했다.

"마핀의 총보스는 내 손으로 끝장을 내고 싶습니다. 그러니 놈이 나타나면 바로 제게 연락을 주시기 바랍니다."

"하, 하지만……."

"만약 혼자서 감당하지 못하면 절대로 무리하지 않고 여러분에게 도움을 청하겠습니다."

간절하게 느껴지는 부탁이었지만 가온의 실력에 비해 마핀 총보스의 전투력이 월등히 높을 것 같아서 바로 대답을 하지 못하고 있던 대전사장들은 가온이 그렇게까지 말하자 할 수 없다는 얼굴로 받아들였다.

"이건 저와 통신할 수 있는 마통기라는 겁니다. 이것으로 제게 연락을 주시고 대전사장들끼리도 통신할 수 있으니 유용하게 사용하십시오."

가온은 마통기 스무 개를 내밀었다. 원래 온 클랜원들이 사용하려고 구입을 했는지 전투에서 주로 명령을 내리는 가온이 심어를 사용하기 때문에 마땅히 쓸데가 없는 것을 모아 온 것이다.

그룹 간의 통화만 가능한 마통기의 사용법은 간단해서 대전사장들은 아주 쉽게 익혔다.

그렇게 긴 회의를 마쳤지만 밖으로 나오니 겨우 30분밖에 흐르지 않았다.

　가온이 생명의 아공간에 들어오자 모둔이 센스 있게 시간의 흐름을 20배 느리게 설정해 둔 것이다.

마핀 사냥(2)

토벌군이 전혀 눈치채지 못하는 가운데 사스 산맥의 양쪽에서 본격적으로 사냥이 시작되었다.

엘프들은 수가 무려 2천이나 되고 소드마스터가 20명이나 되는 만큼 무서운 속도로 맡은 구역의 마핀을 사냥하기 시작했다.

온 클랜과 이계인들이 연합해서 만든 세 조 역시 빠른 속도로 자이언트 웜들을 사냥하고 있었다.

마핀에 비해서 지능이 많이 떨어지는 데다가 무리 생활이 아니라 독립생활을 하는 놈들의 습성으로 인해서 각개격파가 가능했다.

순조로운 사냥으로 인해서 방심을 하는 이들도 나왔지만

각 조의 이동을 책임지고 있는 가온은 매번 이동을 할 때마다 헌터라면 모름지기 슬라임을 사냥할 때도 최선을 다한다는 잔소리를 해서 혹시 모를 위험을 방지했다.

사흘째 사냥에서 엘프 쪽은 폭발 화살을 적절하게 이용해서 1만여 마리의 마핀과 400여 마리의 마핀 보스를 사냥하는 성과를 거두었다.

화살에 마나를 실을 수 있으며 하나같이 명궁인 엘프들에게 일반 마핀을 사냥하는 것은 아주 쉬웠다.

숨을 붙여 둔 채로 포획하는 것이 좀 성가시지만 어려운 일은 아니었다.

다만 보스 사냥은 좀 위험했다. 보스의 경우에는 가온의 부탁대로 놈이 거대화 스킬을 사용하는 상태에서 사냥을 했는데, 죽이는 것이 아니라 숨만 붙여 둔 상태로 사로잡아야만 했다.

거대화한 마핀 보스의 능력은 몇 배로 높아져서 아주 위험했다. 하지만 소드마스터급 대전사장 두 명에 정령사이기도 한 숙련된 전사 20여 명이 포함된 정예 부대가 가온이 이럴 때 쓰라고 준 스파이더 웹을 사용하면 충분히 감당할 수 있었다.

대지의 정령과 나무의 정령이 흙과 나무 덩굴을 이용해서 놈의 움직임을 구속하는 방식으로 두 대전사장을 도왔고, 바람의 정령은 놈이 부상을 입고 힘이 빠지면 스파이더 웹으로 놈을 고치처럼 감싸는 방식으로 포획하는 것이다.

거대화한 마핀 보스를 사냥하는 과정에서 특히 많은 부상자가 발생했지만 엘프들은 크게 신경을 쓰지 않았다. 죽지만 않으면 얼마든지 포션으로 치료할 수 있었기 때문이다.

엘프들은 굳이 온 클랜이 한 것처럼 개활지를 만들어서 마핀을 사냥할 필요가 없었다.

그들의 활 솜씨는 탄 대륙의 전설 이상으로 무시무시했고, 400여 명은 화살에 마나를 담을 수 있었다.

심지어 거대화한 마핀 보스들도 쏟아지는 화살 세례에 큰 대미지를 받았다.

가온이 지급한 강철 화살에 마나가 실려 있어서 생체 보호막은 부서지고 전신에 수많은 화살이 박힌 상태로 대전사장 두 명이 포함된 정예 부대를 상대해야 했다.

거기에 숲은 마핀뿐 아니라 엘프에게 최고의 활동 무대이기도 했다.

그들은 마핀보다 더 빠르고 가볍게 나무를 타고 이동할 수 있는 능력이 있었고, 정령들은 마핀이 그들을 감지하기 훨씬 이전에 상대의 위치를 파악할 수 있었다.

처음으로 사냥을 하게 된 예비 전사들 중에서는 꽤 많은 중경상자가 나왔지만, 그건 포션으로 충분히 치료할 수 있었다. 그래서 그렇게 많은 인원이 동원되었음에도 사망자는 불과 몇 명밖에 안 나왔다.

한마디로 평소에는 일정한 영역에서 혼자 지내는 수컷 마핀은 엘프에게는 아주 만만한 사냥감이었다.

게다가 엘프들은 숲에서 밤을 보내지 않아도 된다. 해가 질 무렵이 되자 가온이 각 부대가 집결한 곳에 나타나서 종일 수고한 엘프 전사들이 마음 놓고 푹 쉴 수 있는 생명의 아공간으로 돌려보낸 것이다.

게다가 종일 고생했다면서 가온이 내준 것은 모둔이 익힌 비타젠 열매였는데 과육은 물론 씨까지 먹으라고 했다.

대가를 바라고 온종일 마핀을 사냥한 것은 아니지만 달랑 과일 하나씩만 받았기 때문에 당연히 이상하게 생각하는 엘프들도 있었다.

하지만 그들이 먹은 과일은 맛도 훌륭했지만 먹고 난 직후 심신의 피로가 풀리고 마나까지 증진되는 효과까지 있어서 엘프 전사들에게는 그 어떤 보상보다 달콤했다.

신기한 것은 그 많은 엘프들이 비타젠 나무를 살폈지만 익은 열매는 거의 볼 수 없었는데, 그 많은 수량이 가온에게서 나왔다는 점이다.

엘프들도 비타젠 열매를 많이 봤지만 열매가 익은 직후 나뭇잎이 수북하게 쌓인 바닥에 떨어져서 30분도 안 되어 썩어 버린다는 사실을 모르기에 신기하게 생각할 수밖에 없었다.

그렇게 엘프들이 생명의 아공간으로 돌아가면 가온은 엘프들이 채집한 비타젠 열매들을 모두 챙긴 후 숨만 붙어 있는 상태로 포획한 마핀 보스의 숨통을 끊고 구울로 만들었다.

이제 성공률이 실패율을 앞섰기에 하루에 250마리 정도는 구울로 만들 수 있었다.

'아무래도 아공간을 더 확장해야겠구나.'

가온은 10만 포인트를 들여서 사체 전용 아공간을 100배로 확장했다.

배보다 배꼽이 더 컸지만 꼭 필요한 투자였기에 기존에 모은 포인트를 사용하지 않고 사냥한 마핀 중 그에 해당하는 사체를 갓상점에 넘겨서 충당했다.

이제 새로운 목표는 거대화한 마핀 보스 구울을 2천 마리로, 그리고 일반 마핀 구울을 1만 마리까지 만드는 것이다.

덕분에 가온은 밤늦게까지 구울을 제작해야만 했지만 곧 코벨리아라는 흑마법사가 토벌군에 합류해서 크게 활약을 한다는 사실을 알기에 힘든 줄도 몰랐다.

그렇게 닷새 동안 사냥이 더 이어졌지만 사스 산맥이 워낙 광대해서 그런지 아직 양쪽 모두 총보스와 조우하지는 않았다.

그래도 끝은 보였다.

'이제 얼마 남지 않았어!'

10개나 되는 엘프 부대의 활약으로 인해서 마핀의 서식지는 거의 4분의 3에 이르는 구역을 토벌했다. 갈수록 마핀의 숫자가 감소하고 있는 것을 보면 마핀 쪽도 누군가 자신들을 사냥하고 있다는 사실을 알고 있는 것 같았다.

그에 반해서 자이언트 웜의 서식지인 황무지는 대략 3분의 1 정도 정리를 했는데, 하루에 사냥하는 숫자는 거의 동일했다.

자이언트 웜은 마핀과 달리 사냥당하고 있다는 사실을 모른다는 증거였다.

그래도 양쪽 다 곧 총보스와 만날 수 있을 것이다.

스켈레톤과 구울 제작도 계획대로 되어 가고 있었다.

매일 저녁 엄청난 숫자의 언데드를 제작하다 보니 성공률이 크게 높아져서 거대화한 마핀 보스 구울은 벌써 1,200마리가 넘었고 일반 마핀 구울도 6천 마리가 넘었다.

스켈레톤의 경우 1천 마리가 완성되어 더 이상 만들지 않았다.

가온은 사나흘 정도면 목표를 달성할 수 있을 거라고 생각했다.

'구울들을 한꺼번에 풀면 난리가 나겠지.'

온 클랜의 전력도 막강하지만 마핀 구울들의 전력은 그야말로 무지막지할 것이다. 물론 언데드라서 함부로 사용할 수 없다는 제한이 있기는 하지만 말이다.

그렇게 사냥을 하는 동안에도 제어컨은 매일 저녁 정해진 시간에 후배인 호론과 마통기를 사용한 통신을 통해서 전황을 파악하고 있었다.

토벌군은 앞으로 진군은 하지 않았지만 5만에 가까운 정예 군세를 이용해서 고원의 절반에 해당하는 지역을 거의 다 정리했다.

처음과 달리 스켈레톤과 같은 본 언데드뿐 아니라 트롤과 오우거 구울까지 등장했지만, 그 정도는 충분히 감당할 수 있는 실력자들이 많이 가세한 것이다.

이제 달리아 고원의 입구에서 온 클랜이 배신을 당했던 운석공까지, 즉 고원의 절반은 더 이상 흑마법진을 찾아볼 수 없었다.

그동안 토벌군이 모두 소멸시킨 것이다.

그런데 그날 저녁, 기다리던 소식이 들어왔다.

"대장, 토벌군이 드디어 정리를 끝내고 진군을 결정했다고 하네. 그리고 가제타와 레너드가 포함된 부대가 황무지 쪽인 우측 지역의 개척 임무를 맡았다고 하네!"

제어컨이 흥분한 얼굴로 그 소식을 전했다.

드디어 복수할 타이밍이 왔다.

"그리고 새로운 소식도 있네. 최근에 토벌군에 합류한 흑마법사 몇 명도 가제타 부대에 포함이 되었다고 하는군."

"혹시 흑마법사의 이름을 아는지 물어보십시오."

하지만 정보원인 호론은 그것까지는 알지 못했다. 다만 코벨리아라는 흑마법사가 토벌군의 주력인 1왕자군에 머무르고 있다는 사실만큼은 알고 있었다.

'그럼 문제가 없지.'

예지몽에서는 7서클로 알려진 코벨리아만 없다면 문제 될 건 없었다.

"내일부터 진군하는 겁니까?"

"그건, 잠깐만. 아! 사흘 후에 대대적으로 밀고 올라가기로 했다고 하네."

'애매하네.'

가온은 이왕이면 마핀 쪽이든 자이언트 웜 쪽이든 한쪽은 정리를 하고 난 후 고원 쪽에 집중하고 싶었지만, 그건 그의 마음대로 되는 일이 아니었다.

'할 수 없지. 최선을 다해 보는 수밖에.'

마핀 쪽이 더 많이 정리가 되었으니 이틀 안에 총보스가 모습을 드러냈으면 좋겠다.

가온의 바람을 들은 걸까? 이틀이 지난 오후 시르네아로부터 급하게 연락이 왔다.

–드디어 마핀 총보스를 발견했어요!

"부대 운용을 당장 멈추고 그 자리에 계십시오. 바로 가겠습니다!"

가온은 자이언트 웜을 사냥하고 있는 온 클랜과 이계인들에게 급한 일로 자리를 비울 테니 그동안 쉬고 있으라는 말을 남기고 녹스의 도움을 받아서 바로 시르네아 부대가 있는 곳으로 공간 이동을 했다.

위치는 아침에 아공간에서 꺼내 줄 때 기억해 두었다.

해당 장소에는 역시 아무도 없었다. 이미 반나절 이상 사냥을 했기 때문이다.

투명날개를 장착해서 흔적을 따라 이동하길 10여 분. 마침내 엘프 전사들이 모여 있는 곳을 발견할 수 있었다.

가온이 날아 내리자 이 부대를 이끄는 시르네아와 에릴이 그를 반겼다.

"총보스를 발견했다고요?"

"네. 서북쪽으로 500보 정도 떨어진 곳에 있는데 지금 모든 부대가 포위를 마친 상황이에요."

"놈이 혼자 있지는 않을 테고 얼마나 모여 있습니까?"

"사흘 전부터 모여든 것으로 보이는데 바람의 정령들을 풀어서 확인해 보니 일반 마핀은 대략 1만 정도이고 마핀 보스는 800마리 정도인 것 같아요."

생각보다 많이 모였다.

일반 성체야 그리 부담스럽지 않지만 마핀 보스가 800마리나 된다면 2천여 명의 엘프 전사들 중에서도 상당한 사상자가 나올 것이다.

잠시 고심하던 가온이 마통기를 들었다.

"모두 잘 들으십시오. 일단 후방으로 500보 정도 후퇴하십시오. 그곳에서 대기를 하고 있으면 모여 있던 마핀들이 사방으로 흩어질 겁니다. 나오는 놈들을 사냥하되 이번에는 폭발 화살을 아끼지 말고 사용하십시오. 놓쳐도 되니 사망자가 나오는 것을 최소화하는 쪽으로 작전을 진행하세요."

가온은 어제까지 만든 구울의 숫자를 확인해 보았다. 보스 구울이 1,500마리였고 일반 구울은 7,500에 달했다.

하지만 이번 사냥에서 마핀 구울을 쓸 계획은 없었다. 더 좋은 계획이 있었던 것이다.

1천 보, 즉 대략 7킬로미터 반경에 마핀들이 모여 있다면 쓸 수 있는 특별한 무기가 그에게 있었다.

-치직! 대장님. 정말 마핀들이 흩어질까요?

독특한 음색을 보아하니 시르네아와 쌍벽을 이루는 실력을 가진 세데린 대전사장이었다.

그녀만 그렇게 생각하는 것은 아닌지 다른 하이엘프들도 확인을 구해 왔다.

"네. 믿으십시오. 그렇게 될 테니까요. 그리고 이번에 총보스는 제가 직접 상대할 텐데 저 역시 거대화 스킬을 사용할 테니 놀라지 마십시오. 미리 전사들에게도 그 사실을 주지시키고요."

-……대장님이 거대화 스킬을 쓸 거라고요?

세데린은 물론이고 곁에서 통신을 듣고 있던 세르네아와 에릴도 눈이 휘둥그레졌다.

"그렇습니다. 그러니 각 부대는 사방으로 도망치는 마핀들만 상대하면 됩니다. 흥분해서 총보스가 있는 쪽으로 접근하면 안 된다는 점을 명심하세요!"

가온은 거대화 스킬에 더해서 허니비, 즉 골드비를 활용할 생각이다. 이 녀석들은 벌집이 있는 곳에서 대략 7킬로미터 거리 안에 있는 모든 침입자를 공격하는 습성이 있으니 이번에 활용하기에 아주 적당했다.

가온은 시르네아 부대가 후퇴하는 것을 확인한 후 은신 스킬을 사용한 상태로 투명 날개를 이용해서 마핀 총보스가 있다는 방향으로 날아갔다.

'저놈이 마핀 총보스로구나!'

대략 3.5킬로미터 정도 날아가자 나뭇가지마다 빽빽하게 앉아 있는 마핀들을 볼 수 있었고 비타젠 나무 수십 그루를 부러뜨려서 만든 중앙의 공터에는 키가 10미터가 넘는 거대한 체구의 마핀이 서 있었다.

'기세는 무시무시하네.'

놈의 주위에는 역시 거대화한 마핀 보스 수백 마리가 가득했다.

인간들의 공격을 대비해서 총보스가 소집령이라도 내린

것 같았다.

놈들도 꽤나 높은 지성이 있는지 총보스가 뭐라고 **삑삑거**릴 때마다 나머지 놈들은 환호성처럼 괴성을 질렀는데, 보아하니 사기를 높이는 연설이라도 하는 모양이다.

가온은 생물 전용 아공간에서 골드비의 벌집들을 하나씩 꺼내어 총보스의 뒤쪽에 있는 거대한 나무를 향해 던지기 시작했다.

던진 벌집은 무려 스무 개. 거대한 벌집 안에는 수없이 많은 골드비들이 들어 있었는데, 나무와 부딪힌 충격에 놀라 모조리 밖으로 나왔다.

웽! 웽! 웽! 웽!

나무 주위의 공간은 수없이 많은 골드비로 인해서 온통 황금빛으로 물들었고 날갯짓 소리로 가득했다.

시간이 흐르지 않는 아공간에서 지내던 놈들은 이내 부서진 벌집을 발견했고 여왕벌의 명령에 따라서 동족이 아닌 마핀 총보스의 짙은 페로몬을 맡고 순식간에 광분해 버렸다.

50만 마리가 넘는 골드비들은 모여서 투기를 발산하고 있는 마핀 무리를 향해 날아갔고 그 큰 공간은 곧 고통스러운 비명과 경악해서 내지르는 괴성으로 가득 찼다.

개중에는 순식간에 온몸이 퉁퉁 부어서 죽어 버린 마핀들도 많았다. 독이 심장까지 침투해서 박동을 멈추게 만든 것이다.

'생명의 아공간에 자리를 잡은 골드비의 꿀이나 로열젤리의 효능이 루시아의 그것보다 더 높아진 것만큼 독도 강해졌다고 하더니 사실이었네.'

예전에도 골드비의 독침에 쏘여서 죽은 인간이나 후와 들이 없었던 것은 아니지만, 그 시간이 굉장히 많이 단축된 것으로 보아 독성이 강해진 것 같았다.

그렇게 가온이 풀어 버린 50만 마리 이상의 골드비로 인해서 모인 마핀들이 인간을 향해 분노를 불태우며 투기를 발산하던 분위기는 삽시간에 엉망으로 변해 버렸다.

거대화한 마핀 보스들은 그나마 생체 보호막으로 버티고 있었지만 일반 마핀들은 그야말로 끔찍한 상황에 직면했다.

거대한 나무를 부러뜨리고 바위를 부술 수 있는 단단하고 날카로운 송곳니나 손톱 발톱으로는 삽시간에 온몸을 에워싸는 작은 골드비를 어찌할 수가 없었기 때문이다.

마핀들은 방금 전까지 무슨 행동을 하고 있었는지도 잊어버린 채 비명을 지르며 골드비를 피해서 사방으로 도망치기 시작했다.

마핀 보스들도 예외는 아니었다. 비록 생체 보호막이 있다고는 하나 수없이 많은 독침에 뚫리고 재생성이 되는 과정에서 마나가 급속히 소모되고 있었다.

결국 10여 분이 지난 후 1만이 넘는 마핀들이 모여 있었던 공터 주위는 불과 50여 마리의 마핀들만이 남아 있었다.

총보스와 암컷들 그리고 친위대 격인 보스들이었다.

그들도 사정은 좋지 않았다. 온몸이 황금색으로 바뀐 것처럼 머리부터 발끝까지 수없이 많은 골드비들이 달라붙어서 연신 생체 보호막에 독침을 쏴서 구멍을 만들고 있었기 때문이다.

물론 공터는 최대 열 개까지 생성할 수 있는 독침을 모두 사용한 후 힘을 잃고 바닥으로 떨어져 죽어 가는 골드비들로 가득해서 마치 황금 판을 깐 것처럼 아름답게 보였다.

그때 마핀 총보스의 입이 열렸다.

그아아아앙!

나무 수십 그루를 부러뜨려 만든 공터 전체가 지진이 난 것처럼 거칠게 흔들렸다. 대지만이 아니라 공기까지 거세게 진동했다.

후드드드.

놈의 괴성에 그 많던 골드비들이 모두 바닥으로 추락했다. 로어에 포함된 강한 살기가 파동화되면서 골드비들을 죽인 것이다.

하지만 침입자에 대한 공격 본능밖에 없는 새로운 골드비들이 다시 공터로 몰려들었다.

'이크! 구경만 하고 있을 수는 없지. 다 나와!'

앙헬은 마핀들에게 능력을 약화시키는 저주를 걸었고 녹스는 독을 살포했으며 카오스는 땅속의 수맥을 끌어 올려 바닥을 진창으로 만들었다.

그리고 마지막으로 마누가 전격을 방출했다.

츠즈즈즈.

황금색으로 가득했던 공터는 순식간에 시퍼런 뇌전으로 가득했다.

그사이에 가온은 마나 탄으로 친위대 격인 마핀 보스들의 머리통에 구멍을 뚫어 버렸다.

구울로 만들면 좋은 재료였지만 지금은 거기에 신경을 쓸 수가 없었다.

마핀들은 온통 뇌전으로 가득해서 시야가 시퍼렇게 변한 상황에서 날아오는 마나 탄의 존재를 감지하지 못하고 머리통에 구멍이 뚫린 채 죽어 갔다.

용케 마나 탄을 맞지 않은 마핀 보스들은 거대화에 이어 골드비의 공격을 막고 생체 보호막을 유지하느라 이미 상당한 양의 마나를 사용한 상태에서 저주에 걸렸고 중독이 된데다 전격 공격까지 받자 하나둘 견디지 못하고 쓰러지기 시작했다.

얼마 후 전격이 사라진 공터에 두 발로 서 있는 마핀은 불과 여섯 마리밖에 없었다.

총보스와 세 암컷 그리고 거대화한 몸집이 총보스에 근접하는 수컷 세 마리가 전부였다.

공격 본능이 그렇게 강한 골드비들도 더 이상 공터 쪽으로는 접근하지 않았다.

'이제 내 차례군.'

남은 전격이 대지 속으로 사라지는 공터 한구석에 착지한 가온은 앙헬과 정령들을 물린 후 은신과 투명날개를 해제했다.

쿠아아아앙!

마핀 총보스는 자신보다 더 큰 몸집의 인간을 보는 순간 상대가 이 모든 일의 원흉임을 직감하고 분노와 살기가 가득한 로어를 내질렀다.

하지만 골드비에게는 먹혔던 음파는 가온에게는 아무런 영향도 주지 못했다. 거대화를 한 가온의 몸 주위에는 파동 공격을 막을 수 있는 강력한 생체 보호막이 생성되어 있었기 때문이다.

그런 가온의 손에는 길이 12미터에 폭이 1미터나 되는 검은 대도(大刀)가 쥐여 있었다.

점보 던전에 들어오기 전에 갓상점에서 구입한 흑사자였다.

지이이잉.

처음 실전에 사용하는 흑사자에 마나를 주입하자 녀석이 반갑다는 듯 격렬하게 진동하면서 울기 시작하더니 이내 도신과 동일한 검은색의 오러 블레이드를 생성했다.

'그동안 마나의 양이 꽤 늘긴 했지만 이 정도는 아닐 텐데.'

겨우 오러 블레이드를 생성할 수 있게 된 것이 얼마 전이라서 더욱 이해가 가질 않았다.

그때 벼리가 정답을 말해 주었다.

-오빠, 지금은 '유인원 학살자' 칭호가 활성화되어 있어요.

역시 그랬다. 마나 집적진까지 사용해서 연공을 해 왔지만 이렇게 큰 차이가 날 리가 없었다.

어쨌거나 칭호 덕분에 전투력이 3할이나 높아졌기 때문에 이전과 달리 오러 블레이드를 생성하는 것이 그리 어렵지 않았다.

현재 수준이라면 대략 10분 정도는 마음 놓고 오러 블레이드를 사용할 수 있을 것 같았다.

가온은 자신을 대상으로 버프와 스트렝스 등 능력을 높일 수 있는 마법을 차례로 건 후 마핀들을 향해 천천히 걷기 시작했다.

쿠라라랏!

마핀 총보스의 외침에 수컷 세 마리가 가온을 향해 달려왔다.

'스킬도 제대로 쓰지 못하는 놈들이야!'

그래도 2왕자군의 소드마스터들을 상대해 본 놈들인지 달려오는 놈들의 손톱에는 오러 블레이드와 동일한 오러 네일이 솟아나 있었는데, 길이가 가온의 오러 블레이드와 비슷한 1미터 정도였다.

파앗!

바닥을 강하게 박차고 도약한 가온의 거대한 몸이 가장 앞서 달려오는 마핀을 향해 떨어졌다.

원래라면 굉음이 터졌어야 했는데 놀랍게도 '슥' 하는 가벼운 소성만 들렸고, 가온의 흑사자가 놈의 오러 네일을 가르고 거대화한 육체까지 세로로 쪼개 버렸다.

강기의 수준에서 차이가 큰 것이다.

그때 나머지 두 마핀의 손톱이, 가온이 바닥에 착지할 위치를 향해 빠르게 날아왔다.

하나는 달려오는 속도를 이용해서 열 개의 손톱으로 심장을 찌르는 공격이었고, 다른 한쪽은 머리와 사타구니를 붙잡으려는 것 같은 공격이었다.

놈들은 이 합공이 당연히 통할 거라고 생각했다. 거대화한 가온의 몸은 놈들보다 더 커서 키가 13미터에 달했고 마침 떨어져 내리는 중이었기 때문이다.

하지만 놈들의 기대는 충족되지 않았다. 마치 허공에 발판이라도 있는 것처럼 떨어져 내리던 가온의 몸이 허공을 밟고 다시 도약을 한 것이다.

두 마핀 보스는 몸을 멈출 새도 없이 가온이 본래 착지해야 할 공간에서 서로 부딪혔다.

꽝! 꽈앙!

있는 대로 마나를 끌어 올렸던 상황이었기에 유형화된 오러들이 강하게 부딪혔고 이어서 놈들의 거대한 몸이 거세게 충돌했다.

퀵! 크악!

거친 충돌의 충격에 당황한 마핀들의 손톱에서 순간 오러 네일이 사라졌을 때 대각선으로 떨어져 내리던 가온이 흑사자를 횡으로 휘둘렀다.

스윽! 써걱!

처음에는 가벼운 소성이, 그리고 곧이어 파육음이 이어졌다.

마침내 바닥에 착지한 가온의 눈앞에는 눈이 화등잔처럼 커진 두 마핀의 머리통이 거대한 육체에서 차례로 이탈하는 모습이 연출되었다.

'이 정도면 입문 단계는 지난 셈인가.'

간신히 오러 블레이드를 생성했을 때와 비교하면 그야말로 상전벽해(桑田碧海)였다.

한편 곧 자신에게 도전할 것으로 예상했던 세 수컷 마핀이 순식간에 거대한 인간의 거대한 검에 죽어 버리자 마핀 총보스의 눈빛이 바뀌었다.

놈은 자신의 상태를 확실하게 파악하고 있었다.

어떤 독인지 모르지만 중독이 된 상태였는데 혈관을 타고 도는 독은 신경에 손상을 주어 육체 능력을 저하시키고 있었다.

거기에 골드비와 전격으로부터 몸을 보호하기 위해서 생체 보호막을 두껍게 유지하느라고 꽤 많은 마나를 소모했다.

놈은 자신보다 훨씬 거대한 몸집을 가지고 있는 인간의 힘을 더 빼야만 한다고 생각했다.

그래서 두려운 눈으로 자신의 눈치를 보고 있는 세 암컷에게 눈빛으로 명령을 내렸다, 저 인간을 공격하라고.

결국 암컷들은 내키지는 않았지만 보스의 명령을 거역하지 못하고 두려움을 이기려는 듯 괴성을 지르며 가온을 향해 달려왔다.

'제대로 실전을 겪어 보지 못했군.'

방금 전에 죽인 세 마핀 보스와 달리 불룩 튀어나온 가슴에 털이 전혀 없는 암컷들은 수컷들과 달리 제대로 된 강기조차 생성하지도 않은 채 나란히 뛰어오고 있었다.

가온은 강철 창 세 자루를 꺼내 차례대로 던졌다.

물론 마나를 최대로 주입해서 오러 스피어가 생성된 창들이었다.

세 암컷은 거대한 인간이 창을 던지는 모습을 본 즉시 발길을 멈추고 손톱으로 마나를 있는 대로 집어넣어 강기를 생성해서 창을 쳐 내려고 했다.

하지만 오러 스피어로 인해서 원래보다 1.5배는 더 커진 거대한 창은 마나가 균형과 조화를 이루지 못한 상태에서 만든 강기와 손톱을 부수고 순식간에 심장 부위를 꿰뚫었다.

심장이 부서진 세 암컷은 창의 자루를 잡고 꺽꺽거리다가 이내 앞으로 엎어졌는데 거대화가 풀리는 것으로 보아 바로 죽은 모양이다.

이제 남은 건 마핀 총보스밖에 없다.

놈은 아끼던 세 암컷까지 허망하게 죽자 눈이 시뻘겋게 변해서 분노가 가득한 괴성을 내지르며 가온을 향해 달려왔는데, 놈의 손톱에는 3미터에 달하는 오러 네일이 솟아나 있었다.

쿵! 쿵! 쿵!

키는 가온보다 작지만 얼마나 잘 쳐 먹었는지 몸은 더 육중한 놈이 한 번 내디딜 때마다 땅이 요동을 쳤다.

가온 역시 오러 블레이드가 솟아난 흑사자를 쥔 채 앞으로 내달렸다.

꽈앙!

흑사자의 오러 블레이드와 놈의 오러 네일이 부딪히면서 굉음이 터졌다.

가온과 마핀 총보스는 한 치도 물러서지 않고 서로를 향해 오러 블레이드와 오러 네일을 휘둘렀는데 연신 굉음이 터져 나왔다.

그렇게 근접해서 싸우던 가온이 마핀 총보스의 오러 네일에 내재된 힘을 이기지 못하고 뒤로 두 걸음 물러났다.

이전에 상대했던 마핀 보스들에 마나를 맞춘 것이 실수였다.

마핀 총보스는 자신이 승기를 잡았다고 생각했는지 살벌하게 웃으며 광포한 기세를 방출하며 가온을 향해 몸을 날렸다.

다음 권으로 이어집니다

예지몽으로
히든랭커

Taming Master
테이밍마스터
시즌3

박태석 게임 판타지 장편소설

테이밍 마스터, 히든 시나리오 발생!
신에게도 버림받은 세상을 구하라!

신이 되기 위한 여정을 떠나시겠습니까?
조건을 충족할 때까지 기존의 세계로 다시 돌아올 수 없습니다.

신이 사라진 세계 베리타스로
신격을 얻으며 서버 이전된 이안

고대 유물은 이안이 쓰던 아이템인 데다
동고동락한 소환수들에 대한 설화까지 있다고?

전 세계 실력자가 모인 서버에서
카일란의 전설 이안, 새로운 신화가 된다!

꿈의 도약, 로크에서 하십시오
(주)로크미디어에서 신인 작가를 모십니다

즐거운 세상, (주)로크미디어는 꿈을 사랑하고 도전을 두려워하지 않는 작가분들의 참신한 작품을 기다리고 있습니다. 21세기 장르 문학계를 이끌어 갈 차세대 선두 주자 (주)로크미디어에서 여러분의 나래를 활짝 펴 보시길 바랍니다.

모집 분야 판타지와 무협을 포함한 장르 문학
모집 대상 아마추어 작가, 인터넷 작가
모집 기한 수시 모집

작품 접수 시 유의 사항

1. 파일명은 작가명_작품명.hwp 형식을 갖춰 주십시오.
1. 파일에 들어갈 내용은 다음과 같습니다.
   - 성명(필명인 경우 실명을 밝혀 주세요), 연락처, 이메일 주소.
   - 제목, 기획 의도.
   - A4용지 1장 분량의 등장인물 소개.
   - A4용지 2장 분량의 전체 줄거리.
   - 본문.
1. 작품이 인터넷에 연재되고 있다면, 게시판명과 사이트의 구체적이고 정확한 주소를 기재해 주십시오.

선택된 작품은 정식 계약 후 출판물로 간행되어 전국 서점에 유통됩니다.
작가분은 (주)로크미디어의 전폭적인 지원하에 전속 작가로 활동하시게 됩니다.
※ 자세한 내용은 로크미디어 홈페이지(rokmedia.com)를 참조하세요.

(03920)서울시 마포구 성암로 330 DMC첨단산업센터 3층 318호
(주)로크미디어 편집부 신간 기획 담당자 앞
전화 : 02)3273-5135
www.rokmedia.com   이메일 : rokmedia@empas.com

The Final
더 파이널

유성 퓨전 판타지 장편소설

「아크」「로열 페이트」「아크 더 레전드」
작가 유성의 새로운 도전!

회귀의 굴레에 갇혀 이계로의 전이와 죽음을 반복하는 태영
계속되는 죽음에도 삶에 대한 의지를 불태우던 어느 날

갑자기 시작된 침식으로 이계와 현대가 합쳐진다!

두 세계가 합쳐진 순간,
저주 같던 회귀는 미래의 지식이 되고
쌓인 경험은 태영의 힘이 되는데……

이계의 기연을 모조리 흡수해
누구도 넘볼 수 없는 전사로 우뚝 서다!